Après des études de psychologie et une carrière de conseillère professionnelle, **Claude Vincent** *passe aujourd'hui la plus grande partie de son temps à écrire. Entrée en littérature avec* Les Roses de l'hiver, *un roman plusieurs fois primé et réédité, cette auteure au verbe aussi rare que précieux publie un cinquième roman aux éditions De Borée.*

Le Pain de lune

Du même auteur

Aux éditions De Borée

La Révolte du père
Le Ciel par-dessus le toit
Les Roses de l'hiver, Terre de poche, prix de la Ville de Lyon 1982, prix Lucien Gachon 1994, prix national du Printemps du Livre 1998
Quatre pieds de terreau, Terre de poche

Autres éditeurs

Église, mère abusive
Fossoyeurs d'étoiles, prix des Auteurs et Écrivains lyonnais 1993, prix de l'Académie rhodanienne de lettres 1998
L'Enfant coquelicot
La Joie en herbe
Le Pas sur l'herbe
Le Pierrot de soleil
Les Cailloux blancs

Claude Vincent

Le Pain de lune

De Borée

I

– EH BIEN, MOUSTIQUE, je t'y prends à chaparder !

– Je m'appelle pas Moustic et je chaparde pas.

– Elle est bonne celle-là : je te prends la main dans le plat et tu as le culot de me dire que tu ne chapardes pas !

Le gamin le toise. Des yeux noirs, le feu dedans.

– Je chaparde pas.

– Tu fais quoi, alors, dans mon jardin ?

– Je ramasse les prunes de par terre. Quoi ça peut bien vous faire puisque vous les ramassez pas ? Ça fait rien qu'un tapis jaune sous l'arbre.

– Et alors ? Si ça me dit à moi d'avoir un tapis jaune sous mon prunier ! C'est toi, moustique, qui va me dicter ce que je fais chez moi ? Approche un peu voir !

– Je m'appelle pas Moustic.

– Et si ça me plaît d'appeler le malotru sans nom qui passe par-dessus mon mur pour chaparder mes prunes Moustic, c'est toi peut-être qui vas m'en empêcher ? Chez moi, je fais ce qui me plaît, je suis chez moi. C'est mon droit, non ?

– Non.

– Non ? Je voudrais voir !

– Vous êtes peut-être chez vous, mais si vous vouliez me

courir après, vous pourriez même pas. Arrêtez de me gueuler dessus, j'ai même pas peur.

– Je ne pourrais pas ?

– Non.

– Non ? Et je peux savoir ce qui m'en empêcherait ?

– Vous êtes vieux.

Abel, accusant le coup, a failli baisser la tête, il la relève pour examiner le gosse dont le regard ne cille pas : bien visé, gamin !

– C'est comme ça, maintenant, qu'on vous apprend le respect ?

– Vous, s'entête le gosse, vous aviez pas le droit de me crier dessus.

– Ah oui ! De mon temps, je crois bien qu'on t'aurait botté les fesses pour moins que ça !

– Mes parents, rétorque le gamin, sans pour autant décoller d'un pas, ils avaient raison de pas vouloir que je mette les pieds chez vous.

– Comme quoi, observe Abel, on n'a pas tort d'obéir à ses parents. Toi, tu m'aurais tout l'air de faire l'inverse.

De loin – au soleil d'été comme dans l'ombre des forêts, on ne sait jamais la réaction que peut provoquer un pas de trop –, le vieil homme observe l'enfant.

– Alors, c'est parce qu'ils t'ont dit, tes parents, de ne pas venir que tu es là ?

– J'voulais rien que voir…

– C'est bien ce que je disais !

Le vieil homme enfonce son chapeau de paille jusqu'à ses sourcils, façon de clore la conversation, mais de dessous la visière du chapeau, l'œil d'autant plus affûté de devoir se rétrécir, il observe le gamin.

– Interdire, affirmait mon papé, on n'a encore rien inventé de mieux pour aiguiser la curiosité, finit-il par déclarer.

– Vous aviez pas le droit de me crier dessus, s'entête le mioche enraciné en terre de la plante de ses deux pieds.

– Que tu veux, je suis comme mon chien : j'aboie, mais ne mords pas.

– Pas même vrai : votre chien, il mord pas et il aboie pas non plus.

– C'est, ma foi, exact, admet Abel, plus perplexe qu'il ne voudrait le paraître.

Assise au pied de son maître, Friponne, après avoir soigneusement reniflé les jambes de l'intrus, l'examinait maintenant en balayant de la queue l'allée du jardin.

– Elle est bien bonne celle-là, constate Abel tapotant la tête du chien, d'habitude tu fais vilain avec les étrangers ! Il est vrai que t'as pas l'occasion d'en rencontrer beaucoup ni de les voir tomber du mur.

Et il s'empresse d'ajouter :

– Elle a dû comprendre que tu n'étais pas un vrai voleur…

Il guette la réaction du gosse dont pas un cil ne bouge.

– … Ou alors, elle pense que tu as raison de chaparder mes prunes.

– Je chapardais pas, maintient le gamin dont un des pieds néanmoins décolle du sol pour s'y enraciner à nouveau.

Soupçonneux, il dévisage le vieil homme.

– Ça pense, un chien ?

– Pardi que ça pense ! Plus juste peut-être que beaucoup d'humains.

– Tu rigoles ?

Et ça vous tutoie en plus !

– J'en ai l'air ?

Front buté, œil noir traversé d'une lame que le défi aiguise.

Est-ce bien cette lame qui frappe au cœur Abel ou autre chose caché derrière qu'il ne saurait définir ?

Assis sur le banc de bois moussu adossé au cabanon de son jardin, tête à l'ombre, pieds au soleil, le vieil homme regardait sombrer le jour. Le jour d'aujourd'hui après celui d'hier, avant celui de demain peut-être. Va savoir ! « Avant que sonnent les douze coups de minuit, de ta journée, trop vite ne te crois quitte », affirmait sa mère. On tient le passé, pas l'avenir. Et le présent, pire qu'eau vive, glisse entre les doigts. Le soleil d'août réchauffait le froid qui, insidieusement, année après année, gagne le corps du vieil homme. Un froid qui chasse peu à peu le soleil de son sang et sera le grand vainqueur au bout : joué d'avance, cet hiver-là aura raison du dernier soleil, un jour que chaque jour rapproche.

La mort, Abel l'attend sans plaisir et sans crainte non plus. Elle est au bout de sa vie.

« J'ai fait mon temps », se dit-il.

Un temps qu'il avait rempli de son mieux, jour après jour, heure après heure. Il s'était acquitté de sa tâche. À la place qui était la sienne. Sans plus d'orgueil qu'il n'en faut pour se tenir droit ni d'envie plus qu'il n'en faut pour avancer.

La seule chose que redoute Abel, à laquelle il n'ose penser, c'est de perdre Sophie. Aussi, pour être exact, le mal que ferait sa mort à Sophie s'il lui arrivait de partir le premier.

– Tu sais, dit-il à l'instant où l'enfant s'apprête à détaler, tu peux les prendre ces prunes, et même celles qui sont sur l'arbre. Toutes, si tu veux. Seulement… emportes-en tant que tu veux, mais n'en mange pas trop !

Il poursuit en riant :

– Je dis ça pour parler parce que tu vas t'en rendre compte tout seul : si t'as le ventre plein, gare à la colique !

Et il ajoute :

– Passe par le portail, si l'idée te prend de revenir, c'est mieux.

Le mioche, arrêté dans son élan, se dandine d'un pied sur l'autre.

– T'es bien un drôle de loustic : pour voler mes prunes, tu te dépêches, et quand je te les donne, ça t'intéresse plus.

Équilibre instable d'un pied sur l'autre, front buté, le gamin le dévisage.

– Alors quoi, quand t'engueules plus le monde, tu perds ta langue ?

Tout se passe en cet instant dans un regard. Un mioche, cheveux en broussaille, genoux écorchés, un vieil homme, le temps arrêté.

– Sûr que tu fais bien un drôle de loustic, sourit Abel.

Une lumière, bestiole vive, au coin des yeux, l'enfant se mordille une lèvre.

– C'est pas si moche que ça comme nom, après tout, Loustic, finit-il par apprécier dans un éclat de rire.

D'un bond, escaladant le mur, plus vif qu'un chat, sur le point de sauter de l'autre côté, il se retourne.

– J'aime pas bien les murs, mais j'aime bien voir quoi y a derrière.

– Comment tu t'appelles, petit ?

Un saut, comme d'un chat encore, un froissement d'herbes. Déjà, il est loin.

– Tu parlais à quelqu'un ? s'enquiert Sophie se rendant à l'étendage pour ramasser son linge.

– Oui, un petit drôle que je me demande d'où il sort. Pas un d'ici, en tout cas.

Abel, lui, est d'ici, depuis son premier cri. Il l'était avant, dans le ventre de sa mère. Il le sera jusqu'à son dernier soupir, et après encore dans la nuit de sa terre. « Moi », affirmait-il, haut comme trois pommes, frappant d'un pied minuscule le sol, les yeux rivés à terre au point que nul n'aurait su dire si ce « moi » désignait les quelque soixante centimètres au-dessus du pied soumis aux lois de la pesanteur ou ce qui était dessous.

« Pas de doute, sacrée tête de mule ! » riait son père qui se félicitait à part lui : celui-là, c'était bien un Jourdan, un de la Barollière, et qui ne dépareillerait pas.

« Note bien, lui arrivera-t-il d'ajouter, tu pourrais aussi être d'ailleurs, et même de Pampelune : la bêtise, petit, n'est pas d'un lieu, elle porte son clocher sur sa tête. »

II

« Bientôt, songe Abel, il faudra s'apprêter à dire adieu à l'été. »

Il y a une semaine encore les jours crépitaient d'insectes au soleil. On avait des nuits à faire son lit dehors. Brusquement, ça sent la fin. Il y a trois jours, une pluie s'est mise à tomber si drue, si serrée qu'on l'aurait crue vouée à durer quarante jours, quarante nuits comme au déluge. Aujourd'hui qu'elle a cessé, proche du 15 août, on se croirait en automne. Dans la nuit, le thermomètre a chuté de douze degrés. Le ciel est gris. Pèse un voile de brume. Il ne décoiffera le front du Mézenc au milieu de la matinée que pour s'aplatir sur les prés jusqu'à midi et l'herbe ruissellera comme après l'averse. Quand la touchera le soleil, elle se mettra à fumer.

« Et alors, oui, je suis vieux, c'est pas ce merdeux qui me l'a appris ! »

Le monde aussi est vieux et c'est quand même, une fois encore, le matin.

Le temps désormais file vite. Si vite que printemps, été, automne ou hiver, chaque moment du jour est bon à prendre. L'approche du matin reste pourtant, entre tous, celui qu'Abel préfère. Il aime se lever tôt. Les voix de la nuit ne sont pas celles du jour. Lorsque bleuissent les étoiles et pâlit la lune, elles parlent plus distinctement une langue qui étreint un peu le cœur parfois car cette langue est la vôtre et n'est pas la vôtre. C'est une langue, la seule peut-être, commune à l'ensemble des mondes. Non audible à l'oreille humaine, elle s'adresse au cœur de l'homme. Et c'est le cœur qui répond.

Sans doute est-ce l'une de ces voix, une nuit de Noël d'il y a longtemps, qui lui avait dit pour Sophie, et Abel avait compris cette nuit-là que ce que ses yeux regardaient n'était pas ce que son cœur attendait. Lui avait été donnée cette femme à ses côtés, plus belle, proche à la fois et lointaine qu'il n'avait jamais rêvé.

C'est aussi dans cette attente des matins qu'avait été révélé à Abel le sens des paroles du vieux Joachin que le jour recouvrait de bruits. Et tant d'autres choses encore. Dans cette fusion précédant l'aube où s'emmêlent absence et présence, il avait compris que ce qui éteint une vie n'éteint pas l'amour que cette vie portait en elle. Et aussi que la pensée voyage d'autant plus loin que les pieds restent sur place.

Un matin après l'autre, et celui-ci à l'égal des autres, plante Abel devant sa porte. Dans son dos, Sophie allume le feu. Bientôt, l'odeur du café, filtré goutte à goutte, coulera sur l'acidité du petit jour.

Rite tout aussi immuable, immobile sur le seuil, le vieil homme allume sa pipe. Avant celle du café, l'odeur du tabac lui chatouille agréablement le nez. Chaque bouffée lui ressort en volutes par les narines.

Sous le vent poivré de l'aube, l'immense plateau s'étire jusqu'à l'horizon. Trois jours de pluie sur des prés rasés par les pâtures d'été et le vert est de retour. La terre n'en finit pas de s'inventer un printemps.

Lui aussi, Abel, dans cet instant arrêté au vol, se refait une jeunesse. Il est là. En attente. De quoi ? Lui-même ne saurait le dire. De ce qui va arriver. Chaque matin identique et neuf par la grâce même du matin.

Il attend.

Prés et chemins s'étirent à perte de vue. Des forêts glissent au loin qu'absorbe le ciel. Partout coulent de lentes vagues d'herbe. Le silence est total.

Soudain, remonté de loin et nouveau à chaque fois, ça arrive avec l'arôme du café : la certitude, oui, du bonheur. Une brusque élancée de joie qui l'oblige, sous le choc, à fermer les yeux.

Ce matin après tant d'autres matins, debout sur le seuil, l'homme tire sur sa pipe à petites goulées. Sans hâte. Courir n'est pas sa loi. En cet instant, il n'y a peut-être plus place en lui pour la moindre pensée. Seulement, née de sa chair, la tranquille certitude que la terre existe même si lui a fait son temps.

Le ciel gris. Sans bornes. Une ligne seulement retient terre et ciel de se dissoudre l'un en l'autre. Émergent, de loin en loin, les maisons de granit écrasées sous leur toit de lauzes. Plus loin encore, pâlissantes sous ce couvercle de papier buvard, les forêts de résineux, de frênes, de hêtres. Cinglé par l'aigre étreinte du petit jour, leur vert vire au noir.

Le vent, bâillonné à l'instant du passage, maintenant se retrouve et forcit. Il rampe, rasant les prés, comme si sa puissance retenue lui permettait de souffler ainsi sans fin ni trêve jusqu'au bout des âges.

Abel le reçoit de face. Depuis le temps, les vents et lui se connaissent. Celui-là, c'est le vent du sud plus décapant qu'un alcool, aussi troublant qu'une haleine de femme.

Sur les yeux d'un bleu pâle, les paupières ne cillent pas. Pareil à ce vent ramassé, l'homme est de race : sauvage et patient.

À la ferme voisine, Combe Nègre, une fenêtre vient de s'éclairer. Un chien aboie du côté de Fourmourette. Tout arrive tamisé, à demi gommé par la brume. Une effraie s'envole au ras du hangar et son cri ouvre un tunnel dans le matin.

« En bas aussi, se dit Abel pensant au cousin Phonse, l'automne risque bien de leur tomber dessus avant l'heure, cette année. »

Ils mangeaient chez lui le dimanche précédent. L'été grillait. Phonse s'emplissait de compassion :

– C'est dur pour vous, peuchère, de vivre là-haut. Faut être habitué. Moi, je m'habituerais pas.

Abel pensait qu'il ne s'habituerait pas, lui, à vivre en bas.

Un brave homme, ce Phonse. Abel qui avait toujours regretté d'être fils unique le considérait un peu comme son frère.

« Ils ont bien eu leur part, eux aussi, s'émeut-il, belle-fille envolée, leur laissant leur fils avec cette petite sur les bras qu'on dirait un ange et qui passe dans la vie sans voir rien ni personne. Autiste, leur a-t-on dit. Moi, je deviendrais folle à la regarder, a estimé la mère, regardant ailleurs. Sa place est dans une institution, leur a-t-on dit aussi. Eux, peu à peu, ont l'air de trouver un chemin jusqu'à elle. C'est de l'amour qu'il lui faut, estime Pauline, la grand-mère, pas de l'abandon ! »

Et voilà… huit jours, et l'automne déjà se faufile sous la braise. Ce qu'on croit voir durer, un souffle l'efface.

Bientôt, ici, le feu prendra aux érables. En bas, il noiera les vignes du Phonse dans la rouille et le sang. On boira le vin nouveau aux fêtes de villages.

« La terre, bon Dieu… songe-t-il, toujours la terre… Les villes l'étouffent un moment sous leurs semelles, mais que la lâchent goudron et ciment, elle repart… »

Levée la brume, par les sous-bois à l'humus détrempé puis réchauffé de soleil, les cèpes – Abel en mettrait la main au feu – ne vont pas tarder à lever leurs grosses têtes brunes, de frileux petits-gris se cacheront sous les entrelacs d'aiguilles de pins. Au-dessous, dans les Bouttières, les premières châtaignes alourdissent leurs bauges. Quelques jours encore... dans les forêts de fayards ou de frênes, quand le soleil coulera ses rayons entre les mailles des feuilles, s'ouvriront, sous des voûtes de cathédrales, des chemins tapissés d'or. Oubliant les noces de l'été, la nature, une fois de plus, se laissera prendre à la flamboyance éphémère d'automne.

Debout face au matin, Abel, lentement, à petites goulées gourmandes, tire sur sa pipe.

Par-dessus celle du tabac s'exhale de la grange une puissante odeur de foin. Il aime l'une et l'autre. L'une et l'autre font partie des plaisirs de sa vie.

De loin en loin, des lampes s'éclairent. Moins nombreuses, il est vrai, que dans l'enfance d'Abel où des femmes dont il revoit le visage, agenouillées à l'égal de sa mère devant d'antiques fourneaux, craquaient une allumette au creux de leurs paumes. Partout, le même geste. Les hommes, ces hommes de son enfance, rudes pour ne pas savoir – ou oser – être tendres, il les revoit aussi, accoudés à une toile cirée délavée, buvant un mauvais café coupé de chicorée.

Et aujourd'hui comme autrefois, à tâtons dans l'obscurité de la terre, l'eau asséchée par l'été retrouve le chemin des sources. Les mêmes sources. Fulgurante, l'image de Sophie, sa femme : c'était il y a si longtemps et c'était hier... cette fille aux hanches souples sautant, nue, de son lit... Manon, Jacques, leurs enfants aux lèvres de fraises gémissant dans leur sommeil...

« Pour combien de temps encore ? » se demande Abel.

Qu'importe, si l'instant vaut l'éternité. Et chaque matin, c'est cela qu'il vit sans même se le dire : un instant qui est l'éternité.

– Regarde ! lui disait le vieux Joachin.

Un jour qu'à force d'ouvrir les yeux sans rien voir de plus, ni buse dans le ciel ni remous de vent sur les prés, Abel avait constaté :

– Je vois rien.

Le vieil homme avait insisté :

– Alors regarde encore !

Et comme l'enfant écarquillait en vain les yeux, il lui avait dit :

– Cet instant de maintenant qui t'a l'air de rien du tout, il est porté par les milliards de siècles passés et, si rien du tout qu'il te semble, il porte les milliards de siècles à venir.

De la voix du vieux au regard de l'enfant, une grande chose grave était passée.

Bientôt, la nouvelle circulera que, chez Arsac, le vieux Josué est mort sur le coup de minuit. « Pauvre, il avait fait son temps », dira-t-on. Pour l'heure, au froid plus vif qui monte de la terre, Abel sait que le soleil se lève.

Comme chaque matin.

III

COMME CHAQUE MATIN, lorsqu'il pose le pied dehors, ce que voit d'abord Jacques… ce qu'il voit avant la brume, avant les signes annonciateurs du temps, c'est cet homme, son père, cloué sur le seuil de sa porte.

Un matin après l'autre, il est là. Chaque matin. Le fils pourrait se crever les yeux qu'il le verrait encore, fondu au paysage, au mont millénaire. Il le verrait, s'il avait les mots pour le dire, moulé, son père, jusque dans la forme des saisons. Au point de ne plus arriver à imaginer la vieille bâtisse au sortir de la nuit sans cette silhouette piquée au sol. Dont l'immobilité fige jusqu'au cours du temps.

La traite des vaches s'effectuant à heures fixes, Jacques se lève tous les jours à 6 heures. À 6 h 30 tapantes, chaque jour, ayant traversé la cour et longé la maison des parents, il entre dans l'étable. Eh bien, il aurait beau chercher qu'il ne se souviendrait pas avoir trouvé une seule fois le seuil de leur porte vide. Soleil, neige, pluie ou vent, son père est planté là. Depuis combien de temps ? Comment le dire ? Impossible en tout cas de poser un pied sur le matin sans se heurter à lui.

Les années passant, Jacques finissait par en ressentir une irritation, d'autant que, sans qu'il sache bien quand cela avait commencé, Julienne, sa femme, en avait pris ombrage. Ça tournait même chez elle à l'idée fixe.

Au saut du lit, le premier réflexe de Julienne était de couler un œil par la petite fenêtre au-dessus de l'évier.

– Il est là, annonçait-elle.

Comme une découverte.

Au début, Jacques en avait ri :

– Pourquoi vérifier puisque tu le sais ?

Puis il avait tenté de tamiser :

– C'est son habitude à lui de se lever avec le jour et ça ne fait de tort à personne.

Même, il avait essayé, mais cela au tout début du début, de lui avouer cet étrange contentement qu'il éprouvait, lui, certains matins, ouvrant sa porte, à trouver tout ça coulé ensemble : le matin, la maison, la haute silhouette du père, la terre à perte de vue, les fermes avec leur œil de lumière tombées comme des étoiles sur l'obscurité des prés. Continuité de ce bonheur qu'il ressentait, enfant, lorsqu'il s'éveillait au creux de son lit bien chaud, à entendre les pas de sa mère aller et venir au-dessous, dans la cuisine, et qu'il serrait le plus fort possible ses paupières pour retenir ce moment en lui. Comme s'il y avait un risque qu'il lui soit un jour arraché. Comme s'il eût été en son pouvoir, fermant sur lui les yeux, de contenir le temps, d'arrêter son envol. Il ne se doutait pas que, quelques brèves secondes, retenant le temps, c'est l'éternité qu'il tenait en lui.

Aujourd'hui, il était un homme, et cet homme n'aurait su dire à sa femme, pas plus qu'à lui-même d'ailleurs, cette plénitude de l'enfance : le sentiment qu'il éprouvait alors, se sentant à la fois si petit et tellement immense. Cela entrait en bloc par ses yeux, ses narines, ses oreilles, coulait dans sa chair jusqu'au centre de son cœur où l'emprisonnaient ses paupières, et il retenait son souffle pour que rien n'échappe. Rien.

– Je te dis qu'il surveille à quelle heure on se lève, affirmait Julienne, sinon tu peux m'expliquer pourquoi il resterait planté là ? Ils sont tous les mêmes, ces vieux : de leur temps, on avait toujours peur que les journées soient pas assez longues, même si en bout de compte ils en avaient pas fait une rame. Je te jure, Jacques, qu'il commence à me les pomper, ton père !

À force, peu à peu, la rage en lui aussi avait pris la place de l'éblouissement.

À part lui, de plus en plus souvent, Jacques se surprenait à penser :

« Mais il ne pourrait pas trouver autre chose à foutre qu'à nous épier ! »

Ou, selon la fatigue des jours :

« Il estime peut-être qu'on n'en fait pas assez ! »

– Moi, martelait Julienne, disposant les bols du petit déjeuner sur la table, c'est plus fort que moi : le trouver piqué là, tous les matins, comme une souche, j'ai beau essayer de penser ailleurs, ça me fout ma journée par terre.

Rien qu'à évoquer cette journée foutue, c'était comme de la vivre, et la rage bouillonnait.

– Bonsoir, quand on n'a pas mieux à faire, on reste dans son lit ! Si je pouvais, je ne demanderais pas mieux que d'y rester, moi, dans mon lit, tu peux me croire ! On te prend de ces manies en vieillissant !

Mais, hormis les colères dans son dos et quelques regards de travers, personne encore n'avait osé affronter Abel de face. À peine si Jacques s'était essayé à passer près de lui sans paraître le voir, ou à pousser une exclamation de surprise :

– Té, tu es déjà là, toi !

– Cause à mon cul, ma tête est sourde ! ricanait Julienne derrière sa fenêtre.

Elle attendait que son mari la rejoigne pour ajouter :

– C'est quelque chose, je les aime bien tes parents, mais ils finissent par me porter sur les nerfs. Si au moins ton père décollait de là. Va te faire foutre : une souche, je te dis !

Le plus souvent, et cela depuis des années, Jacques passait, pressé plus que de raison, devant son père en marmonnant un bref :

– B'jour, 'pa.

« Après tout, se surprenait-il à penser, il a fait ça toute sa vie. Il ne songe pas à mal. »

L'idée arrivait même jusqu'à l'effleurer que s'il s'était planté lui aussi, une fois ou l'autre, à côté de son père, sans même peut-être rien dire... Mais il aurait eu l'air de quoi ? Une idée si encombrante bien que minuscule qu'il se hâtait de l'oublier.

C'est elle pourtant qui le rattrape ce matin, au moment où il racle ses semelles au fer de sa porte, lui nouant une rage dans l'estomac.

Abel, lui, aurait voulu comme il l'avait fait tant de fois – il y a longtemps – engager la conversation, mais avant qu'il n'ouvre la bouche, Jacques avait traversé la cour. Aujourd'hui, ils sont plus lestes, faut croire, ils ne savent rien faire sans courir.

Il sentait qu'il irritait son fils et aurait voulu lui dire :

« Je vieillis. Je le sens bien que je vieillis, et ça ne va pas s'arrêter là. Chaque an pèse double que l'an d'avant. »

Lui dire :

« Plus je vieillirai, porte pas peine, va, moins je te ferai d'ombre. »

Mais allez dire ça à celui que le travail pousse aux fesses. À sortir les mots, au risque de laisser échapper l'acidité qui va avec, ils auraient été gênés autant l'un que l'autre.

Comment dire à son fils que, petit à petit, volontairement, il lui avait laissé prendre le pas sur lui jusqu'à rester en arrière ? Comment dire le mal que ça fait de lâcher prise quand la force est encore là et que tout en vous aspire à étreindre encore un peu ? Jacques, déjà, n'était plus qu'un homme vu de dos qui rentrait chez lui.

Abel toussa un coup pour que sa voix, sur la lancée de sa pensée, serve au moins à quelque chose, puis il rentra à son tour.

– Et v'là, observa Julienne, un œil sur sa fenêtre, l'autre sur le lait qui s'apprêtait à bouillir, il a plus rien à fiche dehors, il sait ce qu'il voulait savoir !

Malgré lui, observant son fils, Abel se surprenait à penser à son père. Lui aussi, de costaud qu'il était, avait vieilli.

« Je ne lui ai pas disputé sa place au soleil, songeait-il, et je ne crois pas qu'il m'ait jamais fait de l'ombre. »

D'abord, il s'était essoufflé à suivre les pas de son père, puis, un temps, ils avaient marché de concert. Un jour, Abel s'était rendu compte que son père à son tour s'essoufflait, alors il avait ralenti son propre pas lorsqu'ils allaient de compagnie. À marcher côte à côte, de plus en plus souvent, il lui avait demandé son avis sur les bêtes et les travaux. Au début, il l'avait fait par déférence et parce qu'il faut bien dire quelque chose, aussi parce qu'il n'avait pas d'autres mots pour exprimer la tendresse au-delà du respect. Avec le temps, son propre jugement s'était approfondi sous le poids de celui du vieux.

Dans la cuisine, Sophie, avec la baisse des températures, a rallumé le feu pour le café du matin. C'est la première fois de la saison. Au gros de l'été, elle laisse tomber le fourneau pour la cuisinière à gaz. « Le feu est dehors, dit-elle, pas la peine de l'entretenir dedans. »

C'est égal : malgré l'arôme du café, il manque quelqu'un dans la maison.

Quand Abel rentre, Sophie interrompt son geste, lève les yeux pour lire sur sa figure les nouvelles du dehors. Avec lui, l'odeur des prés et du vent pénètre dans sa cuisine. Il a beau refermer la porte, il en garde le goût sur sa peau comme au moment des fenaisons celle du foin et des fils d'herbe emmêlés à ses cheveux. Elle sait, rien qu'à sa mine, la couleur du temps.

Aujourd'hui, posant les bols sur la table, elle continue à le dévisager.

– Qu'est-ce qui te tracasse ? demande-t-elle.

– Où vas-tu chercher que quelque chose me tracasse ?

– Pas besoin de chercher bien loin, j'ai qu'à voir ta figure.

Friponne, leur chienne, gratte contre la porte, et Abel s'empresse un peu trop vite d'aller lui ouvrir. Il sait le regard de Sophie arrêté sur son dos.

– Les pommes de terre, dit-il, me tracassent. S'ils les rentrent aujourd'hui, la terre est humide, ils vont s'enfoncer. S'ils tardent, la pluie peut revenir d'est.

Quand à nouveau il fait face, le regard de Sophie scrute le sien. Pour le détacher de ce qu'il risque d'aller chercher derrière les pommes de terre, Abel trouve juste à point le lait :

– Attention, tu vas encore laisser verser ton lait ! Si je n'étais pas là, il partirait une fois sur deux.

IV

– Il y a quelque chose qui te tracasse, je vois bien, insiste Sophie, s'asseyant en face de lui.
– Pas mieux.

Sacrée Sophie, toujours à lire en lui mieux qu'il ne ferait lui-même.

Celle-là, un soir d'il y a plus d'un demi-siècle, sans même qu'il ne s'en doute sur le moment, avait chamboulé sa vie. Elle avait tout juste douze ans, des nattes blondes, une frimousse de petite Sainte Vierge. Lui avait vingt-trois ans. Il partait pour un chemin tout plat et cette foutue gamine s'était mise en travers.

Ce soir-là, Abel s'était rendu à la veillée chez le Pierre, aux Goudets, avec la ferme intention de courtiser Berthe, son aînée qui, à dix-neuf ans, faisait un beau brin de femme. Il se voyait à son avantage dans les yeux des filles du pays, et s'il avait arrêté les siens un peu plus dans ceux de Berthe, il se serait pris pour Dieu le Père en personne. Par chance, il était resté au bord. Peut-être pour faire durer le plaisir car la mouche lui tournait autour à s'y brûler les ailes. Peut-être par manque d'appétit… Toujours est-il que ce soir du 12 août où l'on avait sué sang et eau au pré des Vastres pour terminer les fenaisons, l'appétit était là. Et la soif. Vifs. Ils avaient, son père et lui, fêté la dernière fourchée de la saison d'une bonne rasade qui, au lieu d'étancher cette soif, l'avait, pour de bon, attisée. Abel se sentait le corps et le cœur en appétit. N'eût été le regard du Pierre sur lui, probable qu'il n'aurait fait qu'une bouchée de la frétillante Berthe.

Les hommes se tapaient une belote. Les femmes, qui ne savent garder ni la langue ni les mains inactives, tricotaient au travers d'éternelles chaussettes les potins du pays. Les enfants se poursuivaient dans la cour. Les jeunes avaient ri et chahuté sur le pas de la porte, chanté à tue-tête des rengaines que des voix féminines, parfois, accompagnaient de l'intérieur. Soûlés de rires, vaguement troublés, les yeux traversés d'étoiles filantes, les sens à fleur de peau, ils s'étaient tus brusquement.

Abel était allé s'asseoir à l'écart sur un banc de pierre, au fond de la cour. Il savait pour avoir croisé son regard que Berthe ne tarderait pas à l'y rejoindre. De là, l'envol vers les prés, la nuit chaude à souhait.

« Demain, s'était-il promis, je ferai ma demande au Pierre. »

Ce soir, c'était à Berthe qu'il allait la faire.

Au lieu de Berthe, c'est la petite Sophie qui était venue se planter devant lui.

– Arrange-moi mon poupon, Abel, s'il te plaît.

– Arranger ton poupon ?

– Oui. Jacquou lui a arraché sa tête.

Des yeux immenses, une voix d'enfant hésitant entre colère et larmes.

Elle avait bien choisi son moment, celle-là !

Abel s'apprêtait avec d'autant plus d'impatience à renvoyer la gamine à ses jeux que, de l'autre bout de la cour, les yeux de Berthe ne lâchaient plus les siens. Au lieu de ça, allez savoir pourquoi, il s'était levé et avait cherché au fond de sa poche une ficelle. « Un homme, affirmait son père, qui a son canif et une ficelle au fond de sa poche, se tire de toutes les situations. » C'était un sage. Une fois de plus, la vie lui donnait raison.

Abel était retourné s'asseoir sur la marche d'escalier, à l'endroit où l'entrebâillement de la porte fait un triangle de lumière. Il avait remis en place la tête du poupon.

– Merci, avait dit Sophie, levant sur lui ses yeux d'enfant, si grands, si graves.

Une certitude avait traversé l'esprit d'Abel – pourquoi cette certitude dont sa raison lui affirmait dans le même instant qu'elle était dénuée de sens ? – : ces yeux-là lisaient en lui.

« Jusqu'au fond de moi », s'était-il dit. Et de ce regard, il ne trouvait rien pour se défendre.

Cela avait duré combien de temps ? Si peu. Quelques secondes.

Abel ne sentait plus la fatigue du jour. Il avait douze ans, lui aussi.

– Berthe, elle t'aime pas, avait dit Sophie. C'est moi qui t'aime.

Avec une tranquille assurance, sur le point de partir, elle avait ajouté :

– Quand je serai grande, si tu veux, je me marierai avec toi.

– Celle-là, avait remarqué Berthe, s'approchant d'Abel à le frôler, je crois qu'à dix-huit ans elle jouera encore à la poupée.

Sa voix était un peu voilée à l'égal des prunelles que la nuit troublait.

Abel avait cherché du regard la petite. Elle avait disparu.

Ce qu'il avait attendu depuis le début de la soirée se réalisait. Berthe était là, bien en chair, avec des seins si mûrs qu'il lui aurait suffi de tendre la main pour les cueillir. Pierre, accoudé à la grande table, n'avait d'yeux que pour ses cartes. Les femmes n'avaient d'yeux et d'oreilles que pour les scandales rapportés à voix chuchotée.

– Faut que j'y aille, s'était-il entendu dire.

Il s'était levé. Il était parti.

« Quel beau couillon tu fais ! se martelait-il en route, écrasant à chaque pas un trop-plein de rage sous ses semelles. Foutu couillon ! »

Au réveil, se remémorant la soirée de la veille, Abel n'avait pas réussi à se comprendre lui-même et ça, pire que tout, était chose trop inhabituelle pour être concevable. À la campagne, ce qu'on fait, on sait pourquoi on le fait, sinon la terre crierait misère.

« La nuit et l'alcool ne font pas bon ménage », avait-il conclu, faute de mieux.

Une évidence, peut-être, mais qui ne le satisfaisait pas davantage et ne lui expliquait rien.

« Tu deviens *calus*, ma parole ! La Berthe et ses avances t'auraient-elles fait peur ? »

Il aimait encore moins l'idée qu'une fille, si délurée soit-elle, lui fasse peur. Et ce soir-là, justement, il était prêt à franchir le pas, il faut le dire, d'un pied alerte. Pourtant, au matin, pensant à Berthe, ce qui, la veille, flambait en lui était mort désormais et froid comme des fiançailles rompues.

Retrouvant son bon sens, il avait fini par se dire :

« Toi, mon gars, à rester seul, tu finiras par t'ensauvager ! Rien d'autre, hier soir, qu'un contrecoup de fatigue : ça fait bien ça quand la tension relâche. »

Et conclure :

« Assez de simagrées ! Va trouver le Pierre et demande-lui sa Berthe en mariage. Tout le monde n'attend que ça, et toi, bougre de *foutral*, le premier. »

Ce jour-là, il ne fit pas ce qu'il s'était promis.

Le temps passe. De demain en demain, les choses se reportent. La première neige était tombée et ses sœurs derrière. Pour occuper les jours d'hiver, le père et lui avaient fabriqué un char. Bien sûr, le pays n'est pas si grand, il avait revu Berthe. Elle lui avait paru moins appétissante qu'au soleil d'été : un front trop petit, des dents trop grandes.

– C'est un beau parti, la Berthe du Pierre, suggérait son père, et travailleuse… pas mal tournée non plus, ce qui, ma foi, ne gâte rien.

– Ben oui, opinait Abel.

Berthe, il s'en doutait, n'avait pas changé. Rien que son regard à lui.

– M'avait semblé que tu ne boudais pas devant, insistait son père.

– Moi de même, mais il n'y a rien qui presse.

Rien ne pressait, en effet. En lui, aucune hâte : la chaleur de son corps s'était apaisée, il ne cherchait pas à s'en expliquer le mystère.

Le temps passait. C'est ainsi qu'il fait, le temps, et rien ne l'attache. S'il s'immobilisait parfois, c'est lorsque le chemin d'Abel croisait celui de Sophie. De loin, elle lui souriait et s'envolait à la suite de ses copines.

« Elle est si petite et différente des autres ! » se disait Abel.

Son pas s'allégeait. Quelque chose qui devait ressembler à une joie imprévue lui emplissait le cœur. Et toujours l'impression, en ce temps-là comme aujourd'hui, que ce regard tout juste croisé lisait en lui.

L'été était revenu. Un de plus. Les saisons se poussent les unes les autres et les hommes se croient arrêtés alors qu'ils tournent avec elles. Et puis un autre été encore.

Abel sentait bien que ses parents commençaient à s'inquiéter. De plus en plus souvent, il sentait peser sur lui le regard de sa mère. Ce qu'exprimaient ce regard et le froncement des sourcils l'accompagnant – il n'était pas besoin de mots pour l'entendre – c'est qu'il n'est pas bon que l'homme soit seul. Ni pour lui ni pour sa terre.

Et puis l'évidence s'était imposée à lui.

C'était la nuit de Noël. La terre recouverte de trente centimètres de neige craquait sous les pas et clignotait à la lumière de la lune de toutes ses paupières. Abel songeait :

« Le monde s'est retourné : le ciel est en bas, sous mes pieds. »

Il marchait sur une surface bleutée, aérienne. En haut, un gris hivernal séché de gel. Entre Abel et le monde, il n'y avait pas de frontière. La nuit les fondait ensemble. Tout semblait si paisible, si naturel, si simple.

Aussi limpide, l'idée, à ce moment-là et pour la première fois, s'était imposée à lui. Si évidente qu'elle aurait traversé les yeux d'un aveugle.

« Ce sera Sophie, pas une autre. »

Et aussitôt :

« Elle l'avait compris, elle, bien avant moi. »

Cette pensée l'aurait-elle effleuré une seconde plus tôt qu'il l'aurait trouvée insensée. Rien de plus sensé pourtant ne lui était arrivé dans sa vie.

Jamais non plus nuit ne lui avait paru plus belle. Il aimait que l'enfant soit né à cette heure secrète de minuit où terre et ciel se mêlent l'un en l'autre et parfois s'inversent.

Le lendemain, Abel avait annoncé à ses parents :

– Il nous faut aller chez le Pierre demander la main de sa fille.

– À la bonne heure ! s'était exclamé son père. J'en suis bien aise, mon garçon, mais on peut dire qu'il t'a fallu du temps ! J'avais fini par me mettre dans l'idée que t'en voulais plus de la Berthe. À le rencontrer, je me trouvais même gêné face au Pierre qui, d'un mot ou d'un autre, sondait le terrain chaque fois qu'on se retrouvait seuls.

– Qu'on s'entende bien : c'est pas Berthe, c'est Sophie que je veux.

– Sophie !

Sa mère, de stupeur, en avait lâché une assiette qui s'était brisée dans l'évier.

– Sophie ? La petite Sophie ?

– Sophie.

– Tu l'entends, Baptiste ? Il est fou !

Et elle répétait, ne trouvant rien d'autre à dire :

– Ton fils est fou, Baptiste !

Son père, il le revoit encore, s'était assis. On était le 25 décembre et il gelait dehors, mais la sueur gouttait sur son front qu'il essuyait avec son mouchoir à carreaux.

Quelques secondes avant, Abel l'aurait juré, le front de son père était sec. Il l'avait vu pâlir et y perler des gouttes de sueur. Des gouttes rondes. Elles jaillissaient, oui, c'était ça, à la racine des cheveux.

– Tu réalises, s'emportait sa mère, qu'elle a dans les quinze ans, cette petite !

– Un jour, elle en aura dix-huit. J'attendrai. Elle aussi attendra.

– Elle attendra ! Non mais tu l'entends, Baptiste ? Abel, tu vas pas me dire que tu es allé parler de ces choses à une gamine que le lait lui perle encore au bout du nez ? Abel, t'as pas fait ça ?

– Ni rien dit ni rien fait. C'est elle, il y a deux ans, à la veillée du Pierre... elle...

– Elle quoi ?

– Elle a dit qu'elle m'aimait.

– Elle... elle a... Petite vicieuse, va ! Ça t'a figure d'ange et, déjà, ça pense qu'à mal !

– Tais-toi, mère !

Abel s'était levé. Il avait retenu son poing de s'abattre sur la table, mais ça avait frappé pareil.

– Le vice, elle ne sait pas ce que c'est. Il y a peu encore, elle jouait à la poupée.

– Tu vois, tu reconnais toi-même que c'est une enfant ! Tu ignores ce qu'elle va devenir en grandissant. Réfléchis un peu, Abel !

– Ce qu'elle va devenir, je ne sais pas, mais je sais qu'elle deviendra ce qu'il me faut à moi. Tout ce que vous pouvez dire, j'y ai pensé. Ça et le reste, et tout bien pesé, je vous le répète : c'est Sophie que je veux. Pas une autre.

– Ce qu'elle a dit, pauvre fou, elle n'en mesurait pas la portée, c'est une enfant !

– Je l'ai pris, en effet, pour parole d'enfant, et à elle, figure-toi, je n'avais même pas l'idée de penser, mais plus aucune fille ne m'a intéressé.

Il la fixait.

– Je te jure, mère, j'ai eu beau faire, aucune. Depuis ce soir-là, aucune ! Et je ne comprenais plus rien à moi. Rien de rien.

Il prit son temps, celui de poser son regard et sa voix, pour ajouter :

– Hier, j'ai compris ça, enfin : elle sera ma femme. Elle, pas une autre.

– Baptiste ! Dis quelque chose, je t'en prie, Baptiste ! N'avoir qu'un fils et il veut me rendre folle !

Baptiste Jourdan s'était mis à arpenter la pièce. Quand il eut, de long en large, suffisamment promené son étonnement sous la semelle de ses chaussures, il s'arrêta derrière sa femme, lui imposant silence d'une pression de la main sur l'épaule.

– Soit, si telle est ta décision, mon garçon, nous la respecterons, mais il ne sera pas dit que tout le pays se moque de nous. Je demanderai la main de Sophie à son père le jour de ses dix-huit ans si tu n'as pas changé d'avis d'ici là. En attendant, tu te gardes d'aller tourner autour, et je ne veux plus entendre un mot à ce sujet. Est-ce que je me suis fait clairement entendre ?

– Parfaitement, père.

Ç'avait été alors comme si un masque de métal s'arrachait de la figure du père. Un sourire, d'autant plus surprenant qu'Abel était loin de l'attendre, avait troué l'épaisseur de sa moustache.

– Bougre, tu m'as fait peur, mon gars ! Les Jourdan de la Barollière, aussi loin qu'on remonte, c'est du bois sain. Il s'agirait pas de faire une couillonnade qui les retournerait, pauvres d'eux, dans leur tombe. Allez, Marthe, sers-nous donc un coup à boire qu'il m'a donné la pépie, ton gamin !

La guerre vint, roulant le pays dans sa tourmente.

Abel était parti sur le front. Il était revenu. Avant son départ, croisant le regard de Sophie, il avait su qu'elle l'attendrait. Au retour, il l'avait trouvée changée. Elle devenait si jolie et lui souriait de telle façon qu'il avait eu peur de ne pas tenir la promesse faite à son père. Il était parti pour Paris, embauché comme livreur par l'oncle Édouard, le pâtissier. Malgré le poids du travail lui retombant sur les épaules, le père n'avait pas protesté :

– Porte pas peine, on fera aller, mon gars.

Six mois plus tard, Abel s'engageait dans le maquis.

Le jour des dix-huit ans de Sophie, sans en avoir reparlé une seule fois ainsi que promis ce 25 décembre, il était là, dès l'aube.

À l'instant où son père et lui entraient chez le Pierre pour demander la main de sa fille, Sophie, sans qu'ils aient même le temps d'un bonjour, dévalait l'escalier de l'étage pour atterrir entre les bras d'Abel.

Elle n'était plus seulement jolie, elle était belle. Fabriquée exactement pour lui.

– Qu'est-ce qui te tracasse ? insiste Sophie, assise en face d'Abel.

– Où vas-tu chercher que quelque chose me tracasse ?

– Pas besoin, je te dis, de chercher bien loin : il suffit de te regarder.

Abel ne répond pas.

Ce silence le gêne. Son geste, malgré lui, s'est arrêté. Il voudrait être ailleurs. En même temps, il est content d'être là et de savoir que le regard de sa femme finira par tirer jusqu'à ses lèvres les mots cachés au fond de lui.

Il se lève, cale la miche de pain contre son estomac. Lentement, il coupe deux tranches si nettes qu'on les dirait taillées au cordeau.

Toujours Abel se lève pour couper le pain. Même lorsqu'ils sont seuls tous les deux comme ce matin. Avant de se rasseoir, il rassemble de sa main gauche les miettes tombées sur la toile cirée, les pousse dans la coquille de la droite et les porte à sa bouche. Il boit par-dessus une gorgée de vin. Geste si familier, hérité de son père, qu'il a parfois l'impression jusque dans son propre corps que son père se substitue à lui. S'il regarde ses mains, ce sont les mains de son père qu'il voit. D'autres fois, à l'instant où Abel vide son verre, le sentiment d'une présence est tel qu'instinctivement il lève les yeux vers ce bout de table où, sa vie durant, son père s'est assis.

Comment savoir, ces choses, si elles se passent dans la tête ou pour de vrai ? Tout près bien qu'invisibles. Qui peut savoir ?

L'espace d'un éclair, il voit, aussi réel que réel, le beau visage couronné d'épais cheveux blancs, la malice du regard. Tout est là. Les innombrables moments passés avec son père à courir la forêt, les champs, les chemins n'en font qu'un. La vie peut bien promettre des lendemains de bruits et de larmes, les matins ont à jamais la naïveté des matins d'autrefois. En lui, la tranquille certitude d'avoir, quoi qu'il arrive, mordu dans la vie et d'en assumer la responsabilité, la conscience de savoir d'où il vient et de savoir où il va. Comme si un secret lui était livré, plus important que tout, lié à la profondeur de sa vie tout autant qu'à l'espace infranchissable qui le sépare du sourire de son père. Un peu comme ce cri de la hulotte perdu dans l'épaisseur de la nuit et qui ouvre quand même un passage.

Il entend le bruit de la cuillère de Sophie dans le bol de café au lait et il sait que, par-dessus ce bruit, elle l'observe.

Ils sont assis tous les deux de chaque côté de la table, la tête du chien contre la cuisse d'Abel. Ce moment, ils ne savent pas qu'il est bon, qu'il est plein. Il l'est. De ces instants qui, lorsqu'on les vit, ne ressemblent à rien. Les petits riens d'une vie. Après seulement, on sait à quel point ils étaient bons.

Pendant cinquante ans, les matins ont commencé ainsi.

Aujourd'hui encore, un jour commence. Un jour de plus rajouté à ce premier jour où ils ont pu, au bout de l'attente, se toucher, se parler, s'aimer, avec le sentiment, chacun, de récupérer sa part manquante, d'être enfin un.

Tant de jours après ce premier vécu comme une naissance, et celui-là encore rajouté à une vie qui va bientôt finir. Dans l'odeur du café frais moulu, c'est cette vie qu'ils respirent l'un et l'autre. Une vie pleine, sans autre richesse pourtant que de la vivre.

– Qu'est-ce que tu veux que je te dise de plus ? demande Abel, levant les yeux. Possible, ajoute-t-il en riant, que je n'aie pas regardé de quel pied j'ai sauté du lit : ça change l'humeur, paraît-il.

Il s'amuse, mais il sait qu'il n'échappera pas.

Sophie s'est penchée pour offrir une soucoupe de lait au chat.

Lorsqu'elle se redresse, la question est toujours dans son regard.

– C'est le gamin, avoue Abel... Souvent, j'ai l'impression qu'il ne peut plus me supporter.

– Les temps changent, Abel. À ressasser, tu te fais du mal pour rien. Les temps changent, et ils changent vite : va savoir si c'est mieux ou plus mal !... Eux font comme les autres : ils n'ont d'yeux que pour le devant, l'arrière n'existe pas. Arrête de te mettre martel en tête, de toute façon nous ne ferons pas la course avec eux. Quand bien même, nous ne risquerions pas de les rattraper !

– Ils sont là... à côté... comme un reproche.

– Mais non, ils sont là avec leur vie qui n'est pas la nôtre.

Quand Abel les regardait pousser, ses enfants, un fils, une fille – la part du roi –, il se sentait, lui, au sommet de ce rude plateau battu par tous les vents, véritablement roi. Qu'aurait-il pu demander de plus ? Comme il était sûr alors que tout continuerait sans faille et qu'ils seraient là, leurs petits, pour les accompagner quand l'interrogation arriverait, quoi qu'il en soit terrible, de ce passage vers un inconnu que chaque jour rapproche, chaque heure. Différemment certes, mais quand même, l'un et l'autre étaient partis. Eux devaient vivre avec ce mal alors que, malgré la jambe qui flanche et le froid qui gagne, la vie aurait pu encore être si belle.

L'odeur du café emplit la pièce. Les bûches crachotent dans le fourneau. Puceron, le chat blond, son lait bu, s'enroule sur les genoux d'Abel. Monte dans le silence son ronronnement de bouilloire.

« Quand l'un de nous deux partira, songe Sophie en se levant pour débarrasser la table, mon Dieu que ce sera dur pour l'autre ! »

Son pas va, vient par la cuisine. Comme chaque jour.

Un étourneau passe en piaillant devant la vitre.

Abel, de sa place, peut voir les prés qui partent dans le vent. Un rayon de soleil entre par la porte entrebâillée. Autant de choses minuscules qui semblent faites pour durer l'éternité.

V

– TU SAIS, TOI, demande Abel à sa femme, d'où il peut sortir, ce gamin ?

– Ma foi non.

Fait exceptionnel, Abel, pour sa sieste, s'est installé au jardin, contre le mur du cabanon. D'habitude, son lit lui convient mieux. Sur ce banc à mi-ombre, il ne fait pas bien chaud et il n'a pas fermé l'œil. Il l'a même volontairement tenu ouvert.

Sophie, l'air de rien, sa vaisselle achevée, est venue le rejoindre.

« Elle vérifie sur sa peau si la mienne ne risque pas un coup de froid », s'amuse Abel.

Il la taquinerait presque pour son infidélité à sa sieste à elle, une sieste qu'il lui a toujours vue pratiquer avec une sorte de volupté, la trouvant quant à lui, dans cet abandon de midi, plus belle encore que dans son véritable sommeil, et pas loin de la croire lorsqu'elle affirme : « Une demi-heure comme ça, allongé, fenêtre ouverte et tout ce que l'été respire de bon t'entre par la peau. Sans ma sieste, moi, je ne suis plus qu'une vieille peau. La sieste me fait peau neuve. »

– Non, reprend Sophie, je ne l'avais jamais vu auparavant, ce petit. Vu, c'est façon de parler : je ne craindrais pas de dire la couleur de sa figure parce que je n'ai pas aperçu grand-chose, hier non plus, juste ses fesses à l'instant où il détalait ! Si je sais une chose, c'est qu'il est leste.

– Il est quand même drôle : il volait les prunes de bon cœur et, quand je les lui donne, il ne prend pas la peine d'en emporter ni de revenir les ramasser.

Sophie sourit, levant les yeux de dessus son crochet.

Puceron, le chat, s'est enroulé sur les genoux d'Abel.

Il n'y a plus qu'un chat à la Barollière, dans la petite maison qu'ont réaménagée Sophie et Abel, les vieux, pour laisser la grande aux jeunes le jour de leur mariage.

Ce chat, Julienne dit qu'il a intérêt, celui-là, à faire de vieux os car on peut compter sur elle pour que, derrière lui, on n'en voie même pas la queue d'un autre à la Barollière. Elle dit qu'il y a assez de bétail comme ça entre vaches, cochons, et les poules dont on se passerait. Sans compter les deux chiens. Des chiens qui ne servent pas à grand-chose depuis qu'il y a les clôtures électriques. Quand même, ils aboient pour signaler une visite, le cochon échappé de sa soue ou le vol d'une buse au-dessus de la couvée de poussins. Elle convient qu'un chien se justifierait, à condition qu'il n'y en ait pas deux. Aussi qu'il ne pose jamais une patte ni dans sa cuisine ni dans sa salle à manger qui ne sont pas faites pour les chiens. De fait, Mirot, le chien des jeunes, ne passe jamais le pas de leur porte. Il dort avec les autres bêtes dans l'étable où est la place des bêtes. « On n'a même pas eu besoin de lui expliquer », dit Julienne.

Avec Friponne, c'est autre chose, bien qu'on n'ait pas eu non plus à lui expliquer : elle a compris toute seule. L'hiver, elle couche dans la cuisine des vieux, sous le fourneau. Automne, printemps et certains soirs de vent ou d'orage, elle s'enroule sur leur descente de lit. L'été, elle dort dehors quand ça lui chante, étendue de tout son long devant la porte. Elle n'aime, cette chienne, ni vent ni tonnerre ni pluie. Ces jours d'hiver, noirs à n'en plus finir, qui ne sortent de la nuit que pour y replonger, où les heures avancent à tâtons sans trouver la lumière, Friponne est là. On pose la main dessus.

Julienne répète à qui veut l'entendre que la place d'un chien n'est pas dans une maison, à cause des pattes qui sont quatre. À cause de l'odeur en plus des pattes, et de l'hygiène. Et elle ne démord pas de ça : deux chiens dans une ferme, c'est un de trop. En fait, elle se tait devant Abel. Lorsque Sophie est seule, elle fronce le nez en rentrant, ce qui signifie : « Ça sent le chien, ici ! » Avant de partir, elle s'étonne : « Cette bête, je sais pas comment vous faites pour la supporter, elle met des pattes partout ! » De retour chez elle, elle s'emporte après Jacques : « Elle a un toupet, leur chienne !... Tu vas voir qu'un de ces quatre matins ils la trouveront couchée sur leur édredon ! Et effrontée avec ça ! Et malcommode, ils ne veulent pas l'admettre, mais je suis pas près d'oublier qu'un jour elle m'a mordu les mollets. Moi, je peux pas la souffrir. » Que ce n'est pas la peine de le dire, encore moins de le crier : tout le monde le sait. Même Friponne qui, à chacune de ses visites, la raccompagne en jappant sur ses talons. « Bon, s'énerve Julienne, je pars, de toute façon pas moyen de s'entendre ! »

Sophie ne répond pas.

À la première occasion, Julienne se rattrape sur le chat. « Pas pire engeance », estime-t-elle. Elle dit qu'il faut être fou, avec toute la peine qu'on a, de nourrir, en plus du reste, un bétail pareil. Un chat, c'est sale. Ça donne la tuberculose, c'est connu. Qu'à voir : après guerre, dans la vallée, pas une maison n'ayant sa flopée de chats. Résultat : du vieux au nourrisson, tout là-dedans crevait comme des mouches. Tu parles ! Tous les chats, un moment ou l'autre, sont tuberculeux, soit par contamination, soit de naissance. En plus, les chats sont voleurs, ils ont le vol et la rouerie dans le sang. C'est génétique. Et traîtres avec ça : tu les crois tranquilles et ils sortent leurs griffes.

Autrefois, il y avait toujours trois ou quatre chats à la Barollière. Il y en a même eu jusqu'à douze. On ne savait pas trop où ils nichaient, grenier ou étable, dans la cave ou par la campagne. Une fois sur dix, on entendait couiner les nouveau-nés dans le foin. Abel les endormait à l'éther et les noyait au fond de la mare. Une belle corvée !... mais il fallait bien que quelqu'un le fasse. En général, la mère était assez maligne pour cacher sa nichée hors de portée d'oreille. Un beau matin, on la voyait rappliquer avec un chaton dans la gueule. Sans trop y croire, on priait le ciel que celui-là soit fils unique. L'incertitude était de courte durée : elle en ramenait un autre, puis un autre, et un autre encore... Ils ouvraient de grands yeux, se poursuivaient en de folles cabrioles. La grâce, l'innocence et le jeu. Nul n'avait le cœur de les tuer. Ils poussaient comme ils voulaient. Ils n'avaient pas de nom à eux. Sophie leur donnait les restes des repas. Après la traite, elle leur trempait du pain dans le lait bourru. Elle criait : « Minou ! Minou ! Minou ! » Il en tombait des poutres, de la trappe de la *fénière*, du râtelier. Ils jaillissaient de la crèche comme des diables affamés. On pouvait laisser le grain à découvert, il ne craignait pas les rats. Maintenant qu'il n'y en a plus qu'un, il a un nom. Lorsque Sophie avait arrêté la main de Jacques qui s'apprêtait à l'écraser avec les autres contre le mur de la grange, il avait grogné :

– Qu'est-ce que tu veux t'embarrasser de ça, c'est gros comme une noix ?

– Toi, lorsque tu es né, tu semblais une *graille*[1] écorchée ! disait ta grand-mère.

– Julienne m'a dit : « Tu les débarrasses tous ! » Sois raisonnable, 'man, c'est plein de puces.

– Eh bien, on l'appellera Puceron !

Ça tombait bien, le chaton était un mâle.

On avait néanmoins frôlé le drame.

– On est plus chez soi ! avait hurlé Julienne, claquant la porte au nez de son mari.

1. Graille : *grenouille.*

Le soir, à table, elle serrait encore les lèvres sur sa colère. Jacques baissait le nez sur sa soupe pour ne pas attiser le feu. Frédéric, leur fils, se taisait aussi. Quand sa mère avait dit d'une voix cassée, larmes au bord des yeux : « Moi, j'ai beau faire, je reste l'étrangère. Tout, j'endure tout dans cette maison ! », il s'était mis à détester les chats. Et un peu aussi sa grand-mère.

Chez les vieux, Puceron a sa place à lui sur le fauteuil au coin du feu. Si l'on veut s'asseoir, il n'y a qu'à le soulever et le prendre sur les genoux. Ça ne lui fait rien, coussin ou genoux, le tout est qu'il ait sa place. Il ne vole rien. Julienne affirme qu'il est enragé pour monter sur la table blanche et les fauteuils blancs de la cour, y laissant plein de pattes. À cause de ça justement, des pattes sur le blanc, ce sera le dernier chat parce qu'un chat, on a beau faire, c'est inéducable, ça monte partout. Elle dit qu'il a pissé sur sa chaise longue et qu'elle a eu beau frotter à s'y user les mains jusqu'aux coudes ça pue à faire fuir un putois.

Sophie ne dit rien. Elle a examiné la chaise longue sans trouver trace ni odeur. Chaque fois qu'elle passe, elle donne un coup de chiffon sur la table et les chaises blanches. Quand même, elle se dit : « Puceron, c'est le dernier. On ne va pas passer sa vie à se disputer. » Par chance, comme c'est un mâle, il sème ses petits ailleurs. Elle le soigne pour qu'il dure.

Lorsqu'Abel s'assoit sur la marche pour mettre ses chaussures du dedans à la place des grosses du dehors qui traînent depuis qu'elles sont chaussures toute la boue des champs, Puceron s'enroule autour de ses jambes et lui fait des mines. Abel fait des mines à son tour et des roucoulements de voix. Sophie recule alors dans l'ombre de sa cuisine : « Les voilà tous les deux qui ronronnent », sourit-elle avec du chaud au cœur.

Il lui arrive bien à elle aussi de lui parler à cette bête. Vers le soir, alors que Puceron dort sur le dos, déplié de bien-être, elle le voit s'étirer soudain et s'asseoir, oreilles dressées.

– Cette fois encore, tu l'as entendu arriver avant moi, ton maître !

Prunelles élargies, le chat la fixe, une interrogation dans les yeux, puis il miaule et d'un bond gagne la porte. À ce moment-là seulement, Sophie entend le pas d'Abel égratigner le gravillon de la cour.

En plus de ce chat, des deux chiens, des lapins « dont on se passerait bien », des poules « que ce n'est pas rentable de nos jours où on trouve œufs et poulets tout plumés dans le commerce pour moins cher que de les élever », Sophie sème des fleurs partout, dans le jardin, autour de la maison. Des graines qu'on lui donne, d'autres qu'elle récolte elle-même d'une année sur l'autre et qui une année après l'autre se multiplient, d'autres qu'elle achète lorsque ça la tente ou qu'Abel lui rapporte de la ville. « Les fleurs coupées, dit-elle, c'est déjà des fleurs mortes. » Elle sème ses graines. « Si elles veulent, elles feront leur place », estime-t-elle. Et elles la font. Il y en a partout. Il y a même, dans les coins abrités, de ces fleurs de soleil qui ne devraient venir qu'en bas, dans la plaine – « le beau pays », à ce qu'on dit –, et qui ont l'air d'avoir trouvé ici leur pays.

Lorsque des visiteurs découvrent ce flamboiement de pétales, couleurs emmêlées sur fond de granit austère et d'immensité nue, ils ouvrent ronds les yeux, félicitent Julienne avec des « Mon Dieu, que c'est beau !... Un vrai paradis terrestre !... Comment faites-vous pour avoir autant de goût ? » Exclamations qui font se redresser Julienne de fierté.

Tout de même, lorsqu'elle voit Sophie pliée en deux sur ses massifs et Abel passer plus de deux heures chaque soir à arroser jardin et fleurs, elle s'arrache les cheveux :

– Avec cette manie qu'elle a de semer, planter, repiquer, et s'étendre toujours plus, elle ne se rend pas compte, ta mère ! Si tout à coup elle tombe malade, qui c'est, tu peux me dire, qui se paiera la corvée ?

Jacques se tait.

Elle ne veut pas qu'il se taise :

– Imagine seulement l'été, quand on a plein le dos des foins, s'il faut encore s'appuyer les arrosoirs !... Moi, je t'avertis, tout pourra griller sur place.

– Eh bien, on laissera griller, on ne peut pas être partout !

Avant son mariage, Jacques était presque autant enragé que sa mère pour les fleurs. À temps perdu, il lui bêchait ses massifs. Ce n'était peut-être pas tant par amour des fleurs, mais à trop vivre dans la bouse des vaches, il avait peur d'en prendre comme certains la lourdeur et l'odeur. Couleurs et parfums repoussaient les limites de la sauvagerie. Manon, sa jeune sœur, riait. Elle courait autour de lui en chantant : « Bureaucrate, gratte, gratte... » Elle, depuis qu'elle était en âge de se servir de ses bras et de ses jambes, toujours égratignée, escaladait le grand hêtre au bout de la cour.

– Descends, Manon ! criait leur mère dans le vent.

Elle criait. En vain. Elle criait, menaçait, suppliait Abel d'abattre cet arbre qui la rendrait folle et quand il y était, ne pouvant attacher sa gamine, d'abattre tous les arbres du plateau. Si elle savait qu'il reste un seul arbre quelque part, c'est sûr, elle deviendrait folle. Et puis après, elle disait que s'il devait en rester un, elle préférait encore que ce soit celui-là qu'elle avait sous les yeux. Comme si ses yeux pouvaient empêcher Manon de tomber.

Longtemps après, la petite redescendait, les prunelles tout étoilées de soleil.

– Je veux voir quoi y a derrière le loin.

Ni le père ni la mère, pourtant en colère, ne la grondaient ou la giflaient. Peut-être avaient-ils peur de briser dans son regard le soleil. Alors, lorsqu'ils se retrouvaient seuls, Jacques frappait la petite pour qu'elle ne monte plus dans cet arbre qui lui fait les yeux éblouis et finira par rendre leur mère folle. Elle ne pleure pas. Elle remonte dans son arbre. Elle dit :

– Je veux voir quoi y a derrière le loin.

Jacques lui explique qu'il y a des collines, des prés, la mer. Et puis encore des collines, encore des prés, encore et encore des mers.

– Tu les as vus ?

– Non, avoue Jacques, mais les savants des livres le disent.

– Je veux, moi, voir quoi y a encore derrière, s'entête Manon.

Et elle remonte dans son arbre.

Et leur père, Jacques ne comprend pas pourquoi, n'abat pas l'arbre.

Lorsqu'elle n'est pas dans son arbre, Manon court les prés. En s'éloignant, elle devient toute petite, toute légère. Elle vole sur les herbes, et le vent tire ses cheveux derrière elle.

– Il faudrait l'attacher à un piquet, soupire leur mère.

Elle n'en fait rien, et Manon revient crottée jusqu'au cou, avec l'odeur des mousses et des menthes poivrées sur la peau.

Jacques chante : « Sauvage, sauvage, on te mettra en cage ! » Elle rit, et Jacques lui promet de la noyer dans l'étang pour qu'elle soit propre et ne bouge plus.

Manon a grandi. Elle a fait des études d'ethnologie qui l'ont emmenée loin du Plateau du Mézenc et auraient dû la mener au bout du monde voir ce qu'on ne voit pas d'ici, mais elle est morte.

Le choc de cette mort faillit abattre, ensemble, Sophie et Abel. Comme ils ont pu, ensemble, ils se sont relevés.

Jacques, lui, est resté à la Barollière. Il en a fait une ferme modèle. Un jour où il assistait à une réunion, l'ingénieur agricole a conclu son discours par ces mots :

– Désormais, le paysan qui ne boudera pas le progrès sera ni plus ni moins que le patron d'une entreprise moderne.

L'expression lui a plu. Il a ouvert, grandes, les portes de la Barollière au progrès qui a relégué à jamais l'odeur des vaches dans l'étable, avec la douche qui vous coule deux fois par jour sur le corps et vous refait peau neuve épicée de lavande et de citronnelle, avec la machine à laver qui tourne presque à longueur de jour.

– Pas possible, soupire Sophie, étendant le linge pour soulager de la corvée sa belle-fille occupée ailleurs, elle lave des chandails qu'ils n'ont même pas portés une heure !

Quand même, elle et Abel sont fiers : de la maison aménagée et récurée mieux qu'un appartement de ville, de leur bru vaillante comme pas une, s'activant dehors, frottant dedans, de leur petit-fils aussi lustré qu'au sortir d'un magazine de mode. Ils sont fiers des vaches, de belles tarentaises sélectionnées qui vous donnent trente à quarante litres de lait : cent vingt têtes au total dont soixante laitières, plus les génisses qu'on laisse au pâturage tard dans la saison.

– Si mon père voyait ça, dit Abel, lui qui n'a jamais boudé le progrès, sûr qu'il serait bien aise.

Tout cela est dans la bonne ligne des choses. La Barollière a eu en son temps le premier fourneau du village, la première automobile du canton. Elle est aujourd'hui la première ferme modèle.

VI

La Barollière. Des prés à perte de vue, le ciel écrasé dessus. Au milieu des prés, la maison des Jourdan. On l'appelle la Barollière. Ici, toutes les fermes perdues dans la campagne ont un nom. Peut-être pour ne pas être tout à fait perdues. Tout de suite, on les situe quand on en parle. On les nomme. Même si la maison se vend, même si les gens partent, si se perd la lignée, le nom reste. Vivants et morts le laissent derrière eux. Il est la propriété des biens.

La ferme de la Barollière a été bâtie par Élie Jourdan, le grand-père du père du grand-père Joachin, en 1758, date gravée au-dessus de la porte d'entrée avec les initiales entrelacées de l'ancêtre et de son épouse, Éva, surmontées d'un rameau feuillu. Imposante bâtisse que le bâtiment principal de cinquante mètres de long par seize de large, construit – à une époque où, ailleurs, des hommes érigeaient des cathédrales – en énormes moellons de granit taillés sur cinq faces, porches de grange et d'étable pris en plein cintre dans la masse. Sa lourde toiture, charpente elle-même en voûte de cathédrale, émerge pourtant à peine des prés. C'est peu de dire que, pierres sur pierres, granit et lauzes, ancrée de tout son poids au sol, elle est en harmonie avec le paysage, dans ces lieux retranchés aux dimensions cosmiques où arbres et rocs, les saisons elles-mêmes ont cette dureté naïve, envoûtante, propre aux choses d'en haut, faite pour résister gravement à toutes les forces malveillantes de l'univers.

Il faut dire que les Hauts Plateaux – qu'ils soient d'Ardèche ou de Haute-Loire – du temps du grand-père du père du grand-père Joachin, c'est loin d'être de tout repos. On parlait beaucoup, autrefois, et il arrive que l'on en parle encore de temps à autre aux veillées, de ces nuits de tempête hantées par le hurlement des loups, de ces terribles chutes de neige contraignant à creuser un tunnel de la cuisine à l'abri à bois, à sortir de chez soi par la fenêtre de l'étage sur de rustiques skis en bois, et à vivre le reste du temps comme des taupes dans ces maisons où seules les toitures dessinent un vague renflement dans l'immensité de neige. Et que dire de la violence des torrents crevant au printemps sous la poussée des grandes fontes, de ces morts contraints de passer l'hiver au grenier dans leur cercueil en attendant le dégel. Les loups hurlent dans la forêt, s'approchant la nuit jusqu'aux portes des étables. Il y a des brigands par les chemins, peut-être de pauvres bougres plus affamés ou féroces que d'autres qui n'hésitent pas à vous faire passer de vie à trépas pour vous délester de quelques sous. À la Fioux, l'arrière-grand-mère a été tuée par un vagabond de passage qui lui a volé un pain et un panier de raves. Et puis circule l'histoire, sur laquelle souffle la rumeur, de ces voyageurs qu'on dit découpés au fond d'un saloir ou bouillis dans un chaudron entre les quatre murs enfumés d'une misérable auberge. D'autres plus banalement victimes, retour de foire, de fauves animaux ou humains, ou encore pétrifiés par le gel. Sans parler de ces autres brigands qui vous grillent vivants ou vous envoient aux galères pour peu que vous vous avisiez de prier Dieu avec des mots qui ne sont pas les leurs. Ni de ce vent affûté en silex qui racle le plateau comme couenne de lard, ni de l'isolement… ni de ces signes sur le soleil annonçant la fin des temps, ni des comètes phosphorescentes, des roches maudites, des feux follets hantant les cimetières, des sorciers et jeteurs de sorts.

Pour lutter contre ces déferlements de violence, il a fallu construire autour de soi ces maisons trapues, véritables forteresses de pierre, avec leurs murs d'un mètre vingt ou cinquante d'épaisseur, leurs ouvertures aussi étroites que rares. Et, si la fénière posait son édredon de trois mètres de haut sur l'habitat des hommes, ce n'était pas un hasard, ni si l'étable donnait sur la cuisine avec sa bonne chaleur animale. Nul, à l'époque, n'aurait songé à se récrier quand le cochon venait tenir compagnie au chien sous la table et vous chauffer les pieds. La nature était à la porte, personne ne s'offusquait qu'il lui prenne envie d'entrer : quand elle mord on s'en défend, quand elle lèche on laisse faire.

Les temps ont changé, le paysage demeure. Aussi vaste.

Lorsque le petit Abel, après l'école, gardait les vaches, il lui arrivait, grisé d'espace et de vent, de se mettre à tourner et tourner sur lui-même comme une toupie au beau milieu du pâturage. Nord, est, sud, ouest, l'horizon dans ses lointains bleutés formait un cercle parfait. L'enfant n'avait aucune difficulté à comprendre que la Terre est ronde. Parfois même, il la voyait flotter, et l'impulsion entrait en lui aussi. Il pouvait rester des heures perché, à Pierre Haute, sur le monticule pelé, à contempler ce lent et mystérieux mouvement de la Terre. La Barollière était ce point le plus haut du monde à partir duquel le globe s'arrondit. Haute terre battue de vent trois jours sur cinq.

– Ici, petit, lui disait son papé Joachin, est le pays du vent éternel. Quand il ne court pas, c'est qu'il dort, le flemmard, étalé tout du long sur les prés. Approche ta main, approche-la, je te dis… Tu le sens, son souffle, sur l'herbe ?

Il en parlait avec presque autant de respect et de gravité que de cet autre Éternel dont le souffle sur l'argile avait fait Abel, mais dont Abel ne sentait pas le souffle, et dont il avait longtemps cherché à découvrir le visage au bout le plus lointain où portait le regard du vieillard avant de comprendre que plus loin s'en vont les yeux des grands, plus ils ont de chances d'être arrêtés au-dedans d'eux.

Abel a vieilli. Le paysage de son enfance, lui, contrairement à ce qui se passe d'ordinaire, n'a pas changé, si ample que le rétrécissement y demeure imperceptible. Du pas de sa porte, l'œil porte si loin qu'il a l'impression, parfois encore, de voir s'amorcer l'arrondi de la Terre. Monde d'herbe, de vent, d'étoiles, d'arbres, d'insectes, de bêtes, de pierres, où l'homme malgré son labeur incessant a si peu posé sa marque.

Abel, malgré lui, avait attendu le gamin. Puis il avait cessé d'attendre.

« Sans doute, s'était-il dit, ce sont des gens de la ville venus pour une journée prendre l'air d'en haut. »

Quand même, il s'en voulait.

« En ville, songeait-il, ce n'est pas comme ici, c'est policé. Forcément, le grondement des mots n'a pas d'étendue où se répandre. À trop enfler, il ferait exploser les murs et sauter la cervelle des gens. »

Ici, dans le vacarme des éléments ou l'âpre silence des solitudes, la pire des colères est de peu de poids. On le sait. Plaisanterie ou courroux, on hausse le ton, on s'interpelle à travers l'espace : le bruit se perd en route et ce qui arrive à l'autre bout porte la marque du silence. La distance, comme le sable du désert, recouvre toute aspérité. L'immensité rabote. Ce qui, ailleurs, moulé dans le béton, s'enkyste et raidit n'est ici que duvet qu'emporte le vent.

« Je lui aurai fait peur à ce mioche des villes », se reprochait Abel.

Dans l'instant, il s'était dit que l'enfant ne manquait pas de culot. Après coup, il ne voyait que sa fragilité.

Abel regardait ses prunes – celles qui étaient encore sur l'arbre et celles qui à se chauffer à terre commençaient à pourrir – comme si c'étaient elles les vraies coupables. Pour un peu, il aurait abattu son prunier.

« A-t-on idée de s'encolérer, ou même de plaisanter avec des mots de colère un gosse auquel votre langage paraît sans doute à peu près aussi mal dégrossi que celui d'un chimpanzé dans sa forêt. »

La pensée d'avoir rudoyé l'enfant le mettait mal à l'aise. Même ses bêtes, les souples et les rétives, il avait passé sa vie à les respecter. Toute sa vie, il s'était dit que le mal nourrit le mal, que rien de bon ne peut sortir du mal. Sur ses enfants, pas une fois – à l'époque où pourtant l'économie des taloches n'avait pas cours – il n'avait levé la main. De son père, il avait appris que le respect ne naît pas de la peur. De cet homme fort, il avait appris la douceur.

Les jours, autrefois si longs, s'envolaient désormais sans qu'on ait même le temps de les voir passer. Abel secondait Jacques à l'étable pour changer les litières, rentrer ou sortir le bétail, grattait par-ci, par-là, entretenait à lui seul son jardin dont il était fier, s'y asseyait vers le soir aussi longtemps que durait le soleil pour attendre l'heure d'arroser.

Lorsqu'elle en avait fini avec son intérieur, Sophie venait l'y rejoindre.

Aujourd'hui, où ils étaient assis côte à côte sur ce banc comme tant d'autres fois, mais pour la première fois à l'heure de la sieste, il aurait pu lui confier qu'il s'inquiétait de se sentir ramollir autant à cause d'un mioche inconnu et de ce remords, ridicule à vrai dire, qui pourtant et quoi qu'il fasse lui tournait dans la tête. Mais il parlait d'autre chose. Ensemble, ils évoquaient ces menus riens qui, ajoutés, font le jour et Abel retrouvait sa sérénité. Ce qu'il ne disait pas passait à travers les mots qu'il disait. Il savait, de longue habitude, que Sophie entendait le dit et le non-dit.

VII

LE QUATRIÈME JOUR, alors qu'il avait cessé de l'attendre, le gamin avait été là.

L'après-midi touchait à sa fin. Assis sur le banc du jardin, pieds livrés au soleil couchant, Abel, parce que la terre était encore trop chaude pour arroser, lisait dans son journal les informations laissées de côté le matin.

Il était là depuis une bonne heure ou presque, lisant ou guettant la pente du soir. C'est quand il replia son journal qu'il vit le gosse posé à califourchon sur le mur comme s'il n'en avait jamais bougé.

Abel, parce qu'il fallait bien dire quelque chose pour masquer sa surprise, demanda, retrouvant malgré lui, non de colère mais de contentement, sa voix bourrue du premier jour :

– Qu'est-ce que tu fous, toi, perché là-haut ?

– Je saute ou tu m'engueules ?

« De mon temps, songea Abel, mon père, qui vouvoyait son propre père, n'aurait pas manqué de lui demander s'ils avaient gardé les cochons ensemble. De nos jours, ils raccourcissent les distances. »

– Saute puisque les portes te font peur, mais si tu ne veux pas que je te botte les fesses, évite d'atterrir sur mon carré de salades.

Évitant les salades et les blettes à côté, l'enfant, en deux sauts, fut devant lui.

– Tu m'attendais ?

Abel faillit en lâcher son journal. « Autrefois, on avait aussi la langue dans sa poche, maintenant ils l'ont bien pendue ! »

– Si tu crois que je n'ai rien d'autre à faire ! Je me reprenais un peu avant d'arroser : à la campagne, qu'on se tourne comme on veut, il y a toujours de quoi s'occuper.

– Tu m'attendais, je le sais.

– Elle est bonne celle-là ! Tu sais, toi, que tu me fais penser à quelqu'un que je connais et qui voudrait en savoir sur moi plus long que moi.

– C'est qui ?

– Tu serais pas un peu trop curieux, des fois ? demanda Abel en posant son journal replié sur le banc.

– C'est qui ?

– Sophie.

– Qui c'est Sophie ?

– Ma femme.

– C'est un beau nom, je trouve, Sophie.

– Je trouve aussi.

– Et elle y arrive à en savoir plus long que toi ?

– Oh, que oui ! Je me demande bien comment elle s'y prend, mais elle y arrive !

– Moi, si quelqu'un faisait ça avec moi, ça me plairait bien : c'est que quand on aime les gens d'amour. Et toi, c'est quoi, ton nom ?

La remarque avait atteint Abel en plein cœur. Il hésita à répondre.

– Comment tu t'appelles ?

– Abel… Abel Jourdan.

Le soleil tombait derrière l'horizon et c'était vraiment un beau soir d'été enflammant le ciel et les prés. Abel, pour une fois, s'était bien trompé : l'automne était loin encore. Le vieil homme n'avait pas envie d'être à plus tard. Ni à demain. L'heure qui suit, à vrai dire, est-on sûr de l'atteindre ? Il y a bientôt dix ans, en une seconde, son avenir avait été réduit en cendres. Depuis, parce qu'il leur avait bien fallu, ensemble Sophie et lui, faire le pas qui suit, l'un pour l'autre l'arrachant, ce pas, à la mort, ils vivaient l'avenir au présent.

– Et toi, demanda-t-il, puisqu'on en est aux présentations, comment t'appelles-tu ?

– Loustic ! J'aime mieux Loustic que Moustic : c'est toi qui m'as baptisé comme ça.

– Soit ! dit Abel.

– Pour de vrai, tu veux le savoir, mon nom ?

– Oui.

– Justin Dervieux, mais tu peux m'appeler Loustic, si tu veux : c'est un nom rien qu'à nous deux.

– À tout prendre, je préfère Justin.

Ce gamin, en face de lui, attentif, avec un regard qui à force de lui faire du bien lui faisait mal…

Il en avait vu d'autres, Abel, des petits drôles… Celui-là, vif, insolent… c'était… comme s'il le connaissait depuis toujours. Solide et rude, regardant venir les événements sans plus d'émotion qu'il n'en faut, le poids des ans posé sur lui, il n'était pourtant pas homme à se laisser surprendre. Était-ce de vieillir qui fait ramasser chaque miette d'enfance, s'attendrir sur chaque regard arrêté sur vous ? Il ignorait tout de ce gosse. Il devenait même important de ne pas en savoir plus. Demain, il serait parti vers sa vie à lui, la ville, ses amusements et ses modes, la griserie d'autres rythmes. Qu'il prenne ses prunes et qu'il file, sans malentendu cette fois, sans emporter l'image d'un monde où des sauvages défendent leur bien à la pointe d'un fusil et préfèrent voir pourrir leurs prunes à terre que de les offrir à un môme.

– T'as quel âge, toi ? lui demanda Justin.

– Un âge un peu lourd pour tes épaules : soixante-dix-huit, je crois bientôt.

– Tu crois ! T'es pas sûr ?

– Mon père disait qu'à partir d'un certain âge mieux vaut arrêter de compter ! Et toi, quel âge as-tu ?

– Bientôt dix ans.

– Viens voir ! Puisque tu as l'air de les aimer, je t'ai préparé sous le hangar un panier de prunes, de ces jaunes-là, et puis des noires que tu m'en diras des nouvelles ! Cet autre prunier, c'est mon papé qui l'a planté derrière la petite maison. J'ai jamais mangé plus goûteuses.

– Tu vois que tu m'attendais, j'en étais sûr !

– Si tu en étais si sûr que ça, pourquoi n'es-tu pas venu plus tôt ? T'avais peur de te faire engueuler ?

– Oui.

Et devant le regard interloqué d'Abel, un regard qui, démentant la rugosité de la voix, donnait d'emblée ce qui était en lui : la sérénité acquise au long des batailles d'une vie et la bonté.

– Pas d'être engueulé par toi.

– Et par qui diable ?

– Par mon père.

– Il ne veut pas que tu entres chez les gens en sautant par-dessus les murs, ton père ? Remarque, même si ce n'est pas pour me déplaire, ce n'est pas moi qui lui donnerais tort.

– Par-dessus le mur ou pas, il s'en fout. Il veut pas que je mette les pieds ici, c'est tout.

– Il a l'habitude de la ville, c'est normal ! En ville, il n'y a pas de mur à escalader, Dieu merci, pour les chenapans de ton espèce, et on n'entre pas chez les gens sans leur permission. Tu lui diras à ton père que ma permission, tu l'as.

– C'est pas ça. J'sais pas pourquoi, mais c'est chez toi qu'il veut pas que j'aille. Il m'a interdit.

– Chez moi ? Chez Abel Jourdan ? Et pourquoi diable ? Il me connaît, ton père ?

– Non. Je crois bien que non.

– Je comprends mieux. Qui est ton père ?

– Philippe Dervieux.

– Connais pas !

Il examina l'enfant.

– Ton père, tu sais, il est comme tous les pères, il est inquiet pour toi ! Il n'aime sans doute pas que tu t'éloignes trop du village, t'es un mioche des villes et il doit penser qu'il est dangereux, lorsqu'on n'a pas été élevé dedans, de vagabonder par la campagne. Les dangers ne sont pas les mêmes ici qu'en ville, c'est pas pour ça qu'ils n'existent pas.

Devant lui, ce front têtu dont il ne parvenait à détacher son regard.

– Vous êtes en vacances, ici ?

– Oui, à Combe Nègre, chez mes grands-parents.

– Tu ne pouvais pas le dire plus tôt ? Alors tu es le petit-fils d'Isidore et de Marie Rouvel ? Le petit d'Isabelle.

– Tu connais ma mère ?

– Si je la connais ! Je l'ai vue grandir !

Une joie dans le cœur d'Abel aussitôt noyée sous les souvenirs. Ils remontent sans crier gare, rouvrant à vif la blessure. À travers toutes celles qui se bousculent en raz-de-marée menaçant de le foudroyer, une image s'impose : Manon et Isabelle jouant à chat perché à cet endroit-là, justement, contre le cabanon. Derrière elles, au soleil couchant, un ciel pareil à un duvet de colombe balayé de larges traînées roses, un parfum d'herbes… l'immensité à perte de vue et ce rire des petites levé comme une promesse, un rire qui, en cet instant, éclate en lui et se brise.

Il regarde Justin. C'est Manon qu'il voit. Sa main, à tâtons, cherche l'appui du mur.

– Ça va pas ? demande l'enfant.

À cause du désarroi qu'il perçoit dans le regard brun levé vers lui, Abel se force à sourire. Il tend la main vers l'épaule du petit. Ce geste monté du fond de lui-même, il l'a voulu, il l'engage et il le sait.

On n'échappe pas à l'interrogation d'un regard d'enfant.

– Ça va, dit Abel.

Et il poursuit car, non, on n'échappe pas.

– Je comprends mieux pourquoi, la première fois que je t'ai vu, j'ai eu l'impression de déjà te connaître.

Les yeux du petit dans les siens… les yeux de Manon. Ces yeux qu'ont certains enfants, si graves, attendant de vous la réponse unique à toutes les questions.

– Je comprends aussi, poursuit Abel, la réaction de tes parents : ils ont eu peur qu'en te voyant nous ayons de la peine.

Abel s'était à nouveau assis sur le banc et l'enfant, planté devant lui, le regardait, muet.

Un pas à faire, la distance à franchir avec les mots. Abel, dans l'effort qu'il fit, eut l'impression de reconquérir quelque chose de perdu.

– Ta maman était l'amie de Manon, ma fille. Elles se sont pour ainsi dire élevées ensemble.

Allez parler de la mort à un gamin de neuf à dix ans. Allez dire cette déchirure… ce mal qui parfois s'ensommeille mais ne disparaît jamais.

– Manon est morte, dit-il.

Les yeux de Justin dans les siens… C'était comme si ce qu'Abel ne disait pas passait d'un regard à l'autre, comme si le petit comprenait l'inexprimable enfermé dans le cœur d'un vieil homme. Et Abel eut l'impression de se libérer d'un poids, de retrouver une légèreté perdue.

– Eh bien, je pouvais l'attendre, moi, ma salade ! s'interposa Julienne, faisant irruption entre eux.

Ensemble, Abel et l'enfant sursautèrent : ni l'un ni l'autre ne l'avaient entendue approcher.

Arrêtée dans son élan, Julienne dévisageait le mioche.

– De d'où sors-tu, toi ?

Elle venait de réaliser qu'aucun des deux chiens n'avait aboyé.

– De Combe Nègre, dit Abel. C'est Justin, le petit-fils des Rouvel, le fils de leur Isabelle.

– Eh bien, remarqua Julienne en riant, vous avez fini par trouver le chemin ! En tout cas, on peut pas dire que vous les avez beaucoup usés nos chemins de par ici !

Aussitôt, examinant Justin, elle se reprit :

– Elle doit être bien aise, la Marie, d'avoir récupéré tout son monde. C'est bien trop loin l'Amérique, pauvres de nous ! Vous êtes revenus pour rester, j'espère !

Justin la dévisageait, ahuri, pensa Abel, par la rapidité du débit.

La femme interpréta son silence :

– Me dis pas que vous allez repartir si loin ! Et quand ?

– Moi, je reste tout le reste des quinze jours de vacances. Mes parents sont déjà repartis ce matin…

– Repartis ?… Au bout du monde en courant ?

– Paris, c'est quand même pas le bout du monde !

– Alors, c'est bien ce que je disais : vous êtes de retour. Et tes parents pensent y vivre pour de bon, maintenant, à Paris ?

Justin hésita. De toute évidence, il trouvait cette femme bizarre.

– Ben oui.

– Ah bon, dit Julienne apparemment soulagée d'un poids, ça va vous changer des États-Unis. Tes grands-parents en tout cas doivent être heureux : Paris, de nos jours, c'est quand même accessible !

Elle observa l'enfant et sourit :

– Toi, tu vas les regretter, tes Amériques, j'en suis sûre. Ça doit être quand même impressionnant New York !

– Je sais pas. Nous, on a toujours habité Paris.

Julienne dévisagea Abel, souffle coupé. Elle ne tarda pas à retrouver son souffle :

– Tu dis, si je comprends bien, que vous n'avez jamais habité les États-Unis ? Alors, si tu dis vrai, explique-moi pourquoi de Paris vous ne descendiez pas jusqu'ici ?

– J'sais pas.

Abel comprenait qu'un malaise gagnait l'enfant qui commençait à se demander quelle faute il était sans le savoir en train de commettre.

Tout dans l'attitude de Julienne continuait à demander pourquoi.

– Peut-être mes parents et mes grands-parents étaient fâchés…

Julienne le dévisagea, l'air outré.

– Laissez cet enfant tranquille, trancha Abel, on aura mal compris.

– Celle-là, alors, s'exclama Julienne, leur tournant le dos, elle est bonne ! Depuis toujours, les Américains habitent Paris !

– C'est Julienne, ma belle-fille, la femme de mon fils Jacques. Il ne faut pas faire attention : elle parle, elle parle… Comme par ici ça manque un peu de répondant, elle se répond à elle-même et ça finit souvent par faire des embrouilles.

S'appuyant au mur, il se releva vaille que vaille.

– Pourquoi elle croit qu'on était en Amérique, ta Julienne, c'est bizarre, non ?

– Tu sais, plus petit est le village, plus grande est la rumeur. Ce que les gens ne savent pas, suffit d'un qui l'invente, d'un autre qui en rajoute et, au bout, ça fait la vérité de tous. Des fois, crois-moi, t'es content de vivre en seule compagnie des nuages !

Justin lui sourit.

– Moi, j'aimerais bien vivre ici avec rien que les nuages.

Comment un gosse des villes imaginerait-il une vie de solitude et de silence ?

Le soir sentait le foin et la résine. Un regard d'enfant interrogeait Abel, et il était limpide ce regard, et il lui faisait confiance. Depuis longtemps, depuis la petite enfance de Frédéric, il avait oublié ce que ça fait d'être aimé dans les yeux d'un enfant.

– Viens ! dit-il, retrouvant la tonalité de sa voix, j'ai bien besoin d'un coup de main si je veux rattraper mon retard.

Et il se saisit du tuyau d'arrosage, presque surpris de sentir une présence à ses côtés.

Lorsque Sophie les rejoignit, Justin reposait l'arrosoir contre la porte du puits.

– Eh bien, je vois que nous avons de l'aide ! s'amusa-t-elle, reconnaissant, de dos, le petit voleur de prunes.

Vivement, l'enfant se retourna.

– C'est Justin, dit Abel, lâchant son tuyau d'arrosage.

Et il ajouta :

– Justin est le fils d'Isabelle.

Sophie pâlit, une pâleur qui figea l'homme et le gosse sur place, puis elle porta les mains à son cœur et des larmes jaillirent. Ni elle ni personne n'aurait pu les arrêter.

Au mouvement qu'il perçut, Abel se dit qu'il n'aurait même pas le temps d'intervenir : l'enfant allait fuir. Au lieu de ça, Justin restait là, yeux écarquillés.

– Mes parents avaient raison, finit-il par balbutier, les tournant, affolés, vers Abel, j'aurais pas dû venir.

– Oh que si ! dit Abel. T'as jamais vu, toi, les sources au sortir du dégel ? C'est rien que l'explosion de la vie qui repart.

– Pardonne-moi, mon petit, ç'a été plus fort que moi, s'excusa Sophie, se ressaisissant, je suis si contente de te connaître enfin. C'est donc toi le petit Justin, le fils de notre Isabelle !

Justin ne savait pas que, lorsque les yeux sont trop embués pour vous voir, une main puisse se faire aussi légère, aussi douce pour découvrir votre visage, ni ne comprit ce qui le jeta entre les bras de cette vieille femme, l'instant d'avant étrangère.

Sophie reçut sans comprendre non plus ce qui lui arrivait le choc du poids de l'enfant. Elle caressait cette tête appuyée contre sa poitrine dont elle ne savait pas ou si peu le visage, en bredouillant « mon petit, mon petit », comme s'il eût été le sien.

Frédéric, son petit à elle, Sophie ne l'a pas trop tenu entre ses bras. Impression que Julienne en aurait été jalouse. Lorsque l'enfant s'approchait de sa grand-mère, vite, lui semblait-il, si occupée soit-elle, la mère dégageait ses genoux pour l'y attirer. Sophie avait appris à se contenter des contacts autorisés. Elle n'en ressentait d'ailleurs pas vraiment de manque. Il lui semblait même que ses bras n'auraient pas retrouvé le geste. Ils étaient encore trop pleins de sa petite.

Lorsque ceux de l'enfant la lâchèrent, elle dit :

– Tu sais, on l'aimait, ta maman. Tout ce temps, elle nous a beaucoup manqué.

VIII

Si ce n'était le miroir grossissant offert par les enfants et ses oreilles qui prennent l'habitude de faire un somme au beau milieu des conversations les plus agitées, Abel, à soixante-dix-sept ans passés, aurait l'impression d'en avoir tout juste soixante.

S'il fait le compte des années écoulées, il reste surpris d'en trouver autant, comme si certaines s'étaient envolées à son insu, lui avaient, en quelque sorte, échappé.

« Il faut, se dit-il parfois, sacrebleu, qu'on m'en ait volé une bonne douzaine ! »

Il se sent étonnamment jeune parfois. Tant de force dans les jambes, l'impression qu'il va pouvoir marcher du même pas alerte des années encore. Et des envies de gamin… celle-là, irrésistible, qui le prend dès que blanchit l'hiver, de faire… rien d'autre qu'un bonhomme de neige, un vrai, avec son chapeau de feutre, sa pipe, son nez rond et sa longue écharpe de laine. Il y a un peu plus de dix ans encore, il avait l'excuse de le faire pour Manon aussi entichée que lui malgré son âge, et Frédéric, son petit-fils, mais Manon n'est plus, et l'enfant a grandi. Le vieux, non. Chaque année, à la première neige, l'envie est là. Abel se fait violence pour ne pas le dresser, le bonhomme, à l'entrée de sa cour, le même, exactement le même, et au même endroit que celui du papé Joachin.

Il y a aussi ce goût du rire qui, soudain, encore et en dépit de tout, le prend à la gorge. Ce singulier plaisir à mâcher une plaisanterie. L'engouement à jamais neuf pour ce fumet, aussi enivrant qu'un alcool juste distillé, de la forêt d'automne qu'il arpentera dès l'aube à la recherche des premiers cèpes, retenant son pas comme s'il y avait danger à les effrayer, odorat à l'éveil, dans cette sorte de recueillement qu'il y a à marcher dans le silence d'une cathédrale, retrouvant à son insu des signes cachés. Et c'est bien cela qu'il poursuit dans l'odeur d'humus, le miaulement des branches, le halètement de Friponne, sa petite chienne, qui avance devant lui, l'air pénétré, nez au sol, contournant d'invisibles obstacles comme si elle flairait, inscrit au cœur des choses, un ordre mystérieux à ne pas déranger. Perçu d'elle seule. Tout cela qui rend Abel heureux et malheureux à la fois de pressentir, derrière l'apparence, une réalité qu'il voudrait étreindre à pleines mains et qui se dérobe.

Souvent, lorsque son cœur à force de s'être grisé de cette volupté lui embrase la poitrine, il se repose sur un vieux tronc abattu. Malgré l'air parfois plus piquant que l'eau des gours, son sang bat, chaud, sous sa pelisse. Il écoute marcher le vent sur les feuilles tombées de la nuit et il ne se sent pas différent des arbres qui l'entourent, enfonçant ses racines dans la même terre.

Au physique, l'homme est grand, d'une maigreur noueuse de vieux frêne, la mâchoire puissante, la toison drue, abritant d'invraisemblables yeux bleus. Un corps dans lequel la vie se reconnaît qui traverse certains sans plus de bruit que les arbres la sève. Tantôt l'immobilité du roc, tantôt piaffant d'impatience tel un cheval au soleil d'avril, mais les pieds sur sa terre, toujours. Jacques, enfant, regardait d'en bas ce père comme un nain regarde un géant.

Pourtant, lorsqu'Abel contemple Sophie, l'imperceptible tassement de ses épaules, les cheveux blancs s'obstinant à reparaître sous la teinture, le temps le rattrape. Sans avertir, son cœur se serre.

C'est le soir surtout. Le croyant absorbé par la lecture de son journal ou une émission télévisée, à la dérobée, elle l'observe. L'air prend alors une fragilité de cristal. Qu'Abel lève les yeux, c'est pour recevoir avant qu'il ne se dérobe le choc de ce regard plein d'une insoutenable tendresse. Comme un adieu avant l'adieu. Abel se hâte alors de rajouter une bûche au feu, sans raison attisant la flamme. Dans son dos, il devine le regard interrogateur de Sophie. C'est égal, le geste redonne leur poids aux choses.

Ainsi ce soir. Mais c'est lui qui l'observait, et c'est elle qui s'est levée pour rajouter une bûche.

Au-dehors, le vent tourne par rafales. L'odeur du bois en train de brûler emplit la cuisine.

Abel respire cette odeur. Il pourrait dire quelle est l'essence qui, à l'instant, domine, quelle bûche finit de se consumer et quelle autre commence à prendre. La senteur du sapin est douce, liquide, un peu âpre, celle du frêne, ronde et veloutée. Lorsqu'un coup de vent la lui rabat en pleines narines, Abel se trouve brusquement projeté soixante-dix ans en arrière quand le grand-père Joachin mettait un demi-tronc à brûler dans la cheminée.

– Celui-là, mon drôle, il pâtira pas à nous attendre jusqu'au lever, clamait-il, déchargeant d'un coup d'épaule son fardeau à même la braise.

Ça donnait un grand retour de fumée qui piquait les yeux, les chenets déstabilisés arrachaient au chaudron entreposé par côté d'impressionnants sons de cloche, la grand-mère jurait qu'on lui ferait rendre l'âme avant l'heure, et le chien réveillé en sursaut jappait. Dans ce tintamarre, papé Joachin hissait le petit Abel sur son épaule à la place du tronc déchargé, et il riait d'un rire rien qu'à lui dont l'enfant se disait qu'il était plus fort même que le plus fort tonnerre.

– Que t'en dis, mon *droulet* ? Pas vrai qu'il est de bon bois, lui aussi, ton papé !

Dans cette odeur du frêne, il entend le rire du grand-père. Il revoit son visage et les grands favoris qui chatouillaient le nez lorsqu'on l'embrassait, faisant éternuer. Et là, soudain, à travers celle du frêne lui arrive une autre odeur tout à fait oubliée : celle du tablier de mamé Marie. Jamais il n'y avait repensé. Jamais il n'aurait cru avoir gardé en lui son souvenir. L'odeur du tablier de la grand-mère, cette odeur des pommes reinettes qu'elle avait toujours en réserve pour lui dans sa poche. Dans l'instant où il la retrouve, il sent les doigts de la mamé dans ses cheveux, il entend sa voix :

– *Peuchérounet*, regarde-le, Joachin, qu'il s'est endormi !

Non, yeux fermés, il ne dormait pas. Il guettait ce moment où, entre ses paupières mi-closes, il verrait s'adoucir leurs visages à la lumière de la flamme et s'immobiliser leurs yeux, fixant, derrière le reflet du feu, quelque chose que l'enfant imaginait se trouver loin, très loin, un secret saisi au vol et qui les rendait, eux, ses piliers du monde, soudainement vulnérables.

Dans un demi-sommeil, le petit Abel levait une main tâtonnante vers le visage de l'aïeule, effleurant les rides douces. Rien ne bougeait dans la cuisine. Rien d'autre que les flammes, le tic-tac de l'horloge. L'enfant tentait de résister au sommeil, au bord, tout au bord du secret. Mystérieusement dépositaire de la lumière sur le chaudron, sur la moustache du papé, et de cette larme qu'il sentait couler, toute tiède sous ses doigts, entre les rides de mamé Marie. Peut-être, à cause de cela, du feu, de la nuit, des visages du soir, la vie lui était-elle toujours apparue à la fois légère et grave, riante et solennelle. Déjà, ces soirs-là, il avait pressenti qu'elle serait faite d'arrachements.

Le mot *FIN* venait de s'inscrire sur l'écran de télévision et Sophie mit à chauffer l'eau pour la tisane du soir.

– Demain, dit Abel, je m'entreprendrai à fendre le bois.

Jacques, au moment de son mariage, il y a vingt-cinq ans de ça, avait fait installer le chauffage central dans la grande maison. Julienne avait tellement seriné ses beaux-parents qu'ils l'avaient, par la même occasion, fait placer aussi chez eux. Abel, sur la suggestion de Sophie, avait acquitté la totalité de la facture. Il l'avait fait volontiers pour les jeunes et à cause de ce fameux progrès qu'il ne faut pas bouder, à cause de Sophie surtout et des bûches qui, an sur an, deviendraient de plus en plus lourdes. Pourtant, un hiver après l'autre, d'un commun accord, ils avaient continué à allumer le fourneau de la cuisine et l'odeur du frêne était restée.

– Pas possible, grognait Jacques, voyant son père continuer à fendre les bûches derrière le hangar, s'éreinter pour économiser quatre sous !

Abel n'entendait pas. La seule chose qui l'embêtait, c'est lorsque le petit Frédéric venait à rôder par là. Planté devant lui, il regardait Abel avec le même air d'accusation que son père. Ça lui pinçait bizarrement le cœur à Abel l'idée que son petit-fils le juge avare. Il avait pourtant – mais allez dire ça – payé de bon cœur le « chauffage en fer-blanc », comme il l'appelait, et il était content que son petit n'ait jamais eu un glaçon au bout du nez en se réveillant. Les temps changent. Ça ne se voit pas. Les bûches, elles, se voyaient, bien qu'Abel ait abandonné le milieu de la cour où il avait l'habitude de fendre son bois comme son père avant lui, pour l'arrière du hangar, plus discret. Quand même…

Quand Frédéric était petit, Abel lui apprenait à pousser les formidables « Han ! » qui ouvrent les bûches en deux. Il lui contait l'histoire du lutin de la cheminée caché au cœur du bois, ce lutin qui s'échappe en tirant les flammes au bout de son fil invisible, les fait danser dans l'âtre et s'envoler en étoiles pour ensemencer le ciel. Il l'emmenait, hissé sur ses épaules, à travers prés et forêts, l'introduisait dans ce monde à eux, transmis de père en fils, et ça caquetait là-haut comme nichée de perdrix. Lorsqu'ils rentraient, les pommettes du petit lissées au grand air luisaient telles des pommes d'api et son nez coulait en fontaine.

– Mouche, mouche, moucheron, chantonnait Abel en le déchargeant de dessus ses épaules. Souffle chandelle, Trondelère !

– Trondelère ! répétait le petit, riant et soufflant dans le grand mouchoir à carreaux.

– Mais où diable êtes-vous encore allés courir tous les deux ? s'offusquait Julienne.

Ce n'était pas bien méchant.

Et ils couraient, c'est sûr, copains comme larrons en foire. Abel avait la sensation qu'il fallait faire vite, prendre de l'avance sur un temps qui, il le sentait, lui était compté.

Il avait vu juste, il l'était.

Dès ses premières sottises, Frédéric, en guise de punition, se vit interdire les échappées en forêt avec son grand-père. Après, ce fut à chaque mauvaise note.

Un an après l'autre, le gamin avait grandi. Il avait moins aimé se crotter jusqu'au collet à battre la campagne, et davantage apprécié les balades à voiture qu'à pied. Il avait perdu le rire lié aux exclamations en patois, l'enchantement des vieux contes d'ogres et de fées.

« Les temps changent », s'était dit Abel.

L'époque était venue du concret. On abandonnait rêves et parlotes inutiles à un passé encroûté. Le progrès s'arrache, il ne vous saute pas dessus.

– Où tu es allé chercher ça ? s'indignait Julienne. Y a pas de fées, mon pauvre Freddy. C'est que des sottises de vieux que t'a encore racontées ton papy ! Va donc jouer avec Jérôme que lui au moins c'est de ton âge !

Frédéric s'était mis à regarder son grand-père d'un air soupçonneux, et Abel avait perdu les mots qui, autrefois, le faisaient rire.

« Peut-être, se disait-il, ce ne sont qu'histoires et rires d'un autre temps. »

Il ne pouvait s'empêcher de voir : ce qui resserrait la famille de son fils les excluait eux. Rire, connivence et chaleur, protégés entre les murs en forteresse de la grande maison, repoussaient les vieux entre ceux de la petite. Par respect, fierté, pour ne pas déranger, s'imposer, ils prirent le pli, gardèrent la distance.

– Il faut que chacun vive sa vie, affirmait Sophie qui se chargeait des repas lorsque les jeunes étaient occupés aux fenaisons et Abel à les seconder, deux bras de plus étant les bienvenus. Ils s'entendent bien, que peut-on demander d'autre, Abel ?

– Rien, c'est vrai.

C'était vrai. Pas une raison parce qu'ils étaient là, à côté, pour leur demander plus qu'ils ne pouvaient donner. Déjà bien qu'ils soient là.

« Savoir Manon à l'autre bout du monde et vivante suffirait à notre bonheur », se disaient-ils.

– Rien, souriait Abel.

Il y avait eu d'abord ce papy qui l'avait gêné tel un vêtement pas fait pour lui. Il aurait préféré pépé.

– Tu retardes, 'pa ! s'était récrié Jacques en riant.

Sophie et Abel s'étaient mis à l'heure. Va pour papy et mamie. Tout de même…

Et puis, le reste… Ce sentiment, après avoir pourtant rétréci, de leur voler leur air.

Les murs de la petite maison s'étaient resserrés sur Sophie et Abel mais ils y étaient ensemble. Renoncement oublié à la porte, ils y étaient – n'était-ce le manque de leur fille – heureux. Le temps n'y courait pas comme il le fait ailleurs, il s'enroulait, rythmé par le tic-tac de l'horloge. Calme. Au point de leur donner l'illusion, parfois, à se retrouver l'un près de l'autre, d'être revenus à leur point de départ avec rien que le bonheur d'être deux et de n'être qu'un.

C'est le moment où Sophie pose les deux bols de tisane de tilleul sur la table.

– Je crois bien, dit Abel en s'étirant, que j'ai loupé une partie de la fin : j'ai dû faire un somme.

– Moi aussi, avoue Sophie pour qu'il ne sache pas qu'elle a observé à loisir l'air de tristesse désabusée avec lequel il contemplait fixement l'écran.

Ils sont assis, l'un en face de l'autre de chaque côté de la table. Le temps qu'infuse le tilleul, elle a ouvert la porte de leur chambre pour tiédir l'air. Retirant les briques du four, elle les a enfilées dans leur bas de laine avant de les glisser entre les draps. À tort peut-être, et c'est la première fois de la saison, mais ils dorment fenêtre ouverte et ce jour d'août, venteux, sent l'automne.

– La télé, observe-t-elle par-dessus son bol, a ça de bon : quand elle n'intéresse pas, elle berce.

Friponne, dans son sommeil, s'est étirée sur le dos. Elle dort près du fourneau, ventre léché par la flamme. Puceron, que Sophie a dérangé en s'asseyant, s'enroule sur ses genoux.

Sur le fauteuil, à l'angle de la fenêtre, il y a la poupée de Manon. Elle y était lorsque Manon a pris son envol. Elle y est restée. Déplacée parfois, puis remise de droit à sa place. Après la mort de Manon, elle n'en a plus bougé. Sophie n'a jamais voulu qu'on l'enlève de là. C'est sa place. Si l'on voulait s'asseoir sur ce fauteuil, il faudrait, comme avec le chat, la prendre sur ses genoux. Personne ne l'a jamais fait.

« Tu entretiens la douleur, lui dit-on, il faut tout débarrasser. »

Sophie ne répond pas. Elle sourit.

La poupée est là. C'est une présence. Parfois, lorsqu'elle ne se sent pas observée, Sophie, en passant, lui effleure la joue. Il arrive même que les yeux de verre l'arrêtent au milieu de sa cuisine, en plein travail, au moment où elle ne s'y attend pas, et ce qui se passe alors d'un regard à l'autre est très doux. D'une certaine façon, contrairement à ce qu'ont voulu lui faire entendre nombre de personnes pourtant bien intentionnées, ça rend la douleur moins sombre, lui restitue une part d'enfance.

Et la poupée reste là, sur son fauteuil. Comme un lien entre deux mondes.

– Ce petit, dit Sophie à l'instant de débarrasser les bols, ça m'a fait quelque chose…

– Moi aussi, dit Abel.

– Elles étaient proches quand même Isabelle et Manon… Et toutes ces années… je le réalise… c'était comme de les avoir perdues toutes les deux en même temps… le passé de Manon avec elle. Ce petit, c'est bien qu'il soit là. C'est bien pour Combe Nègre, et c'est bien pour nous aussi.

IX

CE MÊME SOIR, devançant le retour des champs, Julienne courut à la rencontre de son mari pour lui annoncer l'incroyable nouvelle qui la laissait à l'en croire, elle pourtant jamais à court de mots, sans voix.

– Jacques, tu sais la meilleure ? Je te le donnerais en mille que tu craindrais pas de deviner. J'en ai le souffle coupé !…

Et, retrouvant souffle et voix, lui dire cette Amérique qui n'était pas l'Amérique, ce grand départ qui s'arrêtait à Paris : histoire de fou à lier que n'aurait jamais inventée un fou.

– Qu'est-ce que tu me racontes ?

De stupeur, Jacques en avait calé son tracteur.

Geste tellement étonnant chez ce calme – dont le flegmatisme souvent irrite Julienne –, qu'il la confirma, si besoin était, dans son indignation, donnant à celle-ci l'envol, le rythme et les mots qui lui manquaient encore pour brosser et rebrosser le tableau, reprenant détail par détail depuis l'instant où elle avait découvert son beau-père en compagnie du mioche, puis, parvenue en bout de course, reprenant son récit par le début pour être sûre de n'avoir rien omis, aucune nuance, aucun effluve, aucun battement de cil. La réalité effarante dans toute sa réalité. Effarante ! Rapport qu'elle s'offrit quand même le plaisir d'agrémenter d'un commentaire final :

– Vous pouviez la porter aux nues, cette Isabelle !

De là, abandonnant Jacques à sa stupéfaction, elle fila chez sa belle-mère, non sans, encore à portée de voix, s'être délestée à l'intention de son mari d'un triomphal :

– Tu la tenais en haute estime, toi encore plus que les autres, ton Isabelle ; moi, avec ses airs de grande dame, j'ai jamais pu l'encaisser !

Qui atteignit Jacques juste avant que ne redémarre son moteur.

Cinq minutes plus tard, Julienne faisait irruption chez Sophie, leur maudit chien sur les talons couvrant de ses aboiements le son de sa voix.

– Tu décampes, sale bête ! Pas moyen de s'entendre parler !

Sûre de son territoire, Friponne ne décampait pas.

Julienne tenta un revers de talon, mais, chienne retorse, Friponne avait appris à esquiver.

– Calme ! gronda Sophie, et Friponne se résigna à grogner en sourdine, truffe au ras des mollets de Julienne.

– Vous l'avez vu, ce gamin ?

– Oui, dit Sophie, soulevant un peu trop vivement le couvercle de son faitout.

Julienne n'avait pas besoin d'autres précisions, ayant plus à dire qu'à entendre. Il y avait, lorsqu'elle parlait, rarement place pour deux. « Quand on a comme moi peu à dire, ça rend service », confiait Sophie à Abel. Ils en riaient. Julienne était leur bru, ils ne rêvaient pas d'en changer. Parfois, Sophie ajoutait : « Ma mère disait : “Mon homme, tant qu'à faire, je l'userai jusqu'au bout !” »

– J'en reviens toujours pas de cette histoire, explosa Julienne, ils sont fous ou quoi, les Rouvel ? Faire croire à tout le pays que leur Isabelle et son mari ont des situations aux États-Unis à faire pâlir presque, ici, pauvre France, un président de la République ! Si occupés, les Américains, et pleins d'obligations, vous parlez d'un grand monde, qu'ils trouvent même pas le temps de prendre l'avion pour venir embrasser leurs vieux parents ! Du temps perdu qui pourrait, allez voir, compromettre l'équilibre du monde ! Des gens devant lesquels nous autres, pauvres, n'avons qu'à nous tasser au fond de nos godasses !

Du regard, elle chercha l'approbation de Sophie penchée sur son fourneau. La considérant comme acquise, elle s'en dispensa :

– Ah, c'est du beau, du bien beau monde, vous n'allez pas me dire ? « Les enfants, qu'elle minaudait, la Marie, quand on lui demandait des nouvelles, on en est privés : c'est que c'est loin, New York ! »

Sophie n'avait rien dit. Elle ne s'était pas retournée. Toute la tirade lui était arrivée dans le dos.

Julienne, déjà, poursuivait :

– Vous l'avez vu, ce mioche ? Moi, je l'ai entendu et ça me suffit ! Il est bien sermonné, le morveux, pour sûr : « J'sais pas, moi, peut-être bien que mes parents et mes grands-parents, ils étaient fâchés. »

Un ricanement lui tint lieu de reprise de souffle.

– New York, ah, sûr que c'est beau, sûr que c'est loin, sûr que c'est pas ici, New York !

Le silence de Sophie lui donnant de l'élan, elle poursuivit :

– J'aurais pas ouï ça de mes propres oreilles, moi-même, vous voulez que je vous dise : j'y croirais pas ! Non, j'y croirais pas ! Et pourquoi tant mentir, en bout de compte ? Pour la frime ! Cette Marie Rouvel, vous la tenez en haute estime, moi, je vous dirais, ce sont des voisins, je fais pas d'histoires. Même par neige, on fait ce qu'on peut pour les tirer d'embarras, vous le savez. Mais, je peux vous l'avouer, avec l'Isidore et la Marie, le voisinage, c'est le voisinage, on a de bons rapports, mais pour le reste, je m'en méfie : c'est des taiseux. Et là que, pour le coup, ils pouvaient se taire, qu'est-ce qu'ils sont allés imaginer de faire circuler une chose pareille pour se monter le cou ?

Cette fois, Sophie se retourna :

– Se monter le cou, non, Julienne, ça ne leur ressemble pas. Garder un peu de fierté, peut-être…

– Vous appelez ça de la fierté, vous ?

– Je ne sais pas, Julienne, je n'en sais rien. Tout ce que je sais, c'est que moi, en dix ans, j'aurais bien aimé les voir une fois au moins, leur parler, mais je n'ai jamais vu Isabelle ni son mari par ici. Ça doit être dur, tu sais, pour des parents, l'impression d'avoir perdu son enfant alors qu'il est bien vivant… Alors, je ne sais pas… peut-être bien, on garde son mal en soi et on farde le dehors pour les autres…

– Des vantardises, c'est bien ce que je dis, pour cacher la honte, comme qu'elle soit, sous l'apparat ! Désormais, ils feront moins les fiers à Combe Nègre, à vivre repliés chez eux comme si les autres les valaient pas.

– Justement, dit Sophie.

Le lendemain, au milieu de l'après-midi, sachant les hommes aux champs, Marie Rouvel était venue s'asseoir dans la cuisine de Sophie. En arrivant, elle n'avait dit ni bonjour ni quoi que ce soit d'autre.

Sur le seuil de la porte, les deux femmes s'étaient regardées longuement, gravement. Puis, en s'asseyant, Marie avait dit :

– J'ai honte, Sophie. J'ai tellement honte.

Et elle était restée assise, un peu courbée, à regarder ses mains, des mains mortes posées sur ses genoux. Ou peut-être ne les voyait-elle pas. Rien que sa honte.

Sophie s'était assise en face d'elle. Elle comprenait cette honte et le courage qu'il fallait pour la soulever. Entre elles, un silence. Fragile. Un mot, un seul, fût-il de compassion, aurait pu le réduire en miettes. Et la femme avec lui.

Au bout d'un temps que ni l'une ni l'autre n'aurait su évaluer, Marie releva la tête. Ses yeux, dans ceux de Sophie, se noyèrent de larmes. Ces larmes ne coulaient pas. Juste, elles lui brouillaient la vue.

– J'ai tellement honte, redit-elle.

Le silence encore. Ce silence, peu à peu, telle une éponge, absorbait les larmes dans les yeux de Marie, laissant un regard nu, trop limpide.

– C'est terrible pour vous, finit-elle par dire, ses yeux trop clairs arrêtés dans ceux de Sophie, d'avoir perdu votre Manon.

Et il y avait en eux de la compassion, de la tristesse, autre chose encore d'indéfinissablement doux qui remua le cœur de Sophie comme si jamais aucun regard n'avait pénétré en elle aussi loin.

– La nôtre, poursuivit Marie, elle est vivante, mais elle est quand même perdue pour nous, et je ne sais même pas pourquoi. Je ne sais pas si nous lui avons fait du tort. Peut-être. Sûrement… je sais pas… ni quelle sorte de tort pour qu'elle nous efface de sa vie. Peut-être nous lui faisons honte, nous ne sommes que des paysans pas guère instruits… Tu veux que je te dise, Sophie, j'aimerais presque mieux ça, et qu'on le sache une bonne fois. On s'effacerait en pensant que c'est pour elle qu'on le fait, au lieu de ressasser à longueur de jour et de nuit les mêmes questions sans jamais trouver de réponse.

« Manon est morte, songeait Sophie, mais quand je pense à elle, c'est le rire de ma petite que je vois, et si je me reproche une chose, c'est de ne pas en avoir ramassé chaque miette. Dans mon cœur, elle est vivante. Celle de Marie est bien vivante, elle a cette chance, et pourtant si elle la cherche dans son cœur, elle ne trouve que des miettes et ne peut recoller son enfant. »

– C'est moi, reprit Marie, vieille bête, qui ai raconté cette histoire d'Amérique, Isidore me l'a assez reproché ! On me demandait : « Comment elle va votre Isabelle, qu'on la voit plus au pays ? » À la longue, c'était devenu une hantise. Pour pas entendre et pour pas avoir à répondre, je m'ensauvageais. Je voyais venir le moment où j'oserais plus mettre un pied hors de chez moi ni adresser la parole à personne. Alors, pour avoir la paix…

Avec lassitude, elle ajouta :

– Au fond, même s'il affirme aujourd'hui encore qu'il n'était pas d'accord, ça l'arrangeait bien, mon Isidore, ça lui sauvait la face à lui aussi.

– On était tellement empêtrés dans notre malheur, dit Sophie, qu'on n'a pas vu le vôtre.

Deux mères, deux femmes, elles sont en cet instant si proches que le silence pourrait à nouveau tomber entre elles, l'avancée de l'une vers l'autre se poursuivrait. Mais, maintenant qu'elle a commencé à parler, Marie ne s'arrêtera pas avant d'être parvenue au bout de ce qu'elle a à dire.

– Après l'accident de Manon, c'est vrai qu'on la trouvait un peu bizarre, notre Isabelle, mais c'était tellement normal. J'ai même téléphoné à Philippe, à son bureau, pour lui parler seule à seul que je l'avais jamais fait. Il m'a dit, lui aussi, de ne pas m'inquiéter, que c'était normal d'avoir le contrecoup d'un pareil choc, dans son état qui plus est, qu'elle était suivie par un spécialiste, qu'il fallait lui laisser un peu de temps. À partir de là, il avait dû lui faire la leçon, c'est vrai qu'elle a même bien téléphoné : elle était si contente, après l'avoir tant espéré, du petit à naître !

– Je me souviens, dit Sophie, elle était enceinte pour l'enterrement de Manon. Même si je ne voyais rien ce jour-là, ça, je l'ai vu dès qu'elle est entrée.

Les yeux de Marie ne lâchaient pas ceux de Sophie, mais ses mains ne bougeaient toujours pas. On aurait même dit qu'elles n'allaient plus jamais bouger, échouées sur ses genoux comme deux oiseaux morts. Pourquoi ?

– Toujours, dit Sophie avec l'impression de s'adresser à ces mains inertes, j'ai été reconnaissante à Isabelle et à son mari de s'être occupés des démarches et de tout. Je ne sais pas si on aurait été capables… on était sans réaction, Abel et moi, anéantis, et Jacques avec sa jambe dans le plâtre qu'il ne posait pas encore par terre. Isabelle a été là. Pour tout. Quand j'ai un peu retrouvé mes esprits, je me le suis reproché, pauvre petite : dans son état, c'était bien lourd. J'aurais voulu le lui dire, mais elle ne m'en a jamais donné l'occasion.

– Jamais, reconnut Marie – et sa voix se voila –, même du temps où elle téléphonait, elle n'a reparlé de Manon. « Il vaut mieux ne plus faire allusion à ces souvenirs douloureux qui la perturbent », nous a recommandé Philippe. Elle était enceinte. Deux mois après, leur petit Justin est né. Là, je me souviens, elle ne tarissait pas : ses yeux, ses sourires, ses dix doigts, ses cuisses grassouillettes… On est allés le voir au sortir de la maternité qu'on s'est même bien perdus, Isidore et moi, dans Paris ! Et puis on a commencé à languir qu'ils nous l'amènent. Ils n'étaient pas pressés. Philippe nous a expliqué… une dépression postnatale… il paraît que, de nos jours, ça arrive souvent aux jeunes mères. « Que tant d'*obre*[1] pour affaire de nature ! » auraient dit nos anciens. Une dépression ! On s'est bien fait du souci. Après qu'elle a repris pied, on les a pas vus davantage ! Si, pour être honnête : une fois l'an, bien rarement, deux. Et toujours à la sauvette : en passant pour aller dans la maison qu'ils se sont achetée en Lozère. Arrivés à midi, partis avant la nuit.

Des mains toujours aussi immobiles. Leur impuissance plus terrible à supporter que la détresse des yeux.

– Cette année, poursuit Marie, Isidore l'a mal pris : « Ils se croient de la haute, eh bien qu'ils les fréquentent ceux de la haute ! Ils ne veulent pas de nous comme parents, ça les regarde, on se passera d'eux ! Mais, parole d'Isidore, il ne sera pas dit que mon petit-fils, lui, n'a pas de grands-parents. Quand il sera en âge, ce sera à lui de choisir s'il en a honte ou pas ! » Il m'a traînée à Saint-Étienne pour consulter un avocat et, le soir du retour, sans attendre, mon Isidore a pris la plume. Il lui a écrit à sa fille qu'on a, nous, même paysans, des

1. Obre : *fourbi.*

droits de grands-parents sur Justin et que, s'ils ne veulent pas l'entendre de raison, ils l'entendront de droit. Et raide. Avec la carte de l'avocat glissée dans la lettre pour le cas où ils conserveraient un doute.

Avec son regard arrêté, on aurait dit qu'elle cherchait les mots sur la figure de Sophie.

– C'est un calme, Isidore, et le calme a tenu neuf ans, mais quand l'orage pète, elle le sait, sa fille, rien ne l'arrête.

Ses yeux s'arrachèrent à ceux de Sophie, redevinrent ses yeux à elle, bleus.

– Ma foi, poursuivit-elle, ça a fait son effet : ils nous l'ont amené, le petit, pour quinze jours avec une liste de consignes qu'il faudrait bien déjà un bon mois pour les lire ! Et ci, et ça, et pas dépasser les limites de la cour, et que sais-je… Ce qui est sûr, c'est qu'à la moindre égratignure on n'est pas près de le revoir !

Sophie venait de servir le café, il y eut une course dans la cour, et Friponne franchit la porte juste avant que Justin ne se plante devant.

– Quand on parle du loup… dit Marie, retrouvant son sourire.

– Entre donc, Justin, l'encouragea Sophie, je suis sûre que tu boirais volontiers un verre de sirop.

– Volontiers, madame !

Les yeux de Marie brillaient. En cet instant, Sophie en fut certaine, elle avait oublié les neuf ans passés, l'Amérique et tout le reste. Il n'y avait plus que l'enfant.

Lorsque Sophie referma la porte du buffet et se retourna, sa bouteille à la main, Justin s'était déjà assis sur le fauteuil près de la fenêtre. Il avait pris la poupée sur ses genoux et, doucement, lui arrangeait les cheveux.

– C'est la poupée de Manon ? demanda-t-il.

– Oui, murmura Sophie.

Avec ce soleil qui le prenait de biais, cet enfant… à l'instant où elle s'était retournée, elle avait cru voir sa fille.

– Comment elle s'appelle ?

– Nina.

Comme un bonheur, un instant rendu.

X

QUAND ABEL SORTIT, à l'heure qui est celle de la sieste, mais il n'avait pas envie de faire la sieste, le soleil, poussé par un petit vent d'est, prenait le ciel d'assaut.

« Comment diable, se demanda-t-il, j'ai pu imaginer raccourcir l'été ? À croire que le gris, quand il vous tient, attrape aussi le dehors et assombrit les augures ! »

En tout cas, si le froid avait piqué son premier dard, il avait reculé, décontenancé par la remontée du baromètre.

« Une façon, juste, de prévenir que l'hiver comme la vieillesse guette en chaque saison, songe Abel. On le sait. Sans besoin d'être bien savant, on sait aussi qui du chaud ou du froid sera le gagnant. N'empêche, chaque jour de soleil est bon à prendre. »

Aujourd'hui, il n'avait pas envie d'en perdre une miette.

L'air sentait le foin et l'humus. Sous sa peau reverdie, le Haut Plateau, de tout son long, étirait ses muscles. Une respiration le soulevait, ample. La vie prenait ses aises. Lui, Abel, assis sur le banc de son jardin, l'imitait, faisant provision d'été. Il n'avait même pas envie de se demander de quoi l'instant suivant serait fait. Dans ce soleil d'août en apparence oublieux du déclin, il se sentait en paix. Le ciel aplatissait sa lumière sur les hautes terres... Le vieil homme savait l'hiver en marche sous le soleil, la mort de l'hiver, son linceul de neige. Et aussi, il savait cette mort nourricière : plus épaisse serait la couche de neige, plus s'alimenterait en profondeur une vie qui repartirait, neuve, au printemps. Il passerait, lui, Abel, c'est sûr, mais cela reviendrait : l'été après l'hiver. Jamais ce rendez-vous n'avait été manqué depuis que le grand-père du père du grand-père Joachin avait posé, en ce point le plus haut du pays, la première pierre de la Barollière, depuis cette première fois où un enfant, à l'endroit même où Abel se trouvait, avait mis son pas minuscule dans le pas de son père, inaugurant sans le savoir le miracle de la continuité.

S'était-il assoupi une seconde ? Se croyant tous sens en éveil, il ne l'avait pourtant pas entendu arriver.

– Coucou ! cria le gamin, assis à califourchon sur le mur, et sans attendre de réponse, il atterrit entre carrés de blettes et de salades.

– Je me suis pas caché pour venir, triompha-t-il en se campant, cramoisi, devant Abel. Mon papy m'a dit que je pouvais, sauf me noyer ou me casser une patte, faire ce que je voulais.

Fort de cette affirmation, l'enfant, dès le matin, s'était retrouvé dans la peau d'un coureur d'espaces, de prés, de bosquets. Il courait, s'arrêtait, reniflait le monde à pleines narines, à pleins poumons avant de le rentrer dans sa tête et dans son cœur.

Tant de choses en soi qu'il fallait bien en sortir un peu.

– Ici, on n'est pas en ville, et, ici, y a même deux choses, il dit, mon papy, qu'on n'attache pas. Tu sais quoi ?

– Quelque chose me dit que je ne vais pas tarder à savoir !

– On n'attache pas le vent, et non plus les enfants.

– C'est un brave homme, ton papy.

– Ce matin, devine, je l'ai aidé, papy : tous les deux, on a arraché les pommes de terre d'hiver pour qu'il soit pas jaloux de croire que je te préfère.

Encore essoufflé d'avoir couru, il s'assit aux côtés d'Abel.

– Tu m'attendais ?

– Un peu, dit Abel.

Il ne pouvait détacher les yeux de cet enfant.

Et le petit parlait, parlait. Il racontait sa vie à Paris, son école, les copains. Il parlait. Cela faisait autour d'Abel comme le pépiement de milliers d'oiseaux. Empli de tout cela, et de la vision en arrière-plan d'une immensité dont il ne se lassait jamais, remué jusqu'au fond des tripes, il sentait à travers ce bonheur, à cause de ce bonheur, une révolte monter en lui. Pourquoi, au bout, n'y aurait-il qu'abandon ?

Lorsque Frédéric, son petit-fils, était né, Abel l'avait posé sur sa terre et son cœur, à éclater, s'était gonflé de fierté. La jeunesse alors n'était pas qu'en sa tête, il la sentait battre, chaude, dans ses jambes, ses bras, son ventre. Un enfant de la Barollière, un enfant tout neuf respirait, le sang des anciens renaissait dans ses veines. La ferme-forteresse, au travers de ses vieux os de pierre, en tressaillait d'allégresse. Maintenant, Frédéric avait dix-huit ans. Il faisait, sans trop forcer, des études que c'est une bonne chose, on n'est jamais trop savant, mais, pour l'instant, il préférait la griserie de sa moto à la monotonie des prés, le plancher des bals à celui des vaches. C'était de son âge. Sa mère le voyait déjà en costume trois pièces.

« Tout, affirmait-elle, plutôt que cet esclavage. Il ne faudrait pas aimer ses enfants pour leur souhaiter cette vie qu'on mène nous autres, attachés au cul des vaches trois cent soixante-cinq jours sur trois cent soixante-cinq sans même un jour, un seul, de congé. Et pour gagner quoi ? Une misère si on fait le compte des heures ! »

On ne pouvait pas dire que ce soit faux, mais Abel n'avait jamais vu les choses de cette façon.

« On ne gagne pas des cents et des mille, estimait-il, mais on peut se contenter de peu quand on a tout. »

Faudrait-il partir en fermant la porte là-dessus ?

Tout pourtant jusque-là, des pas du grand-père Joachin dans ceux qui le précédaient, puis des pas de son père dans ceux de Joachin, de ses pas à lui dans ceux de son père, et ceux de son fils dans les siens... tout avait semblé pouvoir continuer.

Il entendit démarrer le tracteur. Il n'avait pas à se retourner pour sentir dans son dos la présence de la grande bâtisse. Il retrouva sa sérénité.

Pour Abel, la question ne se posait pas, c'était une évidence : chaque pierre de la Barollière gardait la mémoire de ce qu'elle avait vécu, de ce qu'elle avait senti et vu. En ce sens, les pierres lui ressemblaient. Même si, dans son cerveau à lui, l'oubli faisait son travail de gommage, il savait, gravé en sa chair, en chaque fibre de sa chair, jusqu'au plus infime détail des jours oubliés. De cette mémoire, Abel a la certitude même si ces choses se dérobent à la vue comme la sauvagine à l'approche d'un pas.

« Le passé, se dit-il, coule les fondations de l'avenir. »

Justin à ses côtés, ils restaient assis.

L'enfant, depuis un moment, se taisait. Impressionné peut-être par le silence du vieil homme, il ne bougeait pas. Il faisait même très attention à ne pas frapper du talon le banc de pierre comme il a l'habitude. Pourquoi ? Il y a ce qu'on fait. Pourquoi on le fait, on sait pas. Peut-être parce qu'Abel le regardait fixement comme ça, derrière son front.

Justin ne pouvait même plus penser aux pommes de terre du matin ni à Paris.

C'est lorsque le regard du vieil homme descendit de son front dans ses yeux que l'enfant retrouva la phrase qu'il s'apprêtait à formuler avant, une question importante qui exigeait une réponse :

– Toi, tu vis ici depuis toujours ?

– Oui, c'est chez moi.

– Depuis toujours, toujours ?

– Oui. En tout cas, depuis ma naissance.

Que savait-il ce mioche, de la plénitude comme du manque qui chemine parfois à l'ombre d'un ciel trop gris, trop vaste ?

– T'as jamais vécu en ville ?

– Non, jamais. Enfin, si. J'ai vécu six mois à Paris quand j'étais jeune, mais j'attendais juste de revenir. Maintenant, en ville, j'y vais une fois ou l'autre, à Saint-Étienne surtout, mais il me tarde toujours de revenir. C'est comme de tout : ici, tout ce bruit et ce remue-ménage, on ne connaît pas, alors on en est vite fatigué !

– Elle est bonne, celle-là ! Tu trouves, toi, qu'y a pas de bruit, ici ?

– Non, c'est la campagne…

– Alors là ! Moi, ta campagne, elle fait tellement de bruit qu'elle me réveille la nuit où à Paris c'est tranquille pour dormir !

– C'est vrai, constata Abel en riant, ce ne sont pas les mêmes bruits. Ici, vent, orages, les sonnailles du bétail, le meuglement des vaches, ou même les aboiements des chiens par la campagne, les jappements du renard, des fois, et le cri des oiseaux de nuit, ça n'empêche personne de dormir : on est habitués.

– Abel, dis… c'est souvent que tu restes assis comme ça sur le banc ?

– Souvent.

– Tu fais rien ?

– Oh que si, je fais toujours quelque chose !

– Ben non, tu fais rien. On fait rien quand on est assis et qu'on bouge pas.

– Oh que si !

– Tu fais quoi ?

– Je regarde.

– Quoi ?

– Tout ça.

– Tout ça quoi ? Y a rien que tu connais pas puisque t'es là depuis toujours.

– Et tu crois ça, toi ?

Sourire en coin de lèvres, il examinait l'enfant.

– Le jour où j'aurai plus rien à découvrir, je serai mort. Allez, n'écarquille pas tant les yeux, va, ils ne craignent pas de rien voir, tes yeux ! Tu parles, tu parles, et quand tu te tais, ça fait encore tellement de boucan en toi que tu ne crains pas d'entendre non plus. Mon papé me disait : « Ta bouche, mon droulet, prend tant de place qu'il n'en reste plus pour tes oreilles ni tes yeux. » Il avait raison : à s'enrouler autour de soi, on arrête le monde à la pointe de son nez. Tu sais, Loustic, si je suis sûr d'une chose, c'est que chaque jour me donne à apprendre et qu'il passe trop vite pour que je me dise : c'est fait.

L'envie le prenait de donner à cet enfant il y a une semaine inconnu tout ce qu'il avait mis une vie à ramasser. Qu'il gratte là-dedans comme grappillent les moineaux. Malgré ce qu'ils dispersent, il leur en reste toujours assez pour se nourrir.

En même temps, il songeait que tant de choses amassées, qui lui parurent importantes, s'effacent peu à peu de sa vue. N'en resteront bientôt que quelques-unes, minuscules : ce regard de sa mère quand, si pudique à l'égard des mots, elle lui avait dit : « Comme il est beau, mon fils ! », son regard, et sa voix qui tremblait… Les menottes de Manon : elles tentent de saisir les moucherons de poussière voletant dans un rayon de soleil… Le visage de Sophie endormie sur l'oreiller à leur premier matin… Ces choses-là, les seules, qu'il emporterait, il en était sûr, de l'autre côté.

– Même vieux, t'apprends toujours ?

Abel examina l'enfant. Comment expliquer ? Son monde était petit, c'est vrai, mais, si petit soit-il – en fait, petit ou grand c'était peut-être pareil –, plus le temps s'accélérait, plus il savait qu'il lui faudrait au moins une vie derrière celle-là pour en faire le tour.

– Peu par rapport à ce qui reste à apprendre, mais toujours.

Justin le dévisageait, perplexe. Il avait du mal à comprendre.

– Quand on est vieux, on sait tout : il reste rien à apprendre.

– On sait surtout qu'on ne sait pas grand-chose !

– Et… jamais tu t'es embêté ? demande Justin pour qui toujours est très long.

Abel s'interroge : comment aurait-il eu le temps ?

– Ah, ça non, jamais ! Je crois que j'ai toujours trouvé les journées trop courtes. Si tu regardes bien, du lever au coucher du soleil, ça paraît long quand ça commence et c'est tellement court quand ça finit.

Cela, l'enfant comprenait.

– Moi non plus, je m'embête jamais ici. Mes parents m'avaient dit que je m'ennuierais. Tu sais quoi ? C'est pas vrai. C'est même tant pas vrai que je voudrais que ça dure… que ça dure l'éternité.

– C'est que c'est long l'éternité !

– T'as dit qu'à la fin c'est court. Si c'est court pour rien qu'un jour, c'est court aussi pour l'éternité des jours.

– Vu comme ça !

Jamais Justin n'oublierait son premier matin à Combe Nègre. Lorsqu'il était sorti, le soleil se levait, taillant le monde en deux. En bas, du vert, à perte de vue, ruisselant de rosée, en haut, la coulée d'étain du ciel. Et là-bas, couché sur les prés, l'horizon lui appartenait. À lui tout seul. Un jour, c'est sûr, il irait à sa rencontre. Il irait jusqu'au bout. Il avait ressenti ce matin-là une émotion que le temps ne laminerait pas. Son sang s'était mis à courir plus vite dans ses veines lui gonflant le cœur.

– Ici, dit-il, c'est beau.

– Ailleurs, c'est beau aussi pour qui sait regarder.

– Vou… oui, mais quand on aime quelque chose ou quelqu'un, qu'on l'aime fort d'amour, tu crois pas que, forcément, c'est plus beau ?

– Si, dit Abel.

Drôle de mioche. Que sait-on de l'amour à cet âge ? Tout peut-être.

– Toi, t'aimes surtout quoi regarder, Abel ? Le plus du plus ?

Drôle d'enfant, oui, ce mioche dont la pensée à l'instant devance la sienne.

– Ce soir… j'arroserai le jardin un peu plus tôt que d'habitude. Après, si tu reviens, je te montrerai. Maintenant, Loustic, déguerpis, et vite, ou l'Isidore va finir par m'en vouloir de t'attirer ici.

Abel n'eut pas le temps de se lever de son banc que le gamin avait disparu à l'angle du portail.

« Ils ont des ailes à cet âge, ma parole ! »

Il savait que Justin serait au rendez-vous.

XI

Et, ce soir-là, Abel fit ce qu'il avait regretté de n'avoir jamais fait avec son fils, n'en ayant pas trouvé, ou pris, le temps, ni avec son petit-fils car le temps cette fois ne lui en avait pas été laissé : il emmena Justin sur la butte haute où il aimait s'asseoir, enfant.

Ils montèrent – façon de parler tant tout ici, fût-ce dans l'ascension, paraît plat – à travers les prés en inclinaison douce jusqu'à cette crête au crâne calotté de granit qu'on appelle Pierre Haute parce qu'elle est le point le plus élevé du plateau et qu'on y débouche en plein vent, buttant du front contre le ciel. Des perdreaux coururent devant eux et se laissèrent couler, emportés par la pente.

Le mioche bavard se tut. Il regardait de tous les côtés comme si ses yeux n'arrivaient pas à contenir ce qu'ils voyaient, puis il se mit à tourner sur lui-même, ouvrit les bras, offrit son visage au vent, s'en soûla à perdre souffle, et il murmurait, bâillonné d'espace :

– C'est… grand, c'est… tel… lement… grand !

Abel se revoit, enfant, trottinant derrière le pas de son père. Et il le revoit, son père. Et il revoit le vieux Joachin. Et il revoit la mamé Marie. Ils sont là en ce moment, proches, tous ceux qui lui ont donné le goût de la vie parce qu'ils aimaient la vie. Sa mère lui tend des framboises dans la paume de sa main, c'est la première fois qu'il en mange. Sa mère rit. Abel la regarde. Il rit à son tour et le parfum des fruits rouges fond merveilleusement dans sa bouche. Et Manon est là, sa petite à lui, tournant dans le vent comme ce gamin.

Ils sont là, tous les siens. À travers lui, Abel sait que c'est vers l'enfant qu'ils marchent.

Quand Justin s'assit enfin, grisé d'air et d'espace, ce fut pour dire :

– Ici, on est sur le toit du monde. Y a rien de plus beau nulle part.

À perte de vue, laminé par le ressac du vent, il n'y a que le vert des prés, vaste étendue à peine bosselée par ce tumulus pierreux que l'œil prend d'abord pour un éboulis de roches et qui n'est autre que la ferme de la Fioux. Vue de dos, n'émerge à ras de terre que son toit de lauzes. L'enfant peine à la voir. Lorsqu'il la distingue enfin au bout du doigt du vieil homme, il se tait.

Ici, terre et ciel sont face à face. Loin, là-bas, l'horizon les accole peau contre peau.

La terre, le ciel… Abel a l'impression de voir ressurgir dans les yeux éblouis d'un enfant un monde sur le point d'être englouti.

« Ici, tu crains pas de jouer au plus malin, lui disait le vieux Joachin. Même à plusieurs, peuchère, t'es seul de seul. C'est quelque chose, ça : le ciel, la terre, et toi, si grand que t'es, minuscule entre les deux. L'infini en haut, en bas – qui le sait ? – le fini, et toi entre, tout petit mais tout plein vivant. Des fois, je me dis, on est faits de ça, nous autres : une parole entre le ciel et la terre, si claire qu'elle a fait la chair des hommes. Mais ça, c'est rien qu'avis de vieux *foutralas*, mon drôle, toi, t'apprendras le vrai du vrai dans les livres ! Quand même, écoute bien ce que ces deux-là ont à se dire. »

À cause de cette voix du vieux, lorsque le petit Abel, à Pierre Haute, s'asseyait sur le crâne rocheux de la terre, il sentait parfois passer ce chuchotis dont on ne sait d'où il vient car, à l'instant où il vous frôle, il n'est déjà plus là.

« Dans ce silence, songe Abel, et pareil dans le vacarme du vent, ils doivent quand même bien, ces deux-là au moins, depuis le premier instant qui les a sortis du néant, s'être enfin mis d'accord sur le pourquoi de leur existence. »

Minuscules entre les deux, s'affairent des fourmis humaines agitées de pourquoi, la peur d'entendre la réponse les faisant courir de plus en plus vite. Ici, le temps, habitué à l'infini, passe sans faire plus de cas de la brève vie des hommes que de celle d'insectes que le matin allume et qu'éteint le soir.

« Nous autres, on n'est rien », s'est-il souvent répété, arrêté devant ce paysage avec, dans le même instant, la fragile certitude que ce rien pourrait aussi être tout.

Le vieux Joachin lui avait appris que les pas d'un homme sur la terre, tous ses pas et même ceux qui ont l'air de prendre la pente, ne marchent que pour le rapprocher du ciel. Il était petit, alors. Il n'avait pas compris. Il lui avait fallu une vie pour ça.

La crête d'une forêt de frênes flotte au-dessus d'un léger vallonnement. Écrasée de soleil, elle ressemble plus que jamais à l'opulente tignasse de quelque mammifère préhistorique vautré de tout son long sur l'herbe.

À l'enfant, Abel a envie de transmettre cela qu'il a reçu, lui, du vieux Joachin, un savoir bu avec le lait de l'enfance. Des choses apprises de ce grand-père que Julienne traitait, pour en avoir entendu parfois parler, de « rêvassier », redoutant l'héritage pour son fils. Mais dont il savait, lui, que les rêves de ce « rêvassier » dureraient plus que bien des réalités que souffle le temps.

En fait, lorsque Julienne partait ainsi en guerre, Abel se taisait, aussi sûr de ne pouvoir la convaincre que de ne pouvoir l'être par elle. Il n'avait pas vécu si longtemps pour ignorer que, fût-ce en prêtant l'oreille, tout le monde n'entend pas le même langage. Un langage, il le pressentait, que ce gamin, lui, entendait, l'oreille préparée par quoi ?

Il lui semble que Manon, absente, est en cet instant proche. Il sent comme autrefois le poids de son front sur son épaule… Manon, sa petite… elle lui demande de donner à l'enfant ce qu'il ne peut plus lui donner à elle.

Sur l'horizon, le front de la terre touche le ciel.

Lui dire, retrouvant les mots du vieux Joachin : « Celui qui approcherait ces deux-là, terre et ciel, d'assez près, percevrait, chuchoté entre eux, le secret des deux mondes. » « Même de loin, petit, lui affirmait-il, si t'ouvres grandes tes oreilles, grands tes yeux, il arrive que t'attrapes un mot échappé, un seul, mais ce seul mot suffit à remplir le cœur d'un homme. » Et toutes ces choses qui ne peuvent se verser que dans l'oreille d'un enfant. Plus que personne, il en était savant, le vieil homme. Il est vrai qu'à force de les perdre, ses yeux à lui, loin, il les ramenait tout chargés de ce que la voix humaine ne sait pas redire. Juste le chemin.

Aujourd'hui le petit Justin est là, arrêté au bord de ce chemin, à l'écoute, comme l'était le petit Abel il y a trois quarts de siècle.

Et puis Justin, revenu de loin, le tire par la manche.

– Mais… là-dessous, Abel, regarde, c'est chez nous, c'est Combe Nègre ! Je reconnaissais pas. De loin, c'est pas pareil que de près !

Longue et trapue, c'est bien la ferme de Combe Nègre.

– Là-bas, lui dit Abel, désignant sur leur droite une bâtisse plus écrasée encore dans le recul des prés, c'est Biassoulet. J'aimais bien quand j'étais petit voir s'éclairer ses fenêtres. « Tu vois, me disait mon papé, il est tombé une étoile par terre et les gens y ont fait leur maison. » Je lui demandais si en haut il y avait aussi des gens dans leurs maisons d'étoiles. « Bien sûr, me répondait-il, et la nuit, quand tout s'éclaire là-haut et qu'en bas tout est noir, ils font signe à ceux dont le cœur se fait aussi léger que le leur. »

Quelques arbres disséminés de loin en loin, quelques agrégats de pierres aux formes d'animaux pétrifiés, quelques replis de terre, jusqu'à cette corniche de Peyre Haute où le vert cède le pas à des tons de rouille ambrée parcheminée par le temps. À trop fixer ce bord lointain, on a beau être habitué, on se sent happé par l'appel du large.

Justin s'est retourné, à genoux, les fesses sur ses talons. D'un bond remis sur pied, il découvre l'autre côté.

– Ça fait un cercle, chuchote-t-il, tournant sur lui-même. Un cercle… immense, Abel… immense. Regarde !

Comme s'il avait des yeux dans le dos, Abel pourrait décrire cet autre demi-cercle pareillement laminé d'espace et de vent, un vent qui s'embête ici à ne pas trouver d'obstacle. Le regard arpente quelques milliers d'hectares, une demi-lieue à vol d'oiseau, séparés du reste du monde par deux sentinelles noires tout droit sorties des profondeurs carbonisées de la terre. Dans cette nudité d'herbe et de vent, le contrefort du Mézenc retient le ciel de tomber sur les prés.

– Le Mézenc, là-bas, indique Abel, désignant le mont de la pointe de son bâton.

– Le Mézenc, répète Justin mettant ses mots, à l'égal d'un pas, dans ceux d'Abel.

Pour l'avoir toujours eu sous les yeux et rarement approché, avec son crâne dévoré de lichens sur lequel planent les rapaces, sa forêt arrêtée à mi-pente telle une soldatesque armée de pics que la solitude des lieux marqués par la mort aurait stoppée dans son ascension, le mont garde pour Abel cette sorte de distance sacrée, magique et envoûtante qu'il avait dans l'enfance lorsque la vision de l'espace n'avait pas subi l'érosion de l'âme.

Le vieil homme contemple le paysage familier, mais c'est à travers les yeux de l'enfant qu'il le voit avec la sensation d'approcher pour la première fois l'immensité mystérieuse et sauvage des origines.

– On est plus que seuls au monde, tous les deux, chuchote Justin se rasseyant près de lui.

Ni l'un ni l'autre, en cet instant, n'ose se regarder. Il y a trop d'espace dans les yeux. Chacun sait aussi que, dans un moment, il faudra se lever et partir.

– Tu viens ? demande Abel.

Et Justin lui emboîte le pas.

Ils ne parlent pas. Le feu du soir, se répandant sur l'horizon, s'adoucit, et le ciel se rapproche encore de la terre. Une paix se dégage du paysage, du mont qui s'estompe dans le lointain, des pas, celui de l'homme, celui de l'enfant, comme si le jour en mourant restituait à chaque chose sa part secrète. Les derniers cris d'oiseaux parlent à travers l'espace d'une éternité assez proche pour s'y fondre.

XII

– Et voilà qu'ils se sont entichés du rejeton de la « famille menteurs », constata Julienne, l'œil sur sa fenêtre. Je me demande bien ce que papy et lui peuvent se raconter !

– Ça te dérange en quoi ? lui demanda Frédéric, refermant un bouquin qu'il n'avait de toute façon pas l'intention de lire.

– Je ne dis pas que ça me dérange, je m'interroge, c'est tout. Ton grand-père, il défendrait sa solitude pire qu'un loup affamé sur son rocher. Même moi, des fois, je m'y reprends à deux coups pour lui adresser une parole !

– Il est bien le premier et le seul, papy, à réussir cet exploit !

Julienne, haussant les épaules, sourit. Et celui-là était bien le seul à la mettre en boîte sans qu'elle s'en prenne.

– Moi, je le trouve plutôt sympa le môme, poursuivait son fils, et qu'est-ce que ça peut nous foutre à nous qu'il soit parisien ou américain ? C'est pas nos oignons. Un de ces jours, si ça se trouve, je vais lui faire faire un tour de moto…

– Ah, ça non ! Tu sais à qui tu as affaire ? Le père, si c'est pas encore des menteries, est avocat. Au moindre bobo, tu peux être sûr qu'ils nous bouffent la ferme !

– C'est toi qui serais contente, t'en as plus qu'une indigestion !

Elle aimait le voir rire, et c'était même lorsqu'il riait à ses dépens qu'elle le trouvait le plus beau.

– Allez, 'man, je file, les potes m'attendent.

– C'est toi, lui dit-elle à l'instant où il franchissait la porte, que je compte bien voir avocat.

Elle en était fière, il lui ressemblait, en tout cas tignasse et yeux bruns. La charpente, elle devait le reconnaître, il devait bien la tenir un peu des Jourdan mais baste ! Ce qui bâtit un homme tient plus dans la tête que dans l'os.

À propos des voisins, elle avait été claire avec sa belle-mère :

– Vous pouvez bien m'en dire ce que diable vous voudrez. Pour moi, des menteurs ça reste des menteurs.

Elle l'avait dit.

Cette violence choquait Sophie, la jalousie aussi lorsqu'elle la sentait poindre, et la rivalité alors qu'on aurait dû se serrer les coudes étant de moins en moins nombreux... Les temps changeaient, ils changeaient même assez vite pour lui donner parfois le vertige. Des mots émergeaient, des comportements nouveaux, une violence jusque dans l'appétit à vivre. Elle n'avait jamais connu, longtemps, d'emportement autre que celui des éléments. Pas de jalousie. De quoi l'aurait-on été ? Ni de rivalité. Par rapport à quoi, je vous le demande ? « Si ce n'était le manque de Manon, songe-t-elle souvent, on pourrait dire qu'on a eu, nous autres, une belle vie. Sans autant d'argent qu'il leur en faut maintenant, bien sûr... », mais tant de petits bonheurs qu'ils font, au bout, une richesse telle qu'elle n'en envie pas d'autre. Or, pourquoi, alors que, regardant les enfants, elle avait des raisons de se réjouir, sa poitrine se serrait-elle à l'improviste, pourquoi la pinçait au cœur quelque chose qu'elle ne voulait pas voir ?

Pourtant, c'était étrange... lorsqu'elle le voyait, lui, le petit d'Isabelle, s'asseoir sans façons sur le fauteuil où personne avant lui n'avait osé s'asseoir, la poupée de Manon sur ses genoux, elle avait beau se détourner pour cacher le trop-plein d'émotion, un étrange bonheur la submergeait. C'était plus fort qu'elle. Ce bonheur, tout à coup explosant en chaque fibre de sa chair, elle l'accueillait avec gratitude comme un signe que sa fille lui aurait adressé. Il serait toujours assez tôt pour ressentir le passage de l'ombre, cette sourde inquiétude qui arrive avec le crépuscule ralentissant et le jour et le pas.

« Ce petit, se disaient-ils avec Abel, c'est sans doute de venir de la ville qui le rend curieux de tout. »

Des choses que, peut-être parce qu'elles lui étaient données, Frédéric rejetait.

« En attendant, pensait Sophie, il rend sa jeunesse à mon Abel. »

Et de cela aussi, elle lui savait gré.

– On aimait tellement ta maman, disait-elle au garçon, comme pour s'excuser de s'emplir, fût-elle brève, de sa présence.

Et elle ajoutait vite :

– Allez, dépêche-toi, Justin, ne fais pas languir tes grands-parents !

Elle aimait bien ce prénom du petit. Ses parents, semble-t-il, et ses grands-parents à leur suite, l'appelaient Juju. Sophie n'aimait pas les diminutifs. Elle, si peu faite pour l'interdit, avait toujours refusé à ses enfants d'en user. Elle appelait Frédéric, Frédéric, même si ses parents lui préféraient Freddy. On a un nom.

– Justin me rappelle votre Isabelle, assurait-elle à Marie, pour ne pas s'avouer à elle-même qu'il lui rappelait sa Manon.

« L'enfance, songeait-elle, ressemble tellement à l'enfance. »

Mais que Justin arrive en courant, frêle et souple comme une liane sous sa tignasse brune ébouriffée, un soleil dans les yeux, qu'il se jette dans ses bras : elle retrouvait sa petite.

– C'est un cadeau du ciel pour Marie et son Isidore, le petit Justin, et c'est aussi un cadeau pour nous, disait-elle à Abel.

XIII

Ce matin-là, le vieil homme devant, l'enfant derrière, conduisirent les vaches au pâturage. Ils marchaient sans même se voir. Entre eux, fleuve lent agité de puissants remous, coulait la longue file de bêtes.

C'étaient les mêmes prés, le même vert à perte de vue et le ciel par-dessus, le même martèlement des sabots et l'écrasement mou des bouses au sol. Comme tant d'autres fois, Abel marchait en tête du troupeau avec Friponne. Mirot, vigilant, fermait la marche. Mais cette fois, derrière la dernière vache, à côté de Mirot, il y avait Justin.

Abel marchait sur le chemin de terre creusé par les roues des chars, et c'était comme si ce chemin où il était passé des milliers de fois renaissait sous ses pieds. Un sentiment si étrange qu'il lui troublait la vue, et il se faisait l'effet d'avancer dans un rêve. Pourtant, sous la lumière rasante, tout lui était incroyablement présent. Comme jamais peut-être. Une sorte de jeunesse du monde. Neufs, ce monde, ce chemin sur lequel il avait l'impression de poser chacun de ses pas comme s'il était le premier.

Après avoir parqué les vaches, ils s'assirent un moment à l'abri du vent à regarder devant eux onduler les croupes, à écouter le bruit de la mastication, celui, patient, de la rumination, les yeux des bêtes agrandis dans une sorte de torpeur bienheureuse. Ni l'un ni l'autre n'avait envie de parler. Une tiède langueur arrêtait le paysage au bord d'une éternité dont le souffle les frôlait. Puis ils repartirent. Au bout de leur regard, l'horizon tremblait dans une buée bleue. Lentement, ils marchaient vers cet horizon.

Ils s'arrêtèrent au pied d'un tumulus pierreux abrité du vent.

– On dirait qu'y a plus personne nulle part, constata Justin. C'est pareil que le désert.

– Oui, et pareil que dans le vrai, on n'est quand même pas les seuls dans ce désert ni les derniers, plaisante Abel. Les avant-derniers, peut-être !

Il le sait, Justin. En huit jours, il lui semble avoir appris plus de choses de ce pays que tout ce qu'il a pu apprendre d'autre dans sa vie.

Ses parents lui ont interdit de franchir les limites de la cour. En fait, le soir, dans son lit, il peut, les yeux fermés, parcourir le chemin qui part de la Barollière et rejoint, à trois cents mètres à peine, celui de Combe Nègre pour filer ensuite jusqu'au village, La Bâtie-du-Riou, camouflé à deux kilomètres de là derrière un petit bois où s'entremêlent les essences de pins, de fayards, de mélèzes. Ce bois, affirme Abel, subitement prend feu à l'automne. « Tu te réveilles un matin et tout a été repeint au vent de nuit. »

« Un jour, se dit l'enfant, l'automne sera là, et moi je serai plus là. »

Ce qu'il connaît, Justin a envie de le connaître plus. Ce qu'il ne connaît pas, il a soif de l'apprendre. Il parle, il questionne.

« Lui au moins, se réjouit de plus en plus souvent Isidore considérant son petit-fils, il n'a pas honte de nous. »

Justin s'emplit de mots et d'immensité. Les jours tellement longs sont trop courts. Jamais ils n'ont été aussi pleins.

Maintenant, yeux grands ouverts, il n'en finit plus de supplier Abel.

– Encore ! Raconte le village !

Et Abel raconte.

– Il y a quelque trois quarts de siècle, quand j'avais tes dix ans, se souvient-il, le village comptait trois cent vingt habitants, une école, trois cafés, une épicerie et deux boulangeries, un maréchal-ferrant, un curé, un pasteur et même un notaire, figure-toi ! Il n'y en a plus que quatre-vingt-six en tout, et encore l'été, toutes portes ouvertes ! Des votants, en fait, pas des résidents. Si on ramasse ce qui reste lorsque ceux-là ont pris la pente du retour à la civilisation, on tombe à trente-neuf.

– Trente-neuf… ça fait…

– Eh oui, ça fait presque dix fois moins que lorsque j'avais ton âge.

Pas plus tard que la veille, il en avait refait le compte avec Sophie pour un touriste venu chercher son lait à la Barollière et curieux du pays comme s'il devait, pierre à pierre, nom à nom, l'emporter en lui.

En tout cas, on tombe à trente-neuf.

Et encore, il ne le dit pas, le pense, il y a malheureusement là-dedans ce qui n'est pas fait pour durer, à commencer par les fermes des écarts dont ont déjà été louées ou vendues les terres à plus gros qu'elles, et qui couvent dans la chaleur de l'âtre une vie minuscule que le temps grignote.

– Là-bas, annonce fièrement Justin, c'est Biassoulet ! J'y suis allé avec ma mamie porter les médicaments que papy est allé chercher en voiture à la pharmacie.

– Eh oui, dit Abel, les Vialle. Leurs trois enfants ont fait des études et mènent leur barque ailleurs pendant que l'Auguste en est à sa deuxième attaque et que son Irma s'apprête, lui parti, à finir ses jours en maison de retraite. Ça fera une maison de plus à ne s'ouvrir que l'été.

Qu'est-ce qui lui prend de parler de ces choses à un enfant ? Mais le regard de cet enfant, attentif comme aucun regard d'adulte, le pousse à continuer, et c'est comme s'il versait son pays dans les yeux du petit.

– Là-bas, c'est Sagneredonde : si tu regardes bien, tu aperçois son toit au-dessous de Biassoulet.

– Je vois… Avec un arbre sur le côté : un sapin.

– C'est ça. Eh bien, eux, c'est pareil : le père Veyssier est mort il y a deux étés et l'on se demande bien comment l'Hortense va passer cet autre hiver, à trois kilomètres du village.

De l'Hortense, ils en parlaient hier encore, Sophie et lui : pauvre femme, l'arthrose lui déforme les extrémités à ne plus pouvoir bientôt poser un pas devant l'autre, et elle ne partira de chez elle, prévient-elle, si Dieu veut bien l'entendre, que les pieds devant.

– Au Breuil, le long bâtiment que tu vois, là-bas, à découvert, un peu à gauche…

– Je le vois, c'est loin de tout, dis donc ! Même si quelqu'un criait, sûr qu'on n'entendrait pas !

– Non. Ils étaient trois vieux garçons. Des trois ne reste que le Clovis. Celui-là, on l'appelle « *Lou Perceptou* ».

– C'est un drôle de nom !

– Drôle, oui. Il lui est venu à cause de cette manie qu'il avait, quand ses jambes étaient lestes, de prélever sa part de raves, de haricots, de pommes de terre dans les jardins. Une fois ou l'autre, chacun y passait. C'était guère méchant et, avec l'âge, le goût de courir la nuit lui a passé, mais le nom lui est resté. Personne ne l'appelle autrement.

– Lou Perceptou ! répète Justin en riant.

C'est bon de l'entendre rire, de le voir avaler mots et paysage.

– Derrière toi, là-bas c'est Fioulebise, chez les Arsac.

« À ce qu'on dit, songe Abel, ils ont donné leurs terres en fermage contre l'indemnité viagère de départ. Ils vont se retrouver bien seuls tous les deux maintenant que le vieux Josué est mort. »

– Un peu plus à droite, c'est Chantegraille. Tu vois ? Non… Regarde en direction de mon doigt !

– Je voyais que du vert. C'est drôle, de près elles sont grandes, tes maisons, et de loin on les voit même pas ! C'est un joli nom, Chantegraille.

– Eh oui, un joli nom ! Et l'étable y tombera bientôt en ruine. Le père Marcol a encore de la chance d'avoir son Hélène, la jeunette, trop fragile et mal bâtie pour trouver preneur et qui s'escrime à faire tourner une ferme de six vaches en jurant que, même si le toit doit s'effondrer sur eux, elle ne lâchera pas un pouce de sa terre.

– Raconte encore !

Les yeux de ce gamin sur lui... Il raconte Abel, lui d'ordinaire si sobre de paroles, il dit son pays comme il n'a peut-être jamais osé à d'autres qu'à lui-même. Si... ce doigt tendu et cette complicité... Manon, petite...

Et les heures passent sans qu'ils les voient passer. Le monde quotidien, sans doute banal, touchant les yeux de l'enfant retrouve sa magie.

– Raconte, Abel ! T'as dit : trente-neuf !

Abel raconte.

Au village, c'est pareil : une maison sur deux où la vie souffle son bout de chandelle. Celle de l'Arsène en angle de place.

– Pour n'y être jamais entré, dit-il, et ne voir de l'extérieur que du noir, personne ne saura bientôt plus – si tant est qu'il le sache encore lui-même – laquelle est la porte de la cuisine ou de l'étable.

– Je l'ai vu l'Arsène ! triomphe Justin. Même qu'on lui a dit bonjour avec mamie.

– Tu ne pouvais pas le rater, pour sûr !

Cet Arsène qui n'a jamais rien fait de ses dix doigts depuis qu'il est né, qui n'en fait pas plus à soixante ans, et que ça n'a pas empêché de vivre, mais qui finit, avec l'âge, par se fatiguer à user de ses fesses la pierre devant sa porte.

Ils rient tous les deux, le vieil homme et l'enfant, du même rire.

– Tu connais le bassin au milieu de la place ?

Bien sûr que Justin le connaît. Il dit que son eau est bleue.

– Ou verte, précise Abel, selon l'humeur du ciel. Eh bien, face au bassin, à côté de chez l'Arsène, la maison aux volets bleus c'est chez Ginest : l'Yvonne bien propre et pas trop contente du voisinage, on la comprend, la pauvre, et son Paul, un vieux garçon encore, le corps taillé en charpente de grange, la cervelle plus réduite, tour à tour fossoyeur, cantonnier, vétérinaire et guérisseur quand ça se présente. « Il a les mains du cœur, mon Paulo », dit sa mère, et c'est vrai.

Justin n'a pas vu l'Yvonne, mais ce Paulo, il l'a vu.

– Y a peut-être pas beaucoup de monde, s'amuse-t-il, mais on arrête pas de dire bonjour à tout le monde. À Paris, c'est pas pareil, on dit rien à personne.

– Ma mère t'aurait rétorqué : « Vous avez peut-être fière mine, mais vous êtes des malappris ! »

Il rit, Justin.

– Raconte ! T'as dit : trente-neuf. Ça fait pas trente-neuf !

Il a caché ses mains entre ses genoux pour compter avec ses doigts.

– Tu sais, toi, que tu me donnes la pépie !... À droite d'eux, c'est chez la Berthe.

Mitoyenne, en effet, la maison de cette Berthe dont on dit qu'après six mois de mariage son mari a préféré rendre l'âme tout de suite plutôt que de vivre une vie à ses côtés. « Affirmation, ajoutent les mauvaises langues, sans fondement : Berthe n'a jamais fait de tort à personne. Elle ne demande rien, seulement... que les autres soient plus malheureux qu'elle pour avoir – elle est si brave – une raison de les plaindre. »

Juste en face, les Guizot, Marthe et son Paulin, tendres comme mie de pain qui ont tant regretté de ne pas avoir d'enfants, et le regrettent encore à quatre-vingts ans tout en s'estimant aussi avancés que ceux qui en ont.

Parle-t-il, Abel, ou l'enfant lit-il directement dans sa pensée quand il lui offre son village au bout de son bâton de berger ?

– Tous, Abel, ici… vous êtes vieux ?

– Non, heureusement ! Des jeunes, il en reste encore une poignée, et ils s'accrochent, tu peux croire !

Ils s'accrochent et pour rien au monde ne quitteraient ces solitudes luisant sous la pluie, ces nuits d'acier, ces aubes gravées dans le givre, ces troupeaux répandus entre les herbes. Ils ne sont plus que quelques-uns à tenir, mais ils tiennent ferme. Deux au village : les Chazal et les Allègre.

Les Chazal, c'est la grosse ferme juste en face de l'abreuvoir. Le père, Jean, s'en va du mauvais mal, mais son Marc reprend les rênes avec soixante laitières, autant de génisses, un gros trou au Crédit agricole et l'envie d'avaler tout ce qui se vend à des lieues à la ronde. Maire de la commune avec ça. Deux garçons qui vont sans doute un jour le seconder car ils n'ont pas la flemme à ce qu'on dit, une femme qui ne lui dilapidera pas son bien.

Toujours sur la place, près de la mairie, les Allègre. Ceux-là font marcher la ferme et tiennent aussi bureau de tabac, épicerie et dépôt de pain, taxis à l'occasion. Là, le papé a encore bon œil, la mamé s'active toute la journée à son fourneau, la jeune Odile est en pension au Chambon, le Louis, son frère, doit bien avoir maintenant dans les quatorze ou quinze ans. Il a lâché ses études mais a, dit-on, tellement l'habitude de trouver la pâtée toute prête qu'on se demande bien comment ça va tourner. De bonne race, celui-là : pas dit que ce soit vrai, mais le grand-père raconte au café que le père de sa belle-fille, déjà, tenait sa mère par les pieds au-dessus de son puits jusqu'à ce qu'elle se décide à lui donner la tirelire ! Vrai ou pas pour l'aïeul, le gamin, lui, c'est sûr, traîne dans les pattes des uns ou des autres pendant que les parents passent du magasin aux champs, de l'étable au gavage de la volaille avec de grandes plages bien pleines entre les deux.

Et puis, plus près, une autre ferme des écarts, mais que Justin ne risque pas de voir, cachée derrière son bosquet de frênes, la Fioux, avec les Argaud : Adolphe, le père, revenu des camps de la mort en garde le sifflement dans la poitrine, Léa, sa femme, leur fils Marc, et cette Denise qu'il est allé, faute de trouver sur place, dénicher à Lyon, et qui, ma foi, fait aussi bien qu'une d'ici. Le travail ne lui fait pas peur et elle a donné à son Marc trois beaux petits, blonds et dorés comme soleil de Provence.

– Et ici, triomphe Justin, la Barollière !

– Eh oui, ça fait la quatrième.

N'en reste plus que quatre en effet, à se partager l'espace et se disputer le plus beau tracteur, le confort, le droit de vivre, ici comme ailleurs, des jours lisses et ronds, avec leur poids de labeur certes, mais de chaleur aussi, de victuailles et de fruits. On y rêve de vacances et on les prendra un jour. Certains disent que ce serait déjà fait si l'on savait s'organiser collectivement.

– Tu vois, le compte y est. Rajoute tes grands-parents à Combe Nègre, on tombe à trente-neuf depuis que ce pauvre Josué s'est laissé partir l'autre nuit.

On n'est pas si nombreux pour en oublier un, quand chaque départ élargit un peu plus la brèche qui fait entrer le froid parmi les restants et, si l'on ne se secouait pas, on se perdrait en soi comme dans un désert.

– C'est presque pile comme dans ma classe, constate Justin.

Abel l'interroge du regard.

– Ben oui, on est qu'un de moins dans ma classe : trente-huit au total. La maîtresse, quand on sort pour les activités d'extérieur, nous compte sans arrêt pour pas en perdre un. Mais nous, tu verrais, on est coincés comme des sardines ! Vous, ici, vous avez le monde entier rien que pour vous.

XIV

Moto roulant au ralenti, Frédéric tentait le plus silencieusement possible d'atteindre la porte du garage. Il était parti en tout début de matinée et midi allait sonner. Son père, il s'en doutait, n'aurait pas aimé découvrir qu'il rajoutait les sorties du matin à celles, désormais entrées dans la coutume, d'après-midi.

– Il est en vacances, Freddy, martelait sa mère. Pas une raison parce qu'on sait pas, nous autres, ce que le mot signifie pour les lui voler. C'est dur, le travail de la tête. Il tire pas la même sueur que l'autre, mais je comprends bien, moi, que c'est de la fatigue. Et peut-être pire !

– Je ne te dis pas le contraire, mais mettre de temps à autre les mains à la pâte n'a jamais tué personne, protestait Jacques. Ton Freddy, descendre un peu de cervelle dans ses doigts lui libérerait l'esprit !

Sa femme ayant la langue plus déliée que lui, il lui avait bien fallu renoncer à user inutilement la sienne.

Pour ces sorties du matin, jetant la journée entière sur le même rail, Frédéric n'était pas si pressé que ça de vérifier la réaction paternelle.

Heureusement, sa mère veillait.

« Tu me feras blanchir les cheveux avant l'heure, se plaignait-elle, parfois. Tu crois que j'aime mentir à ton père ? »

Non, elle n'aimait sans doute pas, mais ce que savait le fils, c'est qu'elle l'aimait, lui, et aurait fait plus encore. Il n'avait jamais eu qu'à demander. Et à y mettre les formes… un peu. Petit, elle lui disait en riant : « Me demande pas la lune, je serais fichue, comme je me connais, d'aller te la décrocher ! » Il ne la lui demandait pas, il n'y avait pas d'échelle assez longue. Et puis il n'avait pas envie de la lune. Ç'avait toujours été un enfant sage, rangeant où elle le lui désignait ses désirs et ses jouets.

Par chance, ce midi-là, Jacques n'était pas encore rentré des prés où il ouvrait des passages pour la faucheuse.

« Ouf, se dit Frédéric, j'ai calculé juste ! »

Il vit que sa mère le guettait de sa fenêtre et lui fit un petit signe.

Julienne poussa un soupir de soulagement. Midi pile. Il y allait quand même un peu fort, Freddy. Un quart d'heure d'avance – son père ayant une montre dans la tête, une autre dans l'estomac –, était-ce trop exiger ?

Jusqu'à ce jour, elle était parvenue à laisser ignorer à son mari ces escapades du matin, et elle préférait ne pas imaginer l'emportement de ce calme s'il sortait de ses gonds après un silence qu'elle devinait à grand-peine verrouillé. Il est vrai qu'il ne devait guère plus apprécier de le savoir traîner au lit jusqu'à 10 ou 11 heures ! Une chance que les grands-parents qui n'ont pas les yeux dans leur poche aient le bon sens d'y enfoncer leur langue sous leur mouchoir.

« Celui-là, se disait-elle en matière d'excuse, quand bien même, il n'est pas fait pour s'enliser ici. »

Déjà beau qu'il ne boude pas d'enterrer ses vacances dans ce coin qui, même s'il est le contraire d'un trou, n'en reste pas moins, en réalité, rien d'autre qu'un trou perdu.

Frédéric poursuivait des études de droit à la faculté de Saint-Étienne. Il avait goûté et apparemment pris goût à la ville. Julienne ne pouvait lui en faire reproche : tout le monde n'est pas fait pour s'ensauvager. Il aurait pu se hausser du col, son fils. Eh bien non. Il restait naturel comme un bon gamin qu'il avait toujours été. Le moule, elle s'en vantait en plaisantant, n'avait servi qu'une fois, mais il était de qualité. C'est vrai, quoi, il aurait pu, leur Freddy, comme d'autres, souhaiter passer ses vacances ailleurs. Qui sait où ? Meurtrie mais consentante, elle aurait plaidé sa cause. Il ne l'avait pas fait. Il était là. Chez eux. Un jour proche, c'est vrai, il s'envolerait pour de bon. Elle le souhaitait et, d'avance, en frémissait. N'oublierait-il pas le chemin ? Parfois, le contemplant, la traverse la pensée de cette Isabelle et de ce qu'elle a pu, cette dénaturée, infliger à ses malheureux parents. Son sang alors se glace et elle s'en veut presque d'avoir pu autant rire et s'indigner de leur Amérique. Mais le naturel reprenant, sans doute encore plus vite chez elle que chez d'autres, le dessus, cela ne dure pas. Baste ! Si la langue n'allait pas plus vite que la pensée, on finirait par sécher d'ennui sur place.

Son Frédéric, depuis juillet, sortait et se donnait du bon temps avec une bande de Lyonnais en vacances au Chambon. Elle s'en réjouissait : fils de médecins ou de fonctionnaires, qu'importe, c'était son monde. Un monde dont les portes, une à une, s'ouvriraient devant lui.

Au moment où la moto passait devant la porte de l'étable, Frédéric dut se déporter pour éviter de peu Justin qui en sortait en courant.

– T'es fou ou quoi, le mec, j'aurais pu te tuer ! cria-t-il, mettant pied à terre.

Heureusement, pour faire en sorte de ne pas attirer l'attention, il roulait lentement. Il l'aurait pu… c'est sûr, quand il rentrait en trombe, faisant ronfler son moteur pour semer la panique parmi les poules et entendre se récrier sa mère.

– Pardon, s'excusa Justin, j'ai pas fait exprès !

Son père ne supportait pas cette formule et Justin n'avait pas l'habitude de l'utiliser, mais nulle autre ne lui était venue à l'esprit.

Il n'y coupa pas.

– Manquerait plus que ça ! Comme dirait ma mère : avec ton paternel avocat, je viens de faillir bouffer la ferme ! Que tu foutais, toi, là-dedans ?

Campé devant lui, déjà oubliant sa peur, le gamin sourit.

– Je venais dire bonjour à Yeux d'Or.

– Yeux d'Or ?

– Ben oui, le veau de Roussette.

Il dévisagea Frédéric.

– Les Indiens, ils ont de vrais noms, eux ! T'as vu ses yeux ?

– Quels yeux ?

– Ceux du veau, patate !

– Pas possible ! hurlait Julienne.

Elle arrivait en courant, ayant de sa fenêtre assisté à la scène.

– J'ai eu la peur de ma vie ! T'as pas de mal, toi, au moins ? Heureusement que t'allais prudemment, mon Freddy, et que t'as eu le bon réflexe !

Elle était fière de lui. Était-il un moment dans sa vie où elle aurait eu une raison de ne pas l'être ?

– Mais elle peut pas le surveiller, son mioche, la Marie ! Pourquoi tu traînes toujours par là, toi ? s'énerva-t-elle. C'est ça, les gens des villes : ça blinde les portes chez eux et, à la campagne, ça t'a à faire partout ! Oui, parfaitement ! Et toi, regarde-moi : dis-moi un peu, voir, qui t'a donné l'autorisation ?

Elle s'en doutait bien un peu.

Justin baissa la tête sous l'ouragan et se tut, front buté, œil noir sous les mèches brunes. Il n'allait pas trahir Abel.

– Une étable, gronda Julienne, c'est pas une salle de jeux !

Elle examinait Justin, l'air dégoûté : jamais son gamin à elle ne se serait mis dans un état pareil, jamais il n'avait traîné dans la paille et la bouse. Bien la peine d'avoir un père avocat, et avocat réputé à ce qu'on dit ! Cet enfant portait sur lui la marque des bouseux : il tenait de cette Isabelle.

– Excusez-moi, madame, articula l'enfant, relevant la tête.

– Les étables, il t'a pas expliqué ça, l'Abel Jourdan, qu'on n'y entre pas comme dans un moulin ! Que t'aies mauvais œil et c'est la guigne : les vaches prennent le mal ou, c'est du pareil au même, leur lait tarit.

– Arrête, 'man ! Tu vois pas que tu lui fous la trouille ?

Il cligna de l'œil vers Justin.

– T'en fais pas ! On dirait comme ça une sorcière, mais c'est plus moche dehors que dedans ! Et tu peux me croire sur parole !

Il riait. Elle rit aussi.

Lorsqu'elle le regardait ce Justin, songeant à l'entichement de ses beaux-parents, il l'agaçait. C'était plus fort qu'elle. Et là, le voyant à travers les yeux de son fils, elle ne pouvait s'empêcher d'éprouver de la sympathie.

– Allez, vous deux, venez vite boire quelque chose à la maison qu'après la peur, manquerait plus qu'il nous tombe une jaunisse.

Justin l'observait, désarçonné, et Frédéric éclata de rire. Décidément, il devait faire, le mioche, à peu près le même effort pour comprendre cette femme que si elle eût parlé une langue inconnue.

– Viens boire quelque chose, insista Julienne. Il a raison, Freddy. C'est juste parce que j'ai eu peur. Misère que tu m'as fait peur ! Allez, fais pas ton timide, viens !

– Non, merci, madame, mes grands-parents veulent que je sois rentré à midi et j'ai promis. Excusez-moi, s'il vous plaît.

La politesse, il devait la tenir de son père.

– Allez, moucheron, grimpe sur ma bécane que je te ramène !

– Non, Freddy, non ! supplia Julienne.
– Allez, t'as peur ou quoi ?
Justin observait Julienne.
– J'ai pas peur.
– Alors t'attends quoi ? Monte !
– Non, Freddy, s'emporta Julienne, je t'interdis !
C'était trop tard.
– Accroche-toi, Justin !
Dans un nuage de poussière, la moto, vrombissant de toute la puissance de son moteur, tourna au milieu de la cour. Les poules protestèrent dans un affolement de voix, d'ailes, de plumes, et s'envolèrent aux quatre coins.
– Tu diras à 'pa que j'emmène le gosse et que je reviens ! hurla Frédéric par-dessus le vacarme.
Justin avait l'impression d'être un oiseau et de s'envoler, une sensation telle qu'il en oubliait le bruit du moteur. Rien que le vent roulant de la voix. Même les odeurs étaient plus fortes. Le paysage entrait en lui, l'emplissait jusqu'au vertige. L'image lui vint de sa mère, dans le salon, emportée par la musique. Lorsqu'elle le prenait dans ses bras, la musique les faisait s'envoler ensemble.
– Alors, cria Frédéric, c'est comment ?
– Super !
– J'accélère ?
– Oui.
– Tiens-toi bien, c'est parti !
Les bras enserrant la taille de Frédéric, la joue contre son dos, Justin pensait qu'il aurait pu aller au bout du monde. Et c'était comme si le monde, en retour, les aimait, les aspirant ensemble dans la puissance de son souffle. Aussi, il se disait : « C'est sûrement mieux que bien d'avoir un grand frère. »
– Déjà ! soupira-t-il, lorsque la moto s'arrêta dans la cour de Combe Nègre.
– Et encore, j'ai pris le chemin des écoliers.

– C'est quoi le chemin des écoliers ?

– Le chemin le plus long pour arriver au plus court, mais chut, motus !

Ils n'eurent pas le temps d'échanger davantage. Marie, sur le pas de sa porte, levait les bras au ciel.

– En moto ! Mais tu veux me le tuer, Frédéric ! Je t'interdis, tu entends, je t'interdis bien !

Elle s'approchait et perdait de sa colère en avançant.

– Ce petit, dit-elle à Frédéric, on me l'a confié avec l'ordre quasiment de le tenir enfermé. Ils voient la vie comme ça en ville.

Elle ajouta, comme pour n'être entendue que d'elle-même :

– Sa présence ici tient à un fil… Et encore !

– Mamie !… C'était mieux bien que bien.

– Je sais, j'en ai fait mon soûl, tu peux me croire, de la moto, derrière le dos de ton grand-père avant qu'on ait une voiture. Et par tous les temps ! En attendant, file téléphoner à ta maman que tu m'obliges presque tous les jours à lui mentir !

À l'instant où Justin décampait :

– Aujourd'hui encore, je lui ai dit que t'étais au jardin avec ton papy. Ce qu'il faut pas faire tout de même !

– Ma mère aussi, s'excusa Frédéric, était furieuse après moi.

– Le petit a été content, sourit Marie, et tu ne me l'as pas cassé, c'est ce qui compte. Il fait pas bon, va, devenir vieux : tout fait peur. Toi, t'es jeune, heureusement, et t'as raison de vivre.

– Ma maman, on dirait toujours qu'elle croit que je m'ennuie ici, commenta Justin, téléphone raccroché, en se mettant à table. Elle s'ennuyait, elle, quand elle était petite ?

– Pas que je sache, rétorqua Marie. Il est vrai qu'à cette époque elle n'avait pas le choix. Depuis, elle a goûté d'un autre monde.

Il y avait comme une amertume dans sa voix, et le regard d'Isidore ne s'était pas détourné assez vite pour dissimuler une colère. Marie se hâta d'ajouter :

– Une maman, tu sais, c'est une maman, et les mamans, c'est plus fort qu'elles, à tort ou à raison, se font du souci pour leurs petits. On voudrait toujours avoir ses enfants à l'abri de son aile ! Allez, mon Justin, file vite te laver les mains que tu fais attendre mon soufflé, et les soufflés, crois-moi, c'est pas la patience qui les gonfle !

– Moi, affirma Justin, se rasseyant, jamais de jamais je m'ennuierai ici !

– On ne dit pas jamais, sourit Isidore, coupant le pain. C'est loin jamais, quand on a ton âge.

– Ah bon !... Alors je dis : toujours, c'est sûr, moi, je m'ennuierai pas ici.

– On ne dit pas, non plus, toujours : c'est encore bien plus loin.

– On dit quoi ?

– On mange son soufflé, coupa Marie, qu'il est tout juste à point. Et puis... on vit. Chaque miette de chaque jour est bonne à prendre. Regarde, tu es là : ton papy et moi, on est heureux, mon Justin. On n'en demandait plus autant à la vie.

Elle ajouta :

– Un jour, peut-être, tu trouveras qu'on a vite fait le tour d'ici... Quand même, rien ne pourra faire que ce jour d'aujourd'hui n'ait existé.

Ses yeux s'arrêtèrent dans ceux d'Isidore.

– Je dirais presque que je n'en demande pas plus.

– Vite fait le tour ! s'indignait Justin. Jamais j'aurai vite fait le tour ! Et tant pis, papy, si on dit pas jamais. Moi j'aime bien les mots qu'on dit pas.

C'était l'été. Dehors. Dedans.

– Vous savez quoi elle m'a annoncé, maman ? Mon papa a acheté un voilier pour qu'il soit qu'à nous quand on est en vacances à Cannes chez grand-pa et grand-ma.

– On peut dire que c'est un autre monde, ce monde-là, observa Isidore, dont le regard, à nouveau, s'était assombri.

Un monde dont nous autres, d'ici, on ne peut même pas avoir idée.

Très vite, il se ressaisit :

– Tu es un garçon chanceux, mon petit, et tes parents te gâtent beaucoup. Et ils t'aiment surtout. Tâche de ne pas les décevoir.

– Je sais.

Justin resta un moment silencieux.

– Le bateau, c'est bien. Peut-être avec papa, on partira rien que nous deux.

Oui, c'était bien. Il était content et triste à la fois. Il savait maintenant qu'on peut ressentir les deux sentiments presque en même temps.

« Chouette ! » avait-il crié dans le combiné à l'annonce du bateau, et sa mère, à l'autre bout du fil, avait ri. Il entendait son rire et, dans ce rire, il voyait la mer. Mais, aussitôt, il avait vu la voiture qui l'emporterait loin d'ici.

– C'est bien beau la mer, dit Marie, et tu as de la chance. Moi, j'y suis allée une fois, une seule, avec les cousins Santi de Marseille. Je devais avoir ton âge et j'ai eu la honte de ma vie parce que j'ai vomi presque tout le long du trajet. On n'était pas habitué à voyager, à l'époque. Il fallait qu'ils soient braves, les pauvres, pour ne pas m'abandonner au bord de la route ! Quand même, j'ai trouvé ça si beau, la mer, qu'ils ne pouvaient plus m'en décoller. J'avais envie ni de manger ni de dormir, rien d'autre que regarder… pourtant, j'avais peur des vagues que tu ne peux imaginer !

– Et, s'amusa Isidore, on s'était promis d'y retourner en voyage de noces. Tu parles de faire des projets à la campagne ! Notre meilleure vache, la Bânarde, a trouvé le moyen, elle, de faire une mammite et il nous a bien fallu tout l'argent du voyage pour le vétérinaire.

– Même, ajouta Marie en riant, qu'on a été aussi contents de la revoir debout que de voir la mer !

Justin comprenait. Lui aussi, il aimait Yeux d'Or autant que la mer.

– La mer, dit-il, je trouve que c'est pareil qu'ici, à Pierre Haute : y a pas de bout. On avance, on avance et y a toujours pas de bout ! Peut-être, c'est bien d'arriver jamais.

Il se rembrunit.

– À part la mer, les vacances à Cannes, c'est comme les pas vacances à Paris. C'est intéressant rien que pour eux. Pour grand-ma Maud surtout qui a plein de monde à commander, et elle peut râler tant qu'elle veut parce que toujours quelqu'un fait tout de travers. Surtout moi.

– Tu es donc si vilain que ça ?

– Je suis surtout mal élevé, elle dit, et c'est la faute de ma mère.

– De ta mère ?

Les deux vieux se regardèrent : ils n'étaient pas du même monde, c'était bien ce qu'ils comprenaient, et dans ce monde hostile, leur fille si distinguée, si belle, avait du mal à entrer. Leur petit-fils aussi. Et ça, à cause d'eux. Parce qu'il n'y a pas de passerelle entre leur monde et l'autre.

Ils commençaient à comprendre la hargne d'Isabelle à leur égard, leur mise à distance. En mère qu'elle était, elle préservait son fils de la tare de sa naissance à elle. Son couple peut-être.

Dans les yeux d'Isidore gonflait la colère retenue. L'explication soupçonnée autant qu'inconcevable était là : leur fille avait honte de ses parents. Elle n'accéderait à cette vie-là qu'en se débarrassant d'eux.

– Toujours, avec grand-ma Maud, poursuivait Justin sur sa lancée, y a pas rien de moi qui va. Vous, vous m'aimez même qu'y a rien qui va.

– Il ne faut pas comparer, mon petit, ni le bon ni le moins bon. Prends le bon et ne t'occupe pas du reste. Elle t'aime – comment pourrait-il en être autrement ? – et elle croit bien faire.

Elle ajouta doucement :

– Nous, tu sais, nous sommes des paysans. Dans leur milieu, nous ne serions pas à notre place. Nous ne croyons pas être pauvres mais, par rapport à eux, nous le sommes. Forcément.

Elle regarda Isidore pour lui communiquer un peu de son calme.

– Nous autres paysans, poursuivit-elle, on n'a pas les manières, on vit simplement. Eux, ils ont un rang à tenir : les chaînes, mon Justin, ne sont pas les mêmes. Tu veux que je te dise : ils ne seraient pas plus à l'aise dans ma cuisine que moi dans leurs salons. C'est comme ça, et ça n'empêche ni les uns ni les autres d'être de braves gens.

– Grand-ma dit que j'ai pas le droit, à mon âge, d'écorcher « la syntaxe », ça lui fait saigner les oreilles !

– Que d'obre ! grogna Isidore.

– Maman me fait la leçon pour qu'elle ait pas l'air de sortir un sauvage de sa grotte. Moi, j'écorche rien, je vous jure. Je parle que si elle m'interroge, je me salis pas ni rien. Grand-pa dit : « On pourrait le poser tel que dans une vitrine pour une exposition de mode ! » Lui, je l'aime bien, on marche ensemble dans les rues, il me refile les bonbons que je dois pas manger. Quand grand-ma lui parle de la mauvaise éducation de tout le monde qui se répand plus vite que la peste, ou de la mode de mauvais genre à la mode, ou de la politique qu'elle trouve encore pire que tout le pire du reste, grand-pa prend son journal.

Il singe pour les faire rire.

– Derrière son journal, il fait : « hum… hum. » Un jour, j'ai vu qu'il lisait son journal à l'envers. J'ai cru qu'il faisait : « hum, hum. » Tu sais quoi ? Il ronflait !

Ils rient, et l'enfant poursuit :

– Grand-ma a vu que je riais, elle m'a grondé. Elle a dit, minaude-t-il : « Au lieu de rire comme un niais de choses que tu ne comprends pas, tu ferais bien de prendre exemple sur ton grand-père : pas une fois dans sa vie, je ne lui ai vu un comportement inadapté. Savoir se tenir, souviens-toi ! Tu es bien de mon avis, Maximilien ? » « Rom ! » ronflait grand-pa.

– Et... vous y allez souvent à Cannes ? ne peut s'empêcher de demander Marie.

Aussitôt, elle le regrette.

– Oui. Quand, des fois, je râle trop, papa me dit qu'ils sont pas éternels et que c'est maintenant qu'il faut aller les voir.

Lui aussi, Justin, aussitôt, regrette. Tour à tour, il regarde Marie, Isidore. Et puis, à nouveau Marie, Isidore. Il sait bien que personne n'est éternel. Surtout quand on est vieux. Pourquoi alors... ?

Il va le demander.

– Il a raison, ton papa, dit Marie.

Elle apporte le dessert et, à la vue du clafoutis aux prunes, Justin oublie qu'il avait une question au bout de la langue. Le temps, lui, quand on est jeune, est éternel.

Les prunes fondent dans la bouche.

– La plus contente, au fond, c'est maman. Elle reçoit plein d'amis, « de relations », ils disent. Comme à Paris, mais là y a que le plaisir, pas la fatigue, à cause des domestiques. Grand-ma est encore plus contente : quand y a plein de monde, ça la distrait, et encore plus quand ils sont partis à cause qu'elle a plein à critiquer.

– Et à toi aussi, dit Marie, ça fait plein de distractions et des gâteries, sûrement. C'est riant tout ce beau monde.

– Non. Juste la mer, j'aime.

XV

La veille, le ciel au lever du jour était bleu, sans ce voile de brume l'habillant parfois jusqu'à midi. En cours de matinée, le vent s'était levé, un vent sec qui avait poussé tous les nuages trouvés sur sa route pour les lâcher là. Ils s'étaient étalés, recouvrant le bleu d'une sorte de duvet de perdrix, et on avait, à cause du foin prêt à rentrer, redouté la pluie.

Alerte en trompe-l'œil. Ce matin, il n'y avait plus trace d'un seul nuage. En quelques coups de dents, la nuit s'en était fait un festin, avalant jusqu'à la dernière plume.

– Hum ! avait estimé Abel en rentrant, c'est pas l'eau qui nous trouvera, c'est le feu. Pour le foin, j'en connais qui vont devoir se presser : le soleil tape dur et ce qui est coupé d'hier va griller au sol !

Il ne s'était pas trompé. De bonne heure encore, la chaleur devint suffocante. Pas un nuage, rien que l'éclat d'un ciel pelé de chaud. Dessous, c'était épais et brûlant comme dans la gueule d'un four. L'air prit rapidement la consistance de la poix, exhalant cette odeur si particulière du foin surchauffé qui prend à la gorge. On mange autant que l'on respire tellement c'est fort et dense.

Dans les prés, les machines accéléraient le rythme, si tant est qu'à un moment donné plus vite fasse encore partie du possible.

Par chance, l'époque était révolue où faucher, râteler, tourner, charger ou décharger se faisait à mains et sueur d'homme : beaucoup de temps, beaucoup de sueur pour nourrir quelques maigres laitières qui, de leur côté, n'apportaient que maigre pitance. Aujourd'hui, la mécanique se substituant en partie à l'effort humain, on abattait du travail. Non sans peine, certes, mais le rendement était là.

Pour l'heure en tout cas, il fallait botteler et rentrer ce foin d'un beau vert plein de vitamines avant qu'une journée torride ne le réduise à jaunir en paille. Malgré quelques jours de pluie, sur les hautes terres comme ailleurs, la sécheresse grillait la récolte et on pouvait déjà prévoir que l'hiver serait long.

Les tracteurs ramenaient vers les fermes de pleines remorques de foin.

À la Barollière, Abel aidait à empiler les ballots dans la grange. Il s'en sentait le goût et la force.

– Là au moins, j'ai pas à chercher pourquoi j'en ai plein le dos, assurait-il à Sophie, inquiète qu'il n'en fasse trop pour son âge. La fatigue, quand elle a des raisons d'être et que t'as pas à chercher la cause parce que tu la connais, c'est de la bonne fatigue !

Il aimait cette effervescence de l'été quand tout crépite, du soleil à l'herbe, aux insectes, aux hommes : une lourdeur à la vivacité de feu. « L'été, lui disait le vieux Joachin, c'est une saison forte : elle s'emplit le ventre de toutes les autres. »

Abel aimait l'odeur du foin capiteuse comme un alcool. Et puis il y avait cette sorte de plénitude qu'il éprouvait, en bout de récolte, refermant le portail d'une grange à la panse bondée jusqu'à la plus haute poutre. La sensation d'avoir triomphé… de quoi ? Il n'aurait su le dire. C'était comme ça. La vie est assez avare de bonheurs pour qu'on ne demande pas à ceux qui vous arrivent de montrer patte blanche. Il est des jouissances qu'il suffit d'éprouver et qu'importe si elles résistent à l'analyse.

Ce qui est sûr, c'est que, repoussant le lourd portail, une sérénité envahissait Abel qui le plantait, immobile, devant le paysage familier. La Barollière, dans son dos, respirait de toutes ses vieilles pierres : le foin dans sa grange, le bétail dans son étable, le bois empilé sous le hangar, la nourriture dans les caves, silos, celliers, et les humains, bientôt resserrés dans la cuisine autour du feu, le Haut Plateau pourrait à sa guise prendre l'hiver pour de longs mois, la grande maison était prête pour la traversée. Rien ne manquait. Non, rien.

Souvent, Abel fait un rêve. Le même rêve. Depuis ses quinze ans peut-être... Il y a devant lui un paysage de neige. Blanc. Le ciel aussi est blanc. Un arbre au loin bat des branches avec l'attache de ce tronc qui le retient de s'envoler... Un homme sur son cheval. Il sort d'on ne sait où. Il est là. Il grimpe sur une colline qui s'étire comme une dune de sable. Le vent efface la trace des pas. Ils vont, l'homme et le cheval. Seuls. Ils remplissent le rêve. Abel est là, quelque part, pourtant invisible. Ils ne le voient pas. Ils vont, l'homme, l'animal et le paysage avec eux. Sans regarder. Ni par côté. Ni devant peut-être. Nés de la neige. De l'absence. Du désert. Ils ne voient pas Abel, et néanmoins ils l'entraînent. Ensemble, ils marchent, cela Abel le sait, depuis bien avant la naissance de l'aube. Ils ont, du même pas égal, traversé la nuit. Avec ce corps fait de neige et de gel, et la lumière d'un soleil concentrée dans leurs yeux, la brûlure du froid, l'espace à l'infini déplié. C'est comme s'il n'y avait ni nom ni pas sur le sol. La neige efface tout. Et l'homme et la bête savent autant l'un que l'autre que la neige qui les porte les effacera aussi, alors ils marchent.

Ce rêve, chaque fois, Abel y pense quelques jours d'affilée. C'est comme de respirer un parfum vaporeux, triste et doux à la fois. On voudrait, tant il est léger, le garder contre soi, et c'est justement de le garder qui fait mal. Ainsi une robe de Manon que Sophie pressait contre sa poitrine pour retrouver sa fille vivante et qui lui rappelait qu'elle était morte. Les femmes de la famille voulaient la lui ôter, cette robe, mais Abel avait exigé qu'on la lui laisse.

Sous la lourde charpente en voûte de cathédrale, les exhalaisons de foin se faisaient lourdes. Une sorte de griserie gagnait le vieil homme et sa tête tournait un peu.

– Il en reste plus autant, lui dit Julienne, vous devriez arrêter pour aujourd'hui, d'autant qu'il vous reste encore votre jardin à arroser.

Et elle ajouta pour faire bon poids :

– Il n'y a plus guère qu'un char. J'y suffirais presque, mais je viens d'entendre la moto de Frédéric : il me donnera la main.

Abel obtempéra.

– Vous avez raison, j'arrête là pour ce soir.

Son regard posé sur Julienne hésita. Il ne savait comment lui dire qu'il lui était reconnaissant d'avoir deviné sa fatigue tout en n'y faisant pas allusion.

– Tout le monde, dit-il, sera content de trouver son lit, ce soir.

S'appuyant d'une main contre le mur pour se dérouiller le dos, il ajouta :

– Ce ne sera peut-être pas une année de foin, mais ce foin-là, respirez-moi ça : c'est du bon que j'en ai pas souvent vu du pareil.

Une façon de reconnaître le travail des jeunes et leur savoir-faire. Ce qui permettra à Julienne de déclarer à son mari, dès l'arrivée du dernier char :

– Dis donc, ton père y est même allé d'un compliment sans que ça lui emporte la langue !

– Comme quoi, s'amusa Frédéric, venu offrir assistance sur le tard, gratte la couenne, tu trouves lard neuf.

– Il est vrai, se reprit Julienne, que, de son temps, leur foin, à force de le tourner et le retourner au soleil, ils attendaient pour le rentrer qu'il ne vaille plus que paille. Tu nourrissais dix vaches pour qu'elles te donnent tout juste le lait d'une.

– Tu vois d'ici ce que ça va donner dans vingt ans ! Ce qu'on va rigoler, nous, en vous traitant d'arriérés quand, sans sortir nos vaches de l'étable et sans nous salir les pattes, on verra le lait arriver propre dans les bouteilles. Herbe, vache, bouteille : t'as qu'à appuyer sur un bouton !

– Allez, ouste ! Prends le relais du grand-père, toi qu'es si fort en gueule et fatigue-toi un peu les bras, t'auras moins de langue ! lui conseilla son père en riant… Peut-être ça détournera le ciel de tomber sur la tête des rigolos de ton espèce !

Il était content. La récolte s'avérait finalement meilleure qu'on ne l'avait espéré, et, dans le signe de la main que lui avait adressé son père – auquel, perché sur son tracteur, Jacques avait répondu –, il avait senti passer comme une complicité depuis longtemps perdue.

– Qu'à son âge, dit-il, nous soyons aussi actifs que lui !

Que n'aurait-il pas accepté aujourd'hui où il lui paraissait simple de vivre ce qu'il avait à vivre ? Lui avait été donné de ne pas perdre en quelques heures ce qu'il avait mis un an à gagner. Et peut-être soupçonnait-il qu'il avait fallu plus de temps encore. Sautant, en sueur, de son tracteur, la fraîcheur des vieux murs de pierre l'enveloppait d'un indicible bien-être. Jamais le crissement des grillons ne lui avait paru aussi proche ni le parfum du foin aussi entêtant ni aussi désirable le corps de cette femme, la sienne, qu'encore ébloui par la clarté du dehors il avait du mal à distinguer dans la pénombre, mais qui prenait pourtant, entre les lourds ballots, une extraordinaire présence.

XVI

AU SORTIR DE LA GRANGE, Abel hésita un instant, aveuglé par la lumière du dehors. Penchant vers le soir, le soleil se rapprochait encore de la terre, et ça brûlait sur ce plateau dénudé comme nulle part ailleurs.

« Le froid, se dit-il, ici, il est froid, on le sait, mais le chaud, bonsoir, quand il y prend goût, il lui arrive d'être chaud ! »

Il s'arrêta, le temps de s'essuyer le front dans son mouchoir à carreaux. Il se moucha. La poussière de foin lui emplissait les narines, elle collait à sa peau. Vieille fréquentation que cette immersion au plus mûr de l'été. Ce soir pourtant la fatigue pesait, une douleur irradiait de ses bras jusque derrière sa nuque.

« Le corps ne filtre plus rien de rien, tout frappe dedans de plein fouet. »

Ce dépouillement, cet abandon des protections, il fallait s'y faire.

« Nu tu commences, mon pauvre, nu tu finis. »

Et ce soleil jusque dans l'odeur du foin… et on boit l'un dans l'autre, et on en sort un peu ivre.

« Une jouissance, songea-t-il, un peu forte pour un vieil homme… »

Cette odeur du foin, depuis l'enfance, il la portait en lui : la grange n'est pas si loin de la chambre, la maison s'ancre dans les prés, le soleil colle à la terre, dès juillet, le parfum du foin s'installe sur le haut plateau.

Avec les bruits assourdis lui parvenant de la grange où les autres s'activaient pour un moment encore, dans ce flamboiement du soleil, il sentait, malgré sa lassitude, une sérénité l'envahir plus douce qu'il ne l'avait depuis longtemps éprouvée.

« C'est normal », se dit-il, s'approuvant lui-même.

Il voulait dire d'aimer ça : d'aimer la vie et d'aimer sa terre.

Lorsqu'il avait fallu défendre l'une et l'autre, il avait pensé qu'il n'avait eu aucun mérite à le faire.

Pour l'heure, il devait aller arroser son jardin.

« Ici, l'été, du moment qu'il prend l'idée de taper, n'a pas à chercher longtemps pour nous trouver. Si peu d'ombre pour l'arrêter ! Du plat, pauvres de nous, à perte de vue, plus plat que le dessus de ma main. »

Et là, même pas l'ombre d'un nuage.

« Ma foi, finit par admettre Abel, la pluie nous trouve aussi mieux qu'en bas : la vraie sécheresse, heureusement, nous autres, on connaît peu. »

La pluie, son grignotement de souris, ce parfum libéré des feuilles et des herbes, cette respiration soudaine de la terre, ces chemins d'enfance rouverts dans la vieille croûte du monde, il ne s'en était jamais lassé.

Et, non plus, il ne se lassait de cette vacuité inhabituelle qui, après la pluie, le plantait devant sa porte comme le plante l'aube : alors que d'habitude le temps commande et presse, la pluie, ces jours-là, prend votre place et travaille la terre sans vous.

À la Barollière comme ailleurs, l'eau des chéneaux se recueille dans les citernes. Chaque maison des écarts a nécessairement son puits. L'eau est précieuse. Abel se souvient s'être fait disputer par sa mère, pauvre femme, avant que cette eau n'arrive seule au robinet, quand, ruisseaux et gours se trouvant à sec, il fallait, certains étés, la remonter du puits pour le bétail et les hommes. Une sacrée corvée, il faut le dire. « Et encore, on aurait bien tort de se plaindre, affirmait sa mère, qui se souvenait avoir reçu une paire de gifles de son propre père pour un seau d'eau renversé. Pauvre homme, ajoutait-elle, c'était bien la première fois qu'il me frappait ! »

Abel, très tôt, avait fait installer une pompe, et l'eau du puits arrivait directement à son jardin. Il y avait aussi une source qui alimentait l'abreuvoir des bêtes. C'est même cette eau-là, et pas celle du robinet, qu'il buvait, ayant conservé l'habitude d'aller remplir son pot à eau à même le goulot avant chaque repas.

– Celle-là est vivante, avait-il coutume de dire. En tout cas, elle n'a pas le même goût.

C'est elle encore qu'il offrait quand arrivait quelque visiteur : pastis et sirops y gagnaient.

– Des lubies de vieux ! s'impatientait Julienne qui redoutait qu'on ne les prenne, eux compris, pour des arriérés.

– C'est ringard, papy, estimait Frédéric.

« Ringard ? » s'interrogeait Abel.

Il s'était toujours considéré, se savait connu et estimé jusque dans les villages alentours, comme un homme de progrès. Et son père avant lui.

« On aurait tort de bouder le progrès, estimait ce dernier, mais diable, faut des fois le filtrer. Que les goulus et les couillons qui avalent les cailloux avec la rivière. »

Aujourd'hui encore, se souvenant des hommes rudes, taciturnes parfois, mais à la solidité de roc, les hommes de son enfance sur lesquels il avait appuyé sa vie, Abel estimait pour sa part que la transmission, loin de tirer vers l'arrière, assure la marche en avant.

« Le monde s'emballe, s'inquiétait-il parfois, il ne voit pas, bonsoir, qu'il largue toutes les amarres et rompt la chaîne qui relie chaque génération à celle qui précède et à celle qui suit ! »

« Ne boude pas l'avant, lui disait son père, avance, l'arrière t'assure comme la corde des alpinistes dans la montée. »

Lui en tout cas n'allait pas bouder son plaisir ! Ringard ou pas, il buvait avec un bonheur à chaque fois neuf l'eau de sa source.

Des choses simples qui donnent au jour une saveur, une façon aussi, jusque dans le geste, de se relier au cordon des origines. Et cela ne l'avait jamais empêché de se réjouir du miracle de l'eau arrivée seule au robinet, dispensant Sophie de la corvée du puits qui cassait en deux ses aïeules.

Si Abel pensait à l'eau en cet instant, s'il y pensait si fort, c'était à cause de la chaleur. La soif des plantes, il connaissait, et aussi la bénédiction qu'il faisait pleuvoir, lui, en place du ciel, chaque soir, sur son jardin. Légumes et fleurs après avoir courbé la tête sous le poids du jour se redressaient. Abel entendait à travers un léger frisson leur murmure de plaisir, et il restait là, arrosage achevé, rien que pour jouir de ce contentement d'une nature apaisée : une jeunesse de la vie... elle le submergeait, l'obligeant parfois à fermer les yeux. Passait dans l'air immobile une sorte de chant. Léger. Un frémissement courait de proche en proche, l'étirement d'aise de chaque feuille, chaque pétale en train de libérer son parfum. Odeurs craintives que délivre le soir et qu'étouffe le jour.

« Je ne comprends pas ! s'emportait régulièrement Sophie. Ils mettent fleurs et arbustes en terre, en remplissent leurs maisons sans avoir l'idée que ça peut avoir soif une plante et que ça ne peut pas se servir soi-même ! »

Et elle ajoutait :

« Ça parle à sa façon : faut avoir des yeux, sapristi, à défaut d'oreilles ! La vie qu'on fait naître, on en est responsable, non ? Surtout qu'elle n'a rien demandé, elle ! »

Son regard, vite détourné, avait alors, chose étrange chez cette femme douce, la dureté d'un couperet de guillotine.

« De la souffrance qui n'a pas de voix pour crier, a-t-on seulement idée ? »

Ce plaisir de l'eau, Abel savait qu'il le trouverait, ce soir, identique aux autres soirs dans les rendez-vous de l'été, mais ce qui hâtait son pas, ce qui le dégrisait, il faut le dire aussi, c'était la certitude de trouver Justin, à son habitude, assis à califourchon sur le mur du jardin et qui sauterait entre laitues et blettes sans en froisser une seule.

« Quinze jours, songeait-il, c'est trop vite passé. Plus que huit, demain. »

Mais sans doute était-ce cet éphémère qui leur rendait le temps qu'ils passaient ensemble si précieux. Chaque minute y comptait autant qu'une heure, et une heure autant qu'une vie.

Le petit engrangeait tout avec une sorte d'avidité joyeuse. Et Abel se surprenait à reprendre goût au jour.

Ce soir-là, comme les autres, Justin serait au rendez-vous.

L'air sentait l'herbe et l'haleine du soir.

« Il sera au rendez-vous, ça, c'est sûr, mais combien y en aura-t-il d'autres ? Le reverrons-nous seulement ? »

La veille, Sophie s'en était inquiétée. Justin reviendrait-il ? Les parents consentiraient-ils d'autres vacances à Combe Nègre ? Feraient-ils payer à Isidore son coup de force ? Philippe était avocat, ces hommes ont la loi qui leur mange dans la main. Il y avait toutes ces questions qu'elle se posait, elle, et parce qu'elle se disait : « Abel, et même Marie et Isidore doivent se les poser tout autant que moi », elle en avait parlé à Abel. Elle ne lui avait pas demandé s'il était raisonnable de s'attacher à un enfant que de leur vie ils n'avaient jamais vu et ne reverraient peut-être jamais. Il était trop tard pour cette question. Une autre s'imposait : « Et s'il allait ne pas revenir ? » Sophie hésitait à la formuler, et Abel à avouer qu'il l'entendait sans besoin de mots.

Elle l'avait quand même dit :

– Et s'il ne revenait pas ?

En même temps, elle doutait d'une telle absurdité. Ce n'était pas possible. Isabelle ne pouvait avoir autant changé. Elle ne pouvait, quoi qu'il se soit passé entre eux et qu'on ignore, qu'ils ont l'air eux-mêmes d'ignorer, en vouloir à ce point à ses parents. Les choses qui avaient mal commencé peu à peu s'arrangeraient d'elles-mêmes. La présence de Justin n'en était-elle pas la meilleure preuve ? L'enfance fait ça qui renoue les fils cassés.

Tout à coup, maintenant que c'était dit, Sophie s'en voulait d'avoir introduit un doute. Mais Abel avait pensé comme elle.

– Ah bon, s'étonna-t-il, toi aussi tu t'es posé la question ?

C'était comme de se retrouver à nouveau deux là où il avait eu peur d'être seul.

– Oui.

Et elle ajouta vite, parce qu'elle voulait y croire :

– Mais il me semble que ça va s'arranger. En tout cas, il faut le souhaiter pour la Marie et son Isidore qui en ont été bien privés de leur Justin... N'avoir que celui-là !...

Leurs regards se croisèrent.

– Pour nous aussi, reconnut-elle.

Et elle ajouta, voilant l'aveu de pudeur :

– Il faut dire qu'il est bien attachant, ce petit.

Abel la suivit des yeux tandis qu'elle allait à son fourneau s'occuper du repas.

Ce qu'elle ne voulait pas lui dire, c'est que, la veille, lorsqu'elle était allée chez Marie lui rendre la politesse d'une visite, elle n'avait pas eu l'impression de lui faire plaisir. L'accueil, certes, avait été ce qu'il doit être dans un pays où l'hospitalité reste sacrée, mais elle avait senti que sa visite, non, n'était pas particulièrement la bienvenue.

« Sûrement, se répète-t-elle, elle s'en veut de ses confidences. Sous le coup de l'émotion, on parle, et puis on regrette d'avoir parlé. C'est souvent comme ça. »

Des excuses, elle lui en cherchait depuis la veille.

« Elle aurait voulu, pauvre Marie, être fière de son Isabelle. Il y a des choses que c'est déjà trop de les savoir soi-même, alors savoir que d'autres les savent aussi !... »

Se retournant vers Abel, elle suggéra :

– Ils l'ont si peu de temps, leur Justin, il ne faudrait pas qu'ils nous en veuillent de l'attirer ici.

– Personne ne l'attire contre son gré, le gamin ! Quiconque le voit comprend ça. C'est vaste, ce pays, trop vaste pour y emprisonner un mioche.

Il était venu vers eux qui ne lui avaient rien demandé, peut-on refuser ça ?

XVII

REPAS DE MIDI ACHEVÉ, Abel s'apprêtait à sortir pour la sieste, cette sieste que, bizarrement, il avait renoncé à faire dans la pénombre délicieuse de sa chambre et qui, en ce mois d'août, le conduisait au jardin, à l'ombre de sa treille.

Sa sieste, jamais auparavant, il n'y aurait renoncé. L'idée l'aurait-elle seulement effleuré qu'elle lui aurait paru sacrilège. À l'égal de l'été, la sieste s'imposait. Elle en était la marque, la respiration, sa douceur cachée sous la brûlure, sa signature secrète. Comme en un bain de jouvence, Abel y avait baigné à travers tous les étés de sa vie. Abandon dans un bien-être où corps et âme en apesanteur s'abreuvent à la légèreté de sources où le sommeil des nuits n'aborde jamais.

Aujourd'hui, pour cette sieste manquée, il était même en avance, ayant allumé et éteint le poste de radio.

– Rien qu'on ne sache par cœur ! avait-il dit à Sophie, évitant de croiser son regard.

Sur le rosier grimpant, à droite de la porte, on entendait bourdonner les abeilles.

– Laisse quand même les informations pour moi, avait suggéré Sophie en souriant, je te dirai si j'apprends du neuf !

L'un et l'autre savaient que les jours passent vite. Il n'y a que l'attente qui est longue.

Lui parti, elle débarrassa la table et se mit à faire un peu de vaisselle avant de donner un coup de balai. Tous les jours, l'après-midi commence ainsi. Ce n'est pas qu'à deux on salisse beaucoup, d'autant qu'Abel change ses chaussures à l'entrée contre des pantoufles, quand même, ça fait deux. Et trois avec la chienne.

Le jour s'attardait sur le coup de chaud de midi. C'était encore l'été.

« Qu'il dure encore un peu ! » songeait Sophie tout en lustrant d'un dernier coup de chiffon le noyer du placard.

Après, on aurait bien le temps de voir venir l'hiver et ses longs mois coupant le haut pays du reste du monde. Les bourrasques de neige effacent ciel et terre, arrêtant l'univers à vos pieds. Les sons s'étouffent, sauf lorsque lève ce vent qui s'ensauvage d'heure en heure à ne heurter que du plat et ne soulever que poudre. Des nuits durant, il hurle par la campagne d'un bord à l'autre de l'horizon. Lorsqu'il retombe, un abattement lui succède et le silence se fige dans une morne éternité.

Sophie effleura la tête de Puceron qui, bout de museau rose tendu, quémandait en miaulant une caresse. Comme les enfants, il lui fallait, à celui-là, part égale de tendresse et de nourriture. La vie battait, douce, sous sa fourrure. Comment ne pas fondre ?

Lorsque le regard de ce chat, d'une impressionnante fixité, se posait sur elle avec cette sorte de… compassion qu'elle n'avait jamais lue ailleurs, lui abandonnant le sien, Sophie se surprenait à penser que des mondes nous sont fermés qui à d'autres s'ouvrent.

– Regarde ta chatte ! disait-elle à Manon lorsque Choupette, leur chatte de l'époque, dressait les oreilles, l'air de contempler quelque présence invisible.

– Qu'est-ce qu'elle voit ? Elle voit bien quelque chose ! s'étonnait Manon, écarquillant en vain les yeux.

– Je ne sais pas.

Un jour, Manon, très grave, lui avait déclaré :

– Maman, j'ai vu ce qu'elle voit, Choupette.

– Ah oui, et qu'as-tu vu ?

– Rien qu'une fois, je l'ai vu. Tu sais, c'était juste que pour moi. Je peux pas le dire, même à toi. C'est un secret. Toi aussi, maman, peut-être, un jour, tu verras, et tu pourras pas rien me dire. Tu comprends ?

Cette enfant, lorsqu'elle appuyait sa tête contre le front d'un tout jeune veau, lorsqu'elle serrait un lapin entre ses bras, lorsqu'elle écoutait, stoppée net dans ses jeux, un oiseau, on se sentait soudain intrus, arrêté au bord d'un monde où elle naviguait à l'aise.

« Tout ce qui vit communique, songeait alors Sophie, le tout est d'entendre. »

Parfois, elle songeait, contemplant ses petits : « Ils n'ont pas que leurs yeux à être grands ouverts… », et aussi que, moins encombrés de superflu que les humains, plus instinctifs, les animaux sont sans doute plus proches des réalités invisibles.

« Tu leur donnes de l'amour, s'est-elle toujours dit, s'occupant des bêtes de la ferme comme de ses plantes, ils te le rendent. Pas de risque, quoi qu'on en dise, qu'un chien que tu aimes et respectes te morde. J'aimerais bien en être aussi sûre des humains ! »

« Toi aussi, maman, peut-être, un jour… »

Mais que pourrait-elle souhaiter voir ou entendre, quel signe d'un ailleurs autre que de prendre entre ses mains, ne fût-ce que l'espace d'un instant, le visage de son enfant ? Et elle sait que cela, entre tout, est impossible. Manon est morte. Et même son visage dans la mort lui a été refusé. N'est revenu d'elle, de Manon partie bien vivante, rien qu'un cercueil.

« Si au moins j'avais pu toucher son visage… »

Longtemps, en Sophie, il n'y avait plus eu que cette phrase.

Manon était morte quelque part au bout d'un petit village de la région parisienne dont le nom, jusqu'à ce jour, leur était, et à elle sans doute comme à eux, inconnu. Elle rentrait d'un voyage d'études au Burkina Faso, avait atterri à Paris où elle devait passer quelques jours auprès d'Isabelle et de son mari. On l'attendait à la Barollière pour la fin de la semaine.

C'est un coup de fil qui était arrivé, l'avant-veille de son retour.

Sophie, dans la cuisine, préparait cette glace à la framboise dont raffolait sa fille. Elle avait tout lâché pour prendre le combiné.

« C'est elle sûrement, se disait-elle, se précipitant, c'est Manon. À cette heure-ci, ça ne peut être que Manon ! »

La voix au bout du fil annonçait la mort. Un mot auquel il est impossible de croire. Qui de toute sa force glacée s'impose alors que, de toutes vos forces, vous le refusez.

On repousse la mort, mais c'est elle qui l'emporte.

Un accident. Une route droite. Manon, Isabelle et Philippe dans la voiture. C'est lui qui était au volant. Isabelle avait tenu à laisser la place à côté du conducteur à son amie pour qu'elle jouisse du paysage. En riant, ils ont dit, l'un ou l'autre l'a dit : « La place du mort ! » Ils ne faisaient rien d'autre que se promener et se raconter l'absence, et rire de leurs retrouvailles, de leur jeunesse encore si neuve, rire à leur vie.

Une maison au bord de la route, son jardin tranquille, son portail bleu. L'enfant joue au ballon dans le jardin. La mère prend son courrier dans la boîte à lettres au bord de la route. Elle n'a pas clavé le portail. Elle l'a tiré derrière elle. Le même geste tous les jours. La même recommandation à l'enfant : « Tu restes là. » Il le sait, et que la route c'est dangereux. Tous les jours, sagement, il reste là. Le ballon, lui, ne sait pas. Il passe, ce jour-là, par-dessus le portail. L'enfant court derrière : il a cinq ans, l'âge où on ne laisse pas s'échapper un ballon sans partir à sa suite.

Dans la voiture, les rires se taisent. Un trop brusque coup de frein, une embardée. L'enfant est sauf, la voiture de l'autre côté de la route, encastrée dans un arbre.

« La place du mort. »

Manon est morte à son arrivée à l'hôpital. À part quelques contusions, les deux autres indemnes.

C'est la vie.

C'était la mort.

De cette mort de leur enfant, Sophie et Abel aussi étaient morts. Durant des jours, chacun de leurs cris bâillonnés hurlant dans le corps de l'autre, mains accrochées à des mains, fondus l'un dans l'autre, se touchant sans se voir, ils se sont enfoncés dans cette mort. Et puis, l'un pour l'autre, pour la Barollière pétrifiée, pour l'enfant qui leur restait, ils ont repris pied dans leur vie.

« Je n'ai pas assez pensé à eux, songe Sophie, qu'ils aient pu en souffrir autant. Isabelle et Philippe… il faut que je les voie. Leur dire que brisée, je l'ai été et je le reste, mais que jamais, pas une seconde, pas une seule, je ne les en ai tenus pour responsables. Que pouvaient-ils faire d'autre ? Quel autre réflexe, mon Dieu, que d'éviter un enfant ? Manon, à leur place, aurait fait pareil. On fait ce qui doit être fait, la suite n'est pas entre nos mains. »

Les voix parlaient à la radio qu'elle n'entendait pas. L'après-midi s'écrasait sur le seuil.

« Ils auraient pu mourir eux aussi sans que leur mort nous rende notre petite. »

Dehors, l'ombre d'un busard passa sur la plaque de soleil étalée devant la porte.

« Leur dire : “dans notre malheur, sitôt que nous avons pu penser, nous avons pensé que c'était un bonheur que vous soyez vivants.” Le leur dire. Et leur demander pardon pour, durant tant d'années, n'avoir peut-être pas trouvé les mots qui auraient enlevé ce poids de la culpabilité de dessus leurs épaules. Leur dire que, souvent, j'y pense, moi, à ce petit qui est vivant et qui aurait pu être le mien. »

Ce qu'elle dira à Marie à la première occasion, c'est qu'elle veut les voir lorsque, dans cinq jours maintenant, ils viendront chercher Justin.

« Mes pauvres enfants, tout ce temps je vous ai crus faisant votre vie en Amérique. Vous étiez si jeunes... Aujourd'hui, je réalise que ce n'est sans doute pas une rancune contre Marie ou Isidore qui vous tient loin d'ici – la rancune n'est pas si tenace – mais sans doute bien un remords que je n'ai pas su voir. »

Ils parleront. Enfin, ils parleront.

Et de l'enfant aussi, ils parleront, tombé comme un miracle sur les deux vieux de Combe Nègre terrés dans leur solitude pire que renards d'hiver dans leur tanière. Et d'eux aussi qui se sont attachés à ce gosse : qu'ils n'aient crainte de la peine ni de la jalousie où n'est qu'un bonheur inattendu.

Elle s'approcha de la porte, s'arrêta, ferma les yeux, chercha dans sa tête les mots exacts, ne les trouva pas. Simplement, elle se sentait légère comme elle ne l'avait pas été depuis longtemps, comme elle ne croyait plus jamais l'être.

Elle revint sur ses pas, machinalement éteignit la radio, s'assit dans le fauteuil près de la fenêtre. Quel âge avait-elle ? Elle ne savait plus. Le temps s'arrêtait. La poupée sur ses genoux, elle écoutait le babil de Manon. Caressant la joue de porcelaine, elle sentait sous ses doigts le velouté de la chair.

Elle entendit les pas de l'enfant courir dans la cour.

Justin déboula dans la cuisine, essoufflé, clignant des yeux encore aveuglés par la lumière du dehors.

Fallait-il que Sophie soit totalement immergée dans ce retour en arrière ? Le regard, les cheveux, jusqu'à la violence à vivre et à mordre dans son rire, elle crut voir entrer sa fille.

– Pas si vite ! dit-elle, se levant, comme elle l'aurait fait autrefois, pour aller humidifier une serviette et lui essuyer le visage. Tu es en nage !

– Je t'ai fait peur ? Tu dormais ?

– Non, j'écoutais la radio.

– Elle est éteinte !

Attentivement, il la dévisageait.

Était-ce de s'être assoupie et d'avoir été tirée d'un rêve ? L'illusion demeurait en Sophie, tenace. Il l'observait avec les yeux de Manon.

– Qu'est-ce qui se passe là-dedans ? demanda Abel qui avait suivi le gamin au ralenti.

Il avait fallu voir le ruisseau qui gargouille entre les herbes où, même des yeux, on se fait plaisir à barboter entre les truites vives. Il avait fallu voir les vaches dans les prés et les veaux restés à l'étable. Abel s'attendait à un recul de gosse des villes. Non, couché dans la paille contre un jeune veau qu'il appelait Yeux d'Or, Justin lui donnait ses doigts à téter.

– Regarde, Abel, il tète !

Maintenant, assis à la table de noyer, buvant son verre de sirop, dévorant une tranche du gâteau de Savoie de Sophie, Justin racontait, enthousiaste, ce qu'il avait vu, ce qu'il voulait voir encore et encore. Tant et tant de choses restant à découvrir qu'il énumérait, qu'il recensait. Et chacune en tirait par la queue une nouvelle.

– Oui, disait Abel.

Oui au bonheur de l'instant.

Et tous les deux, contemplant le petit alors qu'il mordait à pleine bouche dans son morceau de gâteau, savaient l'instant fragile. Alors, dans leur cuisine, ils s'en emplissaient de cet instant. Ils regardaient Justin manger et boire et parler sans se rassasier de rien, s'émerveillant de cette jeune vie. Entre eux, ce bonheur retrouvé d'entendre un enfant rire et construire en châteaux de mots l'avenir, mais aussi de nourrir cet enfant. Le besoin d'ouvrir encore et encore les placards, de lui donner à manger ce qu'ils contiennent de meilleur. Et puis d'aller au jardin cueillir les prunes. Voir, une fois encore, un enfant se nourrir de votre pain, mordre dans le fruit de votre terre.

– Oui, disaient-ils au gamin.

– Oui, répétaient-ils.

Et, entraînés par lui, ils riaient comme ils ne croyaient plus savoir rire.

XVIII

C'ÉTAIT UN DIMANCHE et l'anniversaire de Frédéric. Les grands-parents côté maternel étaient venus de Roche-la-Molière. Famille ouvrière de père en fils, ils savaient ce qu'il en coûte de travail et d'endurance pour maintenir la tête hors de l'eau et pousser la génération suivante à s'en dégager un peu plus. Ils avaient, à force d'économies, réussi à construire le pavillon de leur rêve et ils en étaient fiers. Que leur fille ait épousé un « propriétaire terrien », après les avoir un peu inquiétés, les avait, dès leur visite à la Barollière, comblés d'aise. Cette demeure... dimensions, charpente, épaisseur des murs... vingt-cinq ans après, ils n'en revenaient toujours pas. Quand Abel et Sophie avaient proposé de se retirer dans la petite maison, abandonnant la grande aux jeunes mariés, ils étaient restés sans voix.

– C'est du monde, avait dit Paul, le père, au retour, que c'est du brave monde.

L'estime avait été rapidement réciproque. Entre les deux hommes en tout cas.

– L'argent, avait apprécié Abel après qu'il eut fait faire à Paul le tour de la propriété, ils sont comme nous, ils savent qu'il ne tombe pas du ciel et qu'il faut se trousser les manches.

Les deux femmes, à défaut de s'estimer, s'étaient acceptées.

– Elle me donne quand même bien un peu le tournis à s'user langue et griffes sur les uns et les autres, confiait Sophie à Abel, et elle ajoutait en riant : Par chance, ils ne sont pas à la porte d'à côté, sinon, pauvres de nous ! À force de chercher qui quereller, cette femme ferait jusque du désert un champ de bataille.

Eux, par hasard – et ils devaient être à des lieues à la ronde les seuls –, trouvaient grâce à ses yeux.

– Je me demande si tu réalises bien ta veine, répétait la mère à sa fille : tout avoir du début que moi je suis partie de rien. Et ç'a pas été rose tous les jours, tu peux le croire, avec le boulot qu'on avait bien besoin de deux salaires, ta naissance par-dessus, et mon chameau de belle-mère qui nous aurait bien brouillés ton père et moi si elle avait pu réussir son coup ! Toi, ma fille, t'es bien tombée, on peut le dire, de bonnes gens et un mari que c'est la crème des hommes !

Elle ne tarissait pas :

– Si on devait revoir – qu'on revoie jamais ça, misère ! – les temps qu'on a connus nous autres, à penser du matin au soir qu'à son ventre creux qui criait famine, toi au moins, tu connaîtrais pas le manque !

Et pourtant, même la perfection comporte ses imperfections.

– Y a que, pour me soucier, qu'y a pas trop de monde par ici et qu'on doit se languir à la longue. Et les hivers… T'as pensé aux hivers ? Moi, c'est égal, je m'y ferais pas.

Sa fille s'y faisait. Il est vrai qu'elle était « maîtresse » de la Barollière aujourd'hui, et même libre désormais, si ça lui chantait, de clouer le bec des vieux. Elle était brave, elle ne le faisait pas. Ils avaient de la chance, elle l'avait bien élevée. Et maintenant, ce petit-fils qui finirait sans doute professeur, avocat ou notaire, allez voir ! Pareil, petit-fils d'ouvriers, que s'il était petit-fils du directeur de l'usine. C'était un sujet de contentement.

Ils avaient apporté le gâteau d'anniversaire.

Les mets, les vins, l'ambiance étaient à la fête. Le repas en était à son milieu et on tiendrait bien à table une partie de l'après-midi.

– J'aimerais qu'il rapplique pas trop tard le gus Justin, déclara Frédéric, je lui dirai de venir, lui qui adore les gâteaux. Il est sympa, je trouve, ce Parigot.

– C'est qui, ce Justin ?

Et Julienne d'expliquer les Américains par le détail. Et sa mère de rire : on a la fierté susceptible par ici, il faut croire ! Sûr qu'en ville on ne connaîtrait pas pareilles histoires : ce que tu fais ou ce que tu ne fais pas n'intéresse que tes quatre murs.

– L'Amérique, grand Dieu, et pourquoi pas le pôle Nord, c'est plus froid sûrement, mais c'est aussi plus loin !

Frédéric, navré, observait du coin de l'œil son grand-père. Il l'aimait bien, et il aimait bien ce mioche.

– Arrête, 'man !

Allez arrêter un volcan en éruption !

– Allons, intervint Sophie, tendant à sa voisine le plat de haricots, resservez-vous, ils sont tout frais du jardin.

– Ça se voit. Y a pas à dire, je me régale. Paul en fait dans son potager. Mais tu trouves pas, Paul, qu'en bas ils sont moins goûteux ?

Il trouve, Paul, et il le dit :

– C'est sûr, on a beau arroser, c'est pas la même terre.

En bas, c'est du travail : une terre qui, les mois d'été, sonne comme mortier sec et se crevasse que c'est pitié. En haut, la terre est bonne et le ciel tient l'arrosoir !

On ne fait pas aussi facilement diversion.

– Quand même, hasarde Julienne, évitant de croiser le regard de son beau-père et s'adressant à Sophie, je me demande ce que vous avez à vous enticher de ce gamin… Après leur Amérique, et même si j'en rigole, je reconnais qu'ils en ont été assez privés, les grands-parents, pour avoir envie d'en profiter un peu de ce mioche !

– Que veux-tu, il fait, ce petit, ce que faisait sa mère et les deux miens : il traverse quand il en a envie. Tu te souviens, Jacques ? Ce que vous avez pu en faire d'allers-retours ! Il n'y a pas de barrières tant que ça d'une maison à l'autre !

Jacques n'a d'yeux que pour le vin qu'il est en train de servir.

– Ce qui est sûr, c'est que mon Freddy n'a jamais couru de côté et d'autre, se rengorge Julienne. Toujours je me le suis gardé au coin de l'œil, c'est normal.

Sophie évite de rétorquer que, songeant aux deux siens qui s'envolaient par la campagne, libres, souvent il lui est arrivé de fondre de pitié pour ce Frédéric cantonné entre maison et bout de cour. Propre, ce petit, comme au sortir d'un magazine de mode. « Une enfance de gamin des villes, enfermée entre des murs, alors qu'on a le monde à la porte ! » Les siens, bien sûr qu'elle était inquiète, et plus qu'elle ne disait, suivant des yeux leurs petites silhouettes que l'espace réduisait de seconde en seconde. Elle ne dit pas non plus, le pense si fort que l'autre pourrait entendre :

« Même lorsqu'il lui arrivait à votre Frédéric de traverser jusque chez nous, vous ne supportiez pas. C'était trop loin de votre regard, je suppose ! »

– C'est vrai, constate Frédéric, que l'idée ne m'est jamais venue de m'aventurer seul jusqu'à Combe Nègre !

– Je te l'aurais enlevée l'idée, et l'envie aussi, crois-moi ! s'exclame sa mère.

– Aujourd'hui, je me rattrape avec ma moto !

– Et tu crois peut-être que je suis pas en souci ?

En même temps qu'elle posait la question, se chargeant de la réponse, elle prit la tablée à témoin.

– Pardi que je m'en fais du souci, mais qu'y faire ? Depuis le temps qu'il nous serinait avec cette moto ! Pensez, le Titou Chazal en avait une.

Elle observa son garçon, soupira :

– Il faut bien vivre avec son temps ! Quand même, reprit-elle, à nouveau prenant à partie sa belle-mère, moi ce que je vous en dis de ce gamin, c'est pour vous. Ça va vous faire quoi, quand il partira ? De la peine pour rien ! Peut-être, vu ses tordus de parents, vous le reverrez même jamais !

– Que voulez-vous que je vous dise ? On a vécu avant lui, on vivra après.

– Quoi qu'il en soit, ce petit, il traîne un peu trop par ici…

– Il ne peut pas traîner toute la journée entre les pattes de ses grands-parents, Isidore l'a compris : il le laisse vivre, trancha Abel. Ici, même les chiens, vous remarquerez, n'ont pas de laisse.

Le ton, qui se voulait seulement narquois, était sec.

En temps normal, Julienne aurait rengainé les mots, se contentant de remâcher sa colère, mais ça tombait trop bien. Du regard, elle défia son mari :

– C'est tout ce que t'en dis, Jacques ?

Jacques aurait préféré n'en rien dire. Après tout, c'était l'été, encore des foins à rentrer et le ciel dont on n'était pas sûr qu'il ne vous tombe un moment ou l'autre sur la tête. Ce mioche, il n'allait pas en faire une histoire, il ne lui mangeait pas son herbe !

Quand même, ainsi interpellé par sa femme, il ne put se dérober.

– À propos d'Isidore, fit-il remarquer, d'autant plus péremptoire qu'il était gêné de croiser le regard de son père, il ne doit pas le prendre si bien que ça. Deux fois que je passe pas loin. La première, j'ai cru qu'il m'avait pas vu, la deuxième, j'ai compris qu'il voulait pas me voir. Je m'en fous, moi, de ce gamin : qu'il traîne où diable il veut, mais ça m'embêterait que ça nous brouille avec les voisins.

C'était dit.

Il y eut un silence. Abel avait envie de dire : « Vous m'emmerdez ! » Il ne dit rien. Calmement, il reposa la fourchette qu'il tenait à la main, repoussa son assiette, plia sa serviette, et sortit.

– Et voilà, s'emporta Frédéric, vous êtes contents, vous avez réussi à me gâcher mon anniversaire ! Faites chier à la fin. Foutez-lui la paix à ce mioche !

Abel se retrouva seul, mécontent des autres, mécontent de lui. En temps ordinaire, Sophie l'aurait rejoint. Peut-être ils se seraient parlé, peut-être ils ne se seraient rien dit, c'était tout comme. Il aurait, parce qu'elle était à ses côtés, fait le point avec sa colère et retrouvé sa sérénité. Au lieu de ça, la rage l'emportait et sa vie devenue lourde brûlait en lui comme ce soleil d'août qui faisait feu de tout. Il savait que, quittant la table, il avait contraint Sophie à y demeurer pour ne pas casser d'un geste l'équilibre qu'ils avaient mis plus de vingt ans de patience à construire.

« D'autres, réussit-il à se dire, sont plus malheureux que nous, leurs enfants, ils ne les voient pas. »

De ces phrases qu'on se dit pour se consoler. Qui ne consolent pas. Qu'y aurait-il de consolant dans le fait de savoir les autres encore plus malheureux que vous ?

Un moment, il était resté planté au milieu de sa cour, puis il était allé s'asseoir sur le banc du jardin.

« Pourquoi ? » se demandait-il.

Il ne bougeait pas. Et, peut-être parce qu'ils n'avaient pas à le chercher, les pourquoi l'assaillaient.

Tout à coup, Abel prêta l'oreille. Il lui avait semblé entendre courir derrière le mur. À peine le temps de lever la tête, Justin était devant lui.

– On peut dire que tu tombes bien.

– Je croyais pas te trouver là puisque c'est l'anniversaire de Frédéric.

– Et tu pensais trouver quoi en dévalant ce mur comme un chat qui a les chiens aux trousses ?

– Rien.

Il hésita.

– Si… je voulais rien que m'asseoir un peu sur ton banc.

L'enfant regardait Abel. Tignasse brune, yeux noirs, immenses, il riait.

Le vieil homme eut l'impression de marcher vers ce rire comme on marche la nuit vers une lumière.

XIX

UN ORAGE CREVA pendant la nuit, un de ces orages d'août qui ne se contentent plus de montrer les dents. Mais, dès 11 heures du matin, la brume se dissipa, levant le voile sur un ciel lessivé, d'un bleu de création du monde.

– Pétard, quand ça claque ici, ça fait un de ces boucans ! s'exclama Justin en début d'après-midi, encore sous le coup des émotions de la nuit. Je dirai à mes copains qu'à Paris y a pas d'orage, jamais. C'est juste, dit papy, un pet foiré.

– Tu as eu peur ?

– Tu parles ! J'ai mis ma tête sous les couvertures, mais je voyais et j'entendais pareil que si y avait pas de couverture. Je fermais les yeux, je voyais pareil qu'ouverts ! C'est plus fort que les feux d'artifice du 14 Juillet à Paris, et déjà, j'aime pas beaucoup le 14 Juillet même si je me force à cause que mes parents ont dans l'idée que je dois trouver beau ! Et toi, ça te fait pas peur ?

Que dire ? Abel aimait ce déferlement de violence et de feu, cette explosion du ciel sur la terre comme si se mesuraient là des forces dont l'homme n'a même pas idée, un jeu de titans dont il est à la fois exclu et témoin. Ainsi, par le feu et l'éclair, la voix de Dieu avait frappé dans la pierre les Tables de la Loi.

« Dans l'homme également, se disait-il, dans l'homme si infime couve un brandon de ce feu. »

Jamais nature ne lui avait paru si vivante que dans cette démesure et cette apothéose. Jamais il ne s'y était senti aussi minuscule ni aussi fondu. Toute-puissance abolie. Semblable à l'arbre, à l'animal.

« Une même soif quelque part, une même crainte. Aussi fragile, un même souffle de vie que balaie le temps », songeait-il.

À Sophie qui redoutait par-dessus tout les orages, allumant dans sa cuisine une bougie contre le feu du ciel, il chuchotait, les rares fois où il parvenait à l'attirer dehors :

– Regarde comme c'est beau !

Et ça l'était encore plus de la sentir se presser contre lui. Dans ces moments-là, ça pouvait claquer de partout pire que bombardement, il se sentait invincible. Mais il devait bien reconnaître que ce qui le fascinait l'effrayait aussi. En juillet, à Jastres, le village voisin, la ferme de Combe Loup, une grosse ferme, avait brûlé tout un jour sans qu'on pût, à part humains et bétail, sauver quoi que ce soit. De l'étable à la grange, tout y avait passé. Et encore avait-on évité le pire : leur petite de trois ans était ce matin-là chez sa tante. La foudre, le trouvant sur son passage, avait tordu comme ressort son lit en fer.

– J'aime et je crains aussi, bien sûr. Qui pourrait se mesurer ? On se croit grand en face de la nature, mais, quand elle lève la voix, on se retrouve à sa vraie taille que ce n'est pas si grand que ça, tu as vu !

– En tout cas, c'était drôlement impressionnant !

L'enfant pivota sur lui-même, tendit son visage au soleil. Le soleil le prit.

– J'aime, j'aime, s'exclama-t-il, j'aime tout, ici ! J'aime plus que tout… plus… plus que moi, Abel, j'aime ! Plus.

Elle était claire, cette voix. Elle était vraie. Elle atteignit Abel en plein cœur. Elle était neuve comme peut l'être une voix d'enfant que la vie n'a pas encore abîmée. C'était pourtant une voix qu'il aurait reconnue entre toutes. Sa main se tendit comme il la tendait autrefois vers sa fille pour l'asseoir près de lui. Il n'osa pas poursuivre son geste. La main retomba sur ses genoux.

– Sophie, dit-il, redoute l'orage. Elle en a peur, c'est te dire, encore plus que Puceron : il cherche, ce chat, par toute la maison, avant le premier coup de tonnerre, la plus petite boîte où il pourrait se cacher. Et il finit toujours par en dénicher une, le bougre ! La première fois qu'on s'en est rendu compte, il pouvait avoir deux mois, on l'a trouvé dans l'évier, enfoncé tête-bêche dans une boîte de petits pois. Figure-toi que Sophie s'en est aperçue quand elle a attrapé sa boîte pour la mettre à la poubelle : elle était un peu pleine pour une boîte vide !

Ensemble, ils rirent.

– Je te parlais de Sophie, poursuivit Abel. Eh bien, figure-toi, même Sophie, ce matin, quand elle a vu l'arc-en-ciel, a trouvé que pour une merveille pareille elle aimerait presque, après coup, l'orage de la nuit !

– Mamie m'a réveillé pour que je le voie, l'arc-en-ciel. Je le connaissais qu'à la télé. C'est beau, comme pas vrai… Comme quand on rêve.

– Mon papé Joachin me disait : « Petit, regarde-le bien, l'arc-en-ciel : aucun peintre au monde, aussi fort qu'il soit, jamais ne réussira à l'attraper. L'arc-en-ciel, c'est la signature du Tout-Puissant : il mêle les plus belles couleurs des mondes d'au-delà pour signer son alliance avec la terre. »

– Il te disait quoi encore, ton papé ?

– Il me disait que tout est vivant. Il me disait que les arbres, au bout de leurs feuilles, lèvent l'eau de la terre jusqu'aux lèvres du ciel.

Le regard de Justin alla de celui d'Abel jusqu'à la pointe haute des frênes, revint.

– « Respecte les arbres, me disait-il, ils protègent la terre : sans eux, elle s'asphyxierait et nous avec. » Il me disait :

« Regarde bien, petit, les arbres, la terre, les bêtes. Et puis, écoute-les : ils parlent la même langue que toi. »

– La même ?

– Oui. La langue du vivant qui est la nôtre à tous, du brin d'herbe à l'étoile, « parce que, m'affirmait mon papé, nous sommes de la même famille ».

– Encore quoi ?

Abel alluma sa pipe.

Justin, yeux noirs rivés aux siens, l'observait. Il n'est pas de pensée même cachée derrière une pipe qui échappe à ce regard-là, perçant, de l'enfance.

– Il me disait : « Tout – toi compris – tout est un. »

– Tout ? C'est beaucoup tout. Beaucoup ! Tout, ça peut pas faire rien qu'un ! Il savait pas compter, ton papé ?

– Oh que si !

Et il savait que la vie est indivisible.

– Compter, c'est lui qui m'a appris. Et aussi, il m'a appris que notre planète qui tourne dans l'espace est un grand corps vivant. Ce qui la blesse dans ses arbres, ses bêtes, son eau, son air, comme toi à un endroit de ton corps, lui fait mal. Si ça se répète et se répète, elle se secoue de douleur, malade jusqu'à en mourir.

Pour contrer ça, il avait une foi inébranlable, le vieux Joachin, en l'équilibre des milliers et milliers d'années que des hommes de plus en plus savants ne seraient pas assez fous pour compromettre, cassant les liens…

Depuis le départ du vieux, les arbres partent en fumée, l'eau n'est pas inépuisable ni les soleils enfermés dans les entrailles de la terre.

« L'homme, songeait Abel, et ce gamin-là pourrait bien le voir, risque de détruire à lui tout seul les équilibres vitaux, et l'intelligence du vivant dont sont issues les espèces disparaîtra avec elles. »

– Les hommes sont les plus intelligents, ils ont aiguisé leur cerveau jusqu'à toucher ce qui, à moi, pauvre paysan, paraît inaccessible. Ils sont aussi les plus fous, assez bêtes pour ne pas voir à leurs pieds sur quoi repose l'équilibre du monde alors que ce lézard le sait, lui, d'instinct. Heureusement que vous voilà, les jeunes, pour la relève ! « Tiens, va-t'en donc chercher pour deux sous de bon sens à l'épicerie de la Marcelle », me disait mon papé.

« De son temps, pensait-il, on ne savait pas trop le goût de l'argent. Pareil que l'alcool, ceux qui y ont goûté y ont pris goût ! On veut plus d'argent. Plus d'argent, toujours ! Pourquoi ? Pour lui faire faire encore plus d'argent. »

« L'argent est un bon serviteur, aimait à rappeler sa mère qui le serrait dans la boîte en fer-blanc de l'armoire, c'est un mauvais maître. » Elle avait raison : bon serviteur à condition d'avoir un bon maître.

« Moi, se dit-il, à l'époque, je ne lui voyais que du bon. Il allait nous permettre de voir venir sans appréhender chaque jour les lendemains, de donner aux enfants un peu plus qu'on avait eu nous-mêmes. »

Abel se secoua. Comme le vieux Joachin, il faisait confiance à la sagesse acquise au cours des millénaires.

Il sourit comme on s'excuse.

– Quoi encore ? demandait Justin.

– Il m'apprenait, mon papé, à entendre la voix qui parle dans les yeux des bêtes. Il soutenait que cette voix-là ne ment pas. Qu'on peut la voir aussi, à condition d'avoir bonne vue, derrière le mensonge qui se pose sur le regard des hommes comme la brume, ici, sur les prés.

– Comment il s'appelait, ton papé ?

– Joachin.

– Il t'apprenait quoi encore, ton papé Joachin ?

– Des choses qu'il faudrait une vie pour les redire, d'autres que j'ai oubliées sûrement ou qu'il faudrait aller chercher loin, mais à quoi bon ! J'ai personne à qui les raconter : ça n'intéresse maintenant plus personne.

– Moi, tu m'as.

Le regard d'Abel se troubla.

– Abel, dis… je veux savoir tout ce qu'il te disait, comme ça, quand bientôt je serai parti, je fermerai les yeux et, quand je les entendrai dans ma tête, ça sera pareil que si je suis encore là.

Abel, cette fois, détourna son regard. Tant de choses y remontaient qui ne peuvent se livrer d'un coup. Il arracha sur sa droite quelques roses fanées sans être sûr de les distinguer des autres tant ses yeux s'embrumaient. Il concentra toute son attention sur le geste.

Quand on est vieux, l'émotion surprend et rien ne vous encombre assez pour l'envoyer se cacher derrière. Ce qui vous arrive est trop fort pour se dire, trop neuf, et vos mots trop usés. On n'ose pas. Qui comprendrait ?

En réalité, nul mieux qu'un enfant.

« Moi, songeait-il, je regarderai mon jardin, le mur, le prunier et rien ne sera pareil. Chaque endroit où je poserai les yeux me racontera ces jours de l'été. »

– Il ne faut pas que tu t'attardes trop longtemps, dit-il.

Et il leva les yeux à l'approche du pas de Sophie, troublé à l'idée qu'un reproche puisse ternir la paix de l'instant. Il n'était plus sûr de grand-chose.

Leurs regards se croisèrent.

Dans celui de Sophie, sans besoin de mots, l'affirmation qu'ils étaient, ce jour, comme ils l'ont été chacun des jours de leur vie, ensemble.

XX

Ce matin-là, à Combe Nègre, on s'était levé de bonne heure, y compris Justin, et ce malgré les protestations de Marie, mais c'était un grand jour.

Pour ce jour exceptionnel, dès son arrivée, Isidore avait promis à son petit-fils qu'il serait de la partie, et Justin n'avait rien oublié. Ni que le vieil homme lui avait dit : « j'aurai bien besoin de ton aide. »

Sous la lourde charpente, dans la grange presque vide qui en avait tant vu arriver à pleins chars, on allait rentrer le foin, celui des prés entourant la maison, il n'en fallait pas tant pour nourrir une seule vache perdue dans une étable en ayant abrité plus de vingt-cinq. C'était ainsi. À soixante-dix ans, sachant depuis toujours que sa fille ne prendrait pas le relais, Isidore avait donné en location ses pâtures – que faire d'autre ? –, se réservant celles proches de la maison dont on lui coupait ce foin qu'il tenait à rentrer lui-même.

– C'est bien du souci pour pas grand-chose, lui disait-on, pourquoi garder une vache ?

– Pour son lait que je sais au moins d'où il sort, répondait Isidore, et parce qu'elle me tient au travail : à nos âges, on rouille vite si on prend pas soin de graisser.

L'avant-veille, Marc Chazal avait coupé le foin, il avait même proposé au vieil homme de le botteler et de le lui rentrer. Isidore avait remercié et refusé : ce qui est dit est dit, à moins d'être vraiment empêché, on ne revient pas dessus.

Ce matin, assis à la grande table, Isidore mangeait œuf, saucisson et fromage, en regrettant presque de ne pas avoir accepté cette proposition. Il s'efforçait de dissimuler la lassitude qui depuis quelques jours pesait sur lui. Une barre s'était mise en travers de sa poitrine sans qu'il puisse s'expliquer pourquoi.

Il observait son petit-fils qui jacassait en mordant à pleine bouche dans les tartines de beurre et de miel préparées par Marie.

« J'ai bien fait, s'approuvait-il cependant, il y a droit quand même, ce petit, et nous aussi, on y a droit. Dix ans qu'ils nous ont volés, à lui comme à nous ! »

Il ne comprenait pas sa fille, mais ce n'était pas nouveau. Dix ans qu'il ne la comprenait pas, dix ans de questions sans réponses. Le silence coulé dessus comme dalle de puits. Tristesse, incompréhension et honte mêlées les isolaient pire que neige du reste du monde.

La colère, un matin, l'avait réveillé. Puisque le mari de sa fille était avocat et ne devait rien comprendre d'autre que la loi, et bien va pour la loi ! Il avait exigé son droit. Jamais il n'aurait cru en arriver là.

La première semaine suivant l'arrivée de Justin, malgré l'amertume qu'il gardait au cœur, il avait savouré le bonheur de découvrir son petit-fils. Il s'était senti revivre en voyant l'enfant des villes plonger dans la campagne comme s'il était né dedans. À peine lâché, trouvant ses marques. Dire qu'il avait redouté que le petit ne lui en veuille et considère ces quinze jours à Combe Nègre comme une punition !

Grâce à Justin, il ne se sentait plus seul ni vieux. Maillon d'une chaîne, il s'emplissait du plaisir grave qu'il y a à transmettre et à lire ce qui s'écrit, neuf, dans le regard neuf d'un enfant. Puis une angoisse avait traversé cette quiétude, un tourment qu'il ne parvenait pas à définir, comme si quelque chose d'irréversible s'était mis en marche à son insu.

« Qu'est-ce qui t'arrive, mon pauvre ? »

Une sorte de froid l'enveloppait.

Il se remit à manger et s'attacha à ne plus penser qu'au foin à rentrer.

La veille, il avait attelé la remorque à son tracteur. Pour ce rite annuel, Justin était là, dernier de la chaîne qui, pour la première fois, allait rentrer le foin de ses prés dans sa grange.

« Tant qu'on rentre son foin, se dit-il, on craint pas d'avoir honte de sa terre ni de ce qui vit dessus. »

Cela n'évacua pas l'amertume :

« De nos jours, ils peuvent avoir honte de la terre où ils sont nés, et de tout. Même d'un père et d'une mère. »

De cette honte, il avait voulu sauver son petit-fils. Il avait voulu qu'il sache le goût, avant de le renier, du sang qui coulait dans ses veines. Après… l'avenir n'appartient à personne.

Isidore mangeait. Il regardait Justin. Comment aurait-il pu perdre un seul moment ? Il observa Marie, ses cheveux gris, cette espèce de sourire timide, enfantin presque, qu'elle avait à beurrer le pain, et, derrière Marie, la cuisine qui avait abrité leur vie à trois. Ce lieu avait connu aussi son enfance à lui, et l'enfance de son père avant lui. Sa vue se brouilla à voir sa femme et l'enfant assis à cette table, comme à contempler une image sacrée.

– Suis-je bête, s'exclama Marie, croisant son regard, voilà maintenant que j'oublie de te faire ton café !

Il crut, au moment où elle s'approchait du fourneau, discerner la robe noire de sa mère. L'illusion se dissipa.

À nouveau, à la dérobée, il contempla son petit-fils, essayant de le voir à travers les yeux d'Isabelle : un enfant sur la route tracée pour lui vers un destin sage. Il en voyait un autre, caché en celui-là qui, un jour, se révolterait contre ce qui lui semblerait dicté.

Isidore s'était levé tôt, mais, assis dans cette cuisine, il n'arrivait pas à se résoudre à précipiter le temps. Au contraire. C'était comme s'il avait fallu s'arrêter enfin, ancrer chacun de ces instants dans sa mémoire. Il soupira.

Il y avait eu, bien sûr, la visite éclair de sa fille et de son gendre pour déposer le petit...

Isabelle... à jamais, il gardera l'image de sa fille, butée et pâle, posant le pied dans la maison qui l'a vue naître comme en territoire ennemi. Pressée de partir. Si elle avait fait l'effort d'embrasser sa mère, ce n'avait pas été le cas pour lui. Rien que cette phrase, au départ, prononcée d'une voix blanche :

« Tu as eu tort, papa. »

Non. Tout le reste était questionnement, mais, sur ce point en tout cas, il savait qu'il avait raison, le vieil Isidore. Et chaque jour le lui confirmait.

Quels torts avaient-ils eus, eux, les parents, pour en arriver là ? Ils l'avaient aimée, leur petite, pensez, l'avoir espérée douze ans ! Et puis elle avait été là, assez fragile, leur semblait-il, pour qu'ils l'élèvent dans du coton. Elle y tenait, cette gamine, à sa maison, à ses parents. La pension – il avait bien fallu y consentir si on voulait lui faire poursuivre des études, et elle apprenait bien – avait été, pour elle comme pour eux, un déchirement. Et puis, le temps passant, déchirure apprivoisée, ç'avait été la faculté à Saint-Étienne d'où elle revenait en courant chaque week-end. Beaucoup de bonheur qui ne laissait pas augurer tant de malheur. Et l'éternelle question, des millions de fois posée, à soi, à l'autre : qu'est-ce qui nous l'a changée ?

Son mariage, ils en avaient été heureux, les parents : imaginez, elle avait épousé un avocat, leur Isabelle, beau garçon et fou amoureux d'elle. Bien sûr, en face de la belle-famille, ils s'étaient sentis mal à l'aise, et heureux de se retrouver dans leur maison, la noce finie.

– Il faut bien le reconnaître : ce n'est pas notre monde, avait dit Marie, fondant en larmes au moment où le tournant du chemin lui enlevait sa fille. Pourvu qu'elle finisse pas par avoir honte d'où elle sort !

Mais Isabelle était heureuse et ils étaient prêts à se faire aussi petits qu'il le faudrait pour ne pas lui peser. Et puis il y avait le téléphone. Marie, qui n'avait jamais rien réclamé, avait exigé qu'on l'installe à Combe Nègre sitôt après le mariage de sa fille.

– Je la sentirai moins loin.

Isabelle téléphonait souvent, racontait la grande vie à Paris.

Eux se disaient : « Nous, on ne s'y ferait pas. »

Isabelle s'y faisait. Le jeune couple débarquait de loin en loin. La maison, pour un jour ou deux, bourdonnait comme une ruche, puis ils s'envolaient, Marie et Isidore se retrouvaient dans leur vie. Et cette vie était sereine malgré l'absence, illuminée par l'éclat de leur passage. Ils étaient des parents : quand l'oiseau arrive, on ouvre les mains ; quand il s'envole, on les ouvre une deuxième fois.

« Ils font plaisir à voir », se félicitaient-ils.

Quand l'enfant était né, ils s'étaient estimés comblés.

– Cachottière ! avait glissé Marie dans l'oreille de sa fille, la découvrant enceinte le jour de l'enterrement de Manon.

– Au début, s'était excusée Isabelle, ma grossesse a été difficile. Nous risquions de le perdre et ne voulions pas l'annoncer trop tôt. Les parents de Philippe qui sont depuis trois mois au Cameroun chez leur fille n'en savent rien encore.

– Et maintenant, ça va ? s'était aussitôt inquiétée Marie.

– Très bien, mais tu comprends, on doit repartir sitôt après l'enterrement : je ne dois pas être trop loin de mon gynéco.

Après la violence du choc, Marie comprenait, bien sûr.

Le jour était aux larmes. Un rayon de soleil les traversait.

Deux mois plus tard, à peine, l'enfant était arrivé. Il était fragile. On ne lui avait pas imposé le déplacement. Les deux vieux étaient montés à Paris, il leur tardait tellement de le voir. L'heure, cette fois, était à la joie... Quand exactement la distance s'était-elle prise ? Après coup, on ne sait pas. La vie fait ses crocs-en-jambe sans tirer la sonnette d'alarme.

– Nous ne sommes pas des grands-parents bien présentables vu leur milieu à eux, plaidait Marie. Les parents Dervieux, c'est sûr, nous jaugent de haut. Même propre et habillée de neuf, quand cette femme me regarde, je me sens mal fagotée.

– Présentables ou pas, s'emportait Isidore, c'est de nous qu'elle sort, ton Isabelle, et son gamin derrière ! Un jour, ce sera à lui de décider s'il a honte de nous ou pas : on ne s'imposera pas plus loin.

– Peut-être aussi... suggérait Marie, cherchant une autre explication puisqu'il devait bien en exister une... ils auraient voulu, puisque quand bien même c'est pour elle, qu'on leur donne tout, tout de suite. C'est cher, j'imagine, une étude d'avocat...

– De l'argent, on leur en a donné, non ? Ça a bien dû leur en payer un morceau de l'étude ! Derrière moi, ils feront ce que diable ils voudront, on ne sera pas là pour le voir, mais, moi vivant, ils ne vendront pas Combe Nègre !

À regarder Justin dévorer ses tartines, les yeux d'Isidore malgré lui se brouillèrent.

Dehors, un petit vent d'est s'était levé qui polissait le matin. Isidore se coupa une tranche de fromage et se versa un verre de vin. Il n'était pas question de traîner trop longtemps, mais il devait puiser dans ses dernières réserves d'énergie pour se décider. Il le fallait, il n'avait pas le choix : à peine sorti du sol, le soleil allumerait un incendie sur les prés. L'après-midi, sans le moindre souffle de vent, la chaleur serait telle qu'on prendrait du retard. L'an passé, l'orage menaçant, il avait dû faire appel à l'aide d'Abel Jourdan, il ne voulait pas avoir à recommencer.

Sitôt levé, selon son habitude, il avait consulté le ciel, familier qu'il était du dialogue avec les nuages.

« Qu'on se trompe, nous, des fois, je dis pas, personne est infaillible, mais un coup que je me trompe, moi, c'est quatre qu'eux, avec leur météo, ils se trompent. »

Et ce qui est vrai pour la menace de pluie l'est aussi pour ce foutu soleil qui n'est pas toujours de bon vouloir : tantôt il bonifie le foin, tantôt le mange couleur et chair.

Les augures sont là, encore faut-il les interpréter. C'est une approche qui mobilise les cinq sens. Même l'ouïe et le goût. Il ne faut pas se fier à l'apparence. Le temps, tel un melon, a un langage qu'il n'est pas donné à tout le monde de comprendre. Le savoir en était accordé aux anciens, mais, perdant l'habitude d'observer, on a laissé se perdre la vieille langue complice. Une vie ne suffit pas pour deviner le temps. Il faut des générations. Désormais, pour faner, il leur faut la voix et l'autorisation de Paris.

« Tu as eu tort, papa. Il ne fallait pas. »

La voix d'Isabelle… Le vieil homme à la réentendre hocha la tête. Ses épaules s'affaissèrent malgré lui.

– Manon, quand c'est qu'elle est morte ? demanda Justin, levant les yeux de dessus son bol.

Il y eut un bref silence : Marie réalisait qu'Isabelle n'avait jamais parlé de Manon, sa meilleure amie, à son fils.

« Normal, se dit-elle, il ne l'a pas connue. À quoi bon encombrer un enfant de fantômes ? »

Elle hésita.

– Je sais pas… une dizaine d'années.

– Et elle est morte comment, Manon ?

– Un accident… un accident de voiture… Mais c'est loin, tu sais, tout ça.

Évitant de croiser le regard de l'enfant, elle se leva, referma inutilement la porte ouverte sur l'extérieur.

« Normal qu'il ne sache pas, on ne raconte pas ces choses-là à un petit », se répétait-elle.

Elle se sentait oppressée, allez savoir pourquoi ! Ne pas penser. Arrêter, avant qu'elle ne l'engloutisse, la vague d'angoisse qui vient l'assaillir ces jours-ci à l'improviste. Quelle folie de toujours guetter la menace ! Quand cesserait-elle de trembler ?

« Comment suis-je faite ? se demandait-elle. Toujours me faire du mal pour rien ! Comme si la vie avait besoin d'aide ! »

Frissonnant soudain, elle ajouta une bûche au feu. Avec la brusque élancée des flammes, revinrent dans la cuisine chaleur et lumière.

– Allez, je te beurre une autre tartine qu'il est tout frais de ce matin, mon beurre !

Pourquoi, à cause d'une simple question bien logique en fait, se sentait-elle précipitée au bord d'un gouffre aux eaux tumultueuses ? Des yeux, elle interrogea Isidore. Il détourna les siens, avala son café, reposa le bol sur la table, prit une profonde aspiration et sortit brusquement.

– Attends-moi, papy ! cria Justin qui, bondissant de sa chaise, le suivit.

– Emporte au moins ta tartine ! protesta Marie, courant jusqu'à la porte, sa tranche de pain à la main.

Il était déjà hors de portée de sa voix.

L'impression d'un vide soudain, d'une distance qu'il fallait combler, fût-ce par une tartine de beurre et de miel, pour ne pas le perdre.

– Justin !

« Isabelle avait raison, se dit-elle, j'aurais dû le tenir ici. »

Il était loin. Comme s'il était encore là, elle avait devant ses yeux l'interrogation des prunelles noires, les fossettes dans les joues. Cette impression persistante de déjà-vu. Où, déjà vu ? Sur qui ?

« Tu es folle, ma foi ! » se dit-elle

Elle se mit à parler au petit doucement avec le sentiment de l'accompagner là-bas au milieu du pré, sur le chemin, de le protéger.

– Ne t'éloigne pas trop de la maison, surtout. Il a beau dire, Isidore, mais il me semble te perdre quand je ne te vois pas.

Bien des minutes passèrent. Elle restait debout sur le pas de sa porte, sa tartine à la main, n'arrivant pas à détacher les yeux de ce bout de prairie où elle l'aperçut tout à coup, minuscule, sur le siège du tracteur à côté d'Isidore.

– Que tu es bête ! se reprocha-t-elle.

Et elle songea que depuis longtemps il n'y avait eu tant de bonheur dans leurs vies. Que depuis longtemps elle et Isidore n'avaient été aussi proches.

Cet enfant, ce n'était pas parce que c'était leur petit-fils, mais il n'était pas comme les autres enfants. Elle sourit en pensant qu'elle disait déjà cela de sa fille et qu'Isidore se moquait d'elle. Cette fois, il ne ricanerait pas Isidore, lui aussi pris au collet.

« Je comprends qu'elle en soit folle, mon Isabelle, de son petit ! »

XXI

À L'ANGLE DU FOURNEAU, le café finissait de passer goutte à goutte. Le lait n'allait pas tarder à bouillir.
Debout devant sa fenêtre ouverte, Sophie se désaltérait de l'odeur d'herbe, dérivant dans la fraîcheur du petit matin. L'air frémissait comme source d'avril.

Mollement étendue sur les prés, la brume n'en finissait pas de tenter de se soulever et cela faisait comme une respiration. Mais lente, très lente. Tout à l'heure, tantôt s'effilochant et partant par lambeaux, tantôt s'épaississant, elle lécherait le bleu du ciel avant que le soleil ne l'absorbe et l'air, pour quelques brefs instants, aurait une sonorité de cristal.

Un jour de plus.

– Pour eux aussi, à Combe Nègre, soupire-t-elle, le temps doit filer trop vite. Plus que deux jours qu'ils ne verront pas passer et la maison leur paraîtra bien vide sans leur petit.

C'est lorsqu'on voudrait retenir le temps qu'il prend des ailes sous les talons.

Le regard d'Abel sur sa nuque, pas besoin de se retourner pour le savoir. Ni que ce que l'un exprime, l'autre le pense.

– Si au moins Isabelle pouvait revenir à de meilleurs sentiments ! soupire-t-elle. Ce sont ses parents, tout de même ! De quel crime peut-elle bien vouloir les punir, eux qui ne feraient pas de mal à une mouche ? Isidore, c'est un revêche rien qu'en apparence, à sa gamine, il aurait donné son cœur à manger, et elle, Marie, douce comme laine d'agneau... Quel mal ces deux-là auraient-ils pu faire à leur fille ?

Abel se posait la même question sans avoir plus de réponses. Quel mal ?

– À part peut-être, dit-il, de lui avoir passé tous ses caprices.

« Pourquoi alors ? Pourquoi en être arrivé là ? » continuait à se demander Sophie.

En même temps, elle se disait que si les Rouvel, les pauvres, n'avaient pas de réponse, elle aurait été bien en peine, elle, d'en trouver une. Rien que l'incompréhension et, au fond d'elle-même, une colère. Quand on a tout pour être heureux, pourquoi se rendre malheureux ? Et pourquoi devoir obtenir par la force ce qui devrait aller de soi ? Auraient-ils accepté, Abel et elle, d'être privés de leur petit-fils ?

Depuis quelque temps, une autre interrogation arrivait qui la frappait à l'improviste : pourquoi, l'ayant à proximité, n'avaient-ils pu donner à Frédéric ce qu'ils portaient en eux ? À cette idée, elle sentait son corps si usé, si las que ses yeux se brouillaient. Il lui semblait que fléchissaient ses jambes.

« Tout va si vite... » pensa-t-elle, sans savoir à quoi cela répondait, en fait.

Sophie se souvenait de son beau-père brisant la glace du ruisseau pour que boivent les oiseaux. Un geste qu'elle avait continué à faire au long des hivers. Qu'elle n'aurait d'ailleurs pas craint d'oublier, les oiseaux jusque devant sa porte la rappelant à l'ordre. Un geste qui, derrière elle, se perdrait.

Et tant d'autres.

Avec la percée du soleil, un regain de fraîcheur fit frémir le jour, libérant un parfum entêtant d'herbes humides. Traversant l'écharpe de brume, des lueurs jaunes s'allumaient sur l'horizon, s'éteignaient, trouaient de bleu le gris. Bientôt, elles n'en feraient qu'une bouchée.

– Gare à ton lait ! avertit Abel, évitant d'ajouter, mais le pensant sans doute : si je n'étais pas là, il partirait une fois sur deux.

Sophie se précipita. Il était grand temps, en effet.

– Tu ne lui trouves pas mauvaise mine, toi, à Frédéric ? s'inquiéta-t-elle, s'asseyant en face d'Abel après lui avoir servi son café et s'être rempli un bol de café au lait.

– Pas plus.

– Tu n'as pas dû bien le regarder. Il a mauvaise mine et il maigrit. Je me demande ce qu'il couve.

– Il couve qu'il prend trop sur son sommeil ! Toujours à courir qui sait où…

– Ça va nous ramener quoi, tout ça ?

– Ça pourrait un jour ou l'autre nous ramener une femme de plus à la Barollière, lui fit remarquer Abel en riant.

Et il ajouta, rire stoppé net :

– Pas pour y rester, ce qui est sûr !

Partir. Partir… Ils n'ont que ça en tête. Comme un rêve tellement hors d'atteinte qu'ils doivent tirer de leur chair et lever sur leurs épaules l'enfant qui, à leur place, l'attrapera à pleines mains.

Il repense à la colère de son père à l'arrivée des réfugiés espagnols. Il entend encore sa rage contenue éclatant derrière les mots de l'accueil : « Il faut qu'ils aient le diable aux trousses, les malheureux, pour être obligés de s'arracher, et leurs enfants avec eux, à la terre qui est la leur ! » Il est sur le point de l'évoquer, mais se retient, amusé malgré lui rien qu'à voir l'air étonné de sa femme qui le dévisage, son bol entre les mains, arrêté à l'instant d'atteindre ses lèvres.

– Tu ne crois pas que c'est encore un peu tôt ? interroge-t-elle.

– Tôt, pas tôt, je sais pas. Ce qui est sûr, c'est que ça arrivera un jour ou l'autre plus sûrement que de gagner au Loto. J'ai même dans l'idée qu'on pourrait voir des choses qu'on n'a jamais imaginé de voir, toi et moi.

– J'y pense aussi, dit Sophie. Les cousins Riou, tu te les rappelles, les vieux ?... Plus à cheval qu'eux sur les principes, on aurait eu peine à trouver, eh bien, le jeune Thierry, d'après ce que m'a raconté sa mère que ça tient en souci, en est à leur ramener sa quatrième compagne, un divorce entre et deux petits bien tiraillés de tous les côtés. « Ma pauvre Sophie, m'a dit Mariette, avant, la morale tenait les brides que c'était bien des fois un peu serré, il faut le reconnaître, maintenant c'est la mode que c'est de plus en plus lâche. Si ma pauvre mère voyait ça ! » Depuis un an, leur Thierry vit avec une Marseillaise qui est bien brave, dit-elle, et qui aime la campagne, et ils ont mis en route un nouveau petit.

– Il faudra s'y faire, tranche Abel, et on aura d'autant moins de mérite qu'on n'aura ni le choix ni avis à donner.

Sur le point de débarrasser la table, elle lève les yeux vers lui.

Il la regarde. L'impression encore qu'elle tombe tout droit, cette femme, d'un arbre de Noël fait exprès pour lui.

Lorsque, de loin, Abel vit Isidore, aidé de Justin, en train de charger son foin, il avertit Sophie qu'il descendait à Combe Nègre leur donner un coup de main. Ce sont des choses qui se font entre voisins, et l'an passé, déjà, il avait offert ses services.

Il y avait un bonheur à marcher à grandes foulées dans cette odeur d'herbe et ce grand silence du matin frémissant au contact du soleil. Du ciel comme si on l'enfonçait du front à chaque pas, nez dans le bleu, beaucoup de ciel, la tiédeur de l'air et le travail au bout : ce foin à charger à pleins bras sous un soleil qui, au fil des heures, creuse les orbites et burine la peau.

Un simple coup de main de voisinage avant le cagnard de midi. Soutien en général apprécié et volontiers rendu, surtout lorsque chez soi rien ne presse.

Oui, mais, dérogeant à la coutume, Isidore avait refusé l'aide d'Abel.

Et même plutôt sèchement.

– Que tant d'affaires pour deux chars de foin !

Puis, se radoucissant vaguement :

– C'est pas tant d'obre, *vaï* ! avait-il lancé en matière d'excuse sans même prendre la peine de se retourner, le gamin et moi, on pâtira pas de finir avant midi.

Abel en fut désappointé d'une façon qu'il n'aurait su dire. Son geste était amical. Il eut l'impression que l'autre le rejetait comme s'il cachait une mauvaise intention.

Ce refus le blessait et l'humiliait. Il regardait autour de lui ne sachant quelle contenance prendre, d'autant qu'Isidore, occupé à charger sa remorque, lui tournait le dos.

Allez argumenter avec un dos, de minute en minute franchement hostile, et un regard qui, pas un instant, n'a pris la peine de croiser le vôtre.

À perte de vue, le matin s'ouvrait, déjà frissonnant de chaud.

Figé, lui aussi, Justin observait la scène, l'air malheureux. Il adressa à Abel un petit sourire désappointé et un signe de la main.

Abel s'éloigna lentement, mesurant ses pas comme s'il les comptait. Il butait maintenant du front sur le soleil et il avait presque du mal à avancer.

– Il ne faut pas lui en vouloir, tamisa Sophie, ils sont malheureux.

– J'en veux à personne, mais qu'il ne compte plus jamais sur moi, celui-là !

Il s'assit dans sa cuisine, cherchant à reprendre ses esprits.

– Il aurait pu au moins être poli ! s'emporta-t-il.

Et il se tut.

Sophie allait, venait, occupée à ces gestes minuscules du quotidien. Elle respectait son silence. Lui parler ne l'aurait pas aidé. Un mot, elle le savait, et la colère exploserait en feu d'artifice.

Après un moment d'abattement, Abel se redressa puisqu'il le fallait. Il puisa dans sa patience.

La patience, il connaissait, il en faut quand le ciel s'effondre pour recommencer.

Sa colère s'estompait peu à peu. Il évitait de l'alimenter, mais il aurait eu besoin de comprendre et il ne comprenait pas. Lui, son existence durant, avait essayé de se tenir debout, ouvert et équitable devant la vie, les hommes, les bêtes, sans plus de violence qu'il n'en faut pour vivre, sans blesser plus qu'il n'accepte d'être blessé.

– Il était, expliqua-t-il parce que Sophie maintenant l'interrogeait du regard et qu'il se sentait mieux, je ne sais pas comment dire… gêné et hargneux de l'être. Je sais bien, comme dit Julienne, qu'il s'ensauvage d'an en an comme un vieux sanglier, mais c'est quand même pas des manières !

– Ils sont malheureux, soupira Sophie. L'autre jour, je ne te l'ai pas dit, moi aussi, j'ai cru faire plaisir à Marie en lui rendant visite… je ne lui ai pas fait plaisir. Cette histoire d'Amérique, j'ai peur que Julienne l'ait un peu partout ébruitée : elle a la langue trop longue et il y en a une ou deux au village qui ont la dent dure. Ça me ferait peine qu'on leur fasse du tort. Et puis il y a ce petit : ils l'ont si peu de temps à eux qu'on comprendrait qu'ils en soient jaloux. Là-dessus, Julienne a sans doute plus de bon sens que nous.

– Après-demain, dit Abel, il sera loin.

C'était comme une excuse, et c'était un regret. Comment refuser les cadeaux de la vie ? Ils n'avaient rien demandé, rien volé à quiconque, c'était venu à eux.

– Après-demain, se répéta-t-il, mais il y avait aujourd'hui et demain entre lui et cet après-demain, il y avait cet enfant qui lui avait volé ses prunes et donné son amitié.

Sophie sourit : la vie continuait.

C'était vrai qu'elle continuait… sinon pourquoi, sans rien savoir, un enfant se serait-il assis dans le fauteuil à jamais laissé vide par la mort de Manon ? Et pourquoi, sinon, jusqu'au plus profond de sa chair, elle, sa mère, l'aurait-elle accepté comme un signe que sa fille lui aurait adressé ?

Depuis, lorsqu'elle referme sa porte sur la nuit, regardant les étoiles, elle se surprend à sourire à sa petite et à penser à elle sans que son cœur ne se brise.

– Tu as raison, convint-elle, on ne refuse pas les cadeaux de la vie.

Avait-il pensé tout haut ?

XXII

Le vent s'est levé. Celui-là, avec un beau temps si bien accroché, on ne l'attendait pas et on peut dire qu'on ne l'a pas vu venir.

Il se veut ainsi, le vent du nord, défiant les prévisions. Quand ça lui chante, il s'engouffre dans le premier corridor et n'en fait qu'à sa tête.

« Comme si le ciel ne brûlait pas assez ! Manquait plus que le vent pour finir de tout sécher », se désole-t-on, hâtant, autant que faire se peut, les dernières fenaisons.

Que dire d'autre ?

Autrefois, les vents, tous autant qu'ils sont, acceptaient règles et limites. Celui du nord à l'égal des autres. Et notamment ces adages remontés de la nuit des temps qui finissaient, bon gré, mal gré, par lui couper le sifflet : « Vent du mercredi enrage jeudi, jamais ne voit dimanche. » Désormais, les dimanches ne l'arrêtent plus, il ne connaît que sa loi. Sautant à pieds joints par-dessus la fameuse règle du « Tel le 3, tel le mois », il peut, souffle suspendu, s'abriter sous une touffe d'herbe le 3 pour en sortir le 4 et balayer le haut plateau une semaine durant laissant, lorsqu'il retombe, hommes et nature pantois. Vides.

« C'est à cause des travaux sur le Rhône », assure-t-on, envisageant l'avenir avec suspicion : ici, on sait depuis toujours que la nature n'aime pas qu'on se mette en travers de sa route et que se paie tôt ou tard, intérêts compris, la note de la déraison humaine.

– Encore un été qui tire à sa fin… observa Sophie, arrêtée sur le seuil de la porte. Je ne l'ai même pas vu passer.

Pas plus que Sophie, Abel ne l'a vu passer.

Cherchant l'ombre chaque fois qu'il en a l'occasion, Abel a toujours aimé l'été, incité par sa mamé – originaire du « beau pays », et qui en gardait au coin des yeux la nostalgie – à « profiter ». L'aïeule lui avait aussi appris la grande loi du monde paysan qui est de se lever avec le soleil et de se coucher avec lui : « Si le soleil prend peine de nous venir jusqu'ici, ce serait être bien mal appris et lui faire honte, ma foi, que de se lever après lui. »

L'été, bien qu'Abel ne lui ait jamais offert plus que sa nuque et ses avant-bras, c'était ça : le soleil.

Et l'été, sous ce soleil, c'était le travail et l'odeur de sueur, l'eau bue à même la source en écartant les herbes, la halte bienheureuse de la sieste, un visage de femme sculpté par le soleil qu'on prend entre ses paumes, un corps de femme qui fond entre vos bras.

Cet été-là, une fois de plus, est l'été : l'éclat d'une saison à nulle autre pareille concentré dans les yeux éblouis d'un enfant.

Cette année, alors qu'Abel se sentait vieux et plus proche, de jour en jour, du passage, l'été lui a été redonné, entier.

Il ne l'a pas vu passer, mais s'il est une certitude en lui, c'est d'emporter par-delà la tombe, dans le seul maigre bagage des richesses qui ne peuvent s'éteindre avec le souffle, cette poignée de jours qu'il n'a pas vus passer.

Seule cette matinée s'obstine à peser de plus de poids que les autres. Il est des jours comme ça : on les prend du mauvais pied et ils vous le rendent.

Abel s'attarde maintenant à table, son café bu : à quoi bon se hâter, ce foutu vent le trouverait jusque sur le banc du jardin ! De toute façon, à l'heure de la sieste, Justin ne sera pas au rendez-vous et ce ne sera pas plus mal.

« Le travail, se dit-il, l'aura essayé, il n'a pas l'habitude, et, vu ce qui s'est passé ce matin, Isidore aura pris soin de mettre le holà. »

Presque, après l'affront subi sous les yeux de l'enfant, il en serait soulagé.

Alors, n'ayant rien d'autre à faire, il s'attarde à parler avec Sophie pour retenir malgré tout l'été en se disant que, quoi qu'il en soit, ce qu'il a eu, il l'a eu, et nul ne pourra l'en déposséder.

Dans moins de deux jours, l'enfant sera loin, l'automne proche et l'hiver suivra qui, déjà, se faufile dans la clarté plus dure des nuits et les matins de givre. Bientôt, l'été ne sera plus qu'un souvenir.

« Ici, songe Abel, c'est peu de dire qu'on l'espère, l'été... Et pendant neuf mois. »

Enfin, presque.

Quand il s'installe, on estime que l'attente en valait la peine. On l'observe néanmoins du coin de l'œil, sachant que sécheresse ou orage dévastateur sont vite arrivés, histoire de montrer qui est le maître. Et là, passé mi-août, au moment où s'amorce la courbe, qu'il se mette à souffler quarante-huit heures de ce vent du nord et l'hiver s'engouffrera à sa suite. Même si les jours qui suivent se dorent encore au soleil, l'automne jouant à travers eux à cache-cache, on sait que l'hiver a mis un pied sur l'été et ne le retirera pas.

Sophie s'est adossée au chambranle de la porte, regard, sans le voir, arrêté sur le lointain. Ce vent a mis une fraîcheur dans le fond de l'air et elle frissonne un peu.

« C'est l'âge, se dit-elle, il mange ma chaleur. »

Elle ne trouvait plus le chaud aussi chaud. Le froid, lui, à degré identique, se faisait plus froid. Après ce bel été viendrait la flambée d'automne et l'hiver serait là. Il se pourrait qu'il soit rude. Les oignons avaient pris quatre peaux. Et Paul, chasseur autant qu'incorrigible braconnier, avait annoncé qu'il se régalerait de grives, cette année.

C'est si bon, pourtant, à l'abri de sa porte, les yeux arrêtés en elle, de suivre sans même besoin de voir la partie qui se joue dehors. À l'oreille et à l'odorat. Bruissement des feuilles, ballet des branches du frêne là-haut et, en bas, des poules que le vent pousse à travers la cour, leur retournant la queue.

La girouette que Frédéric a installée à l'angle de la cour gémit.

« Rien ne dure, se dit Sophie, et c'est sans doute pour ça que tout est si bon à prendre. »

Enfant, elle se faisait gronder par sa mère lorsqu'elle affirmait, butée, que, pour rien au monde, elle ne voulait aller au paradis. L'idée l'épouvantait d'une éternité à vivre dans ce jardin des délices où tout est à jamais parfaitement immobile, lumineux, léger, aérien... L'idée, oui, l'affolait : un jour d'accord, deux et même trois, mais l'éternité ?... Elle se disait qu'il devait bien y avoir un trou quelque part, il y a toujours un trou dans les grillages... un moment où Dieu n'aurait pas les yeux sur elle... et où elle pourrait fuir.

Sophie en était là, appuyée au chambranle de sa porte, vaisselle faite, coup de balai passé, plongée dans une sorte de sieste éveillée. C'était doux et amer à la fois.

Derrière elle, dans la pénombre de la cuisine, Abel, par deux fois, avait plié et déplié son journal. Il soupira. Elle l'imaginait se redressant sur sa chaise comme s'il se refusait à ce que le ciel lui ploie les épaules.

– Ça va passer, dit-elle.

Elle voulait parler du vent. Il n'était pas fait pour tenir. Déjà, il s'essoufflait.

Et là, sur le point de rentrer, se détachant du mur, elle leva les yeux comme si on l'eût interpellée.

Elle le vit.

Minuscule, là-haut, Justin était assis à califourchon sur une des branches du grand frêne, cramponné à cette branche que malmenait le vent. Il lui tournait le dos.

Passé, présent s'emmêlent en Sophie. C'est aujourd'hui et c'est hier. Et là-haut, c'est sa petite, c'est Manon. Il n'y a plus qu'elle, Manon, perchée dans cet arbre sur lequel s'acharne le vent.

Sophie a porté les mains à sa gorge. Elle ne doit pas crier. Si elle a le malheur de crier, Manon, petite poupée de chiffon, s'écrasera à terre. Elle ne doit pas crier. Non. Ne pas crier. C'est ce qu'elle se répète, sans avoir conscience que, même si elle le voulait, elle ne pourrait pas. Plus puissants que ses doigts à elle, ceux de l'angoisse lui enserrent le cou. Sa poitrine cherche son souffle. Ne le trouve pas. Ses yeux se brouillent.

« Manon ! hurle une voix garrottée en elle. Manon ! »

– Ça ne va pas ? Qu'est-ce qu'il y a, Sophie ?

Les bras d'Abel l'ont empoignée.

– Sophie ! Ça ne va pas, Sophie ? répète la voix d'Abel.

Et cette voix s'affole.

– Sophie ! Réponds-moi, Sophie ! Qu'est-ce que tu as ?

– Regarde ! parvient à articuler Sophie, du doigt désignant la cime du frêne.

Les bras d'Abel continuent à lui enserrer les épaules, mais Abel se fige, souffle coupé à son tour. Ils restent là, tous les deux, immobiles, muets.

– Il ne faut pas l'effrayer, chuchote enfin Abel, il sait ce qu'il fait.

À quelques mètres, il voit Frédéric qui vient vers eux comme au ralenti, ses pas étouffés dans le vent.

– L'est gonflé, le mec ! susurre-t-il, saisissant une main de sa grand-mère pour la presser entre les siennes. Pétard, l'est gonflé !

Jamais lui n'aurait osé, jamais il n'aurait eu l'idée. Les enfances ne se ressemblent pas. Dans la sienne, les arbres n'étaient pas faits pour être escaladés, ils faisaient partie du décor.

Son épaule contre celle de la vieille femme, il ne dit plus rien.

Ils sont là, tous les trois, soudés, en attente, regards rivés sur la petite silhouette, là-haut. Même le vent, depuis un moment, retient son souffle.

– Mon Dieu… prie Sophie.

La même imploration en elle, sans fin. Elle lui tient lieu de respiration, elle retient le vent.

– Il fait quoi, là ? s'émeut Frédéric à voix basse.

– Il écarte une branche qui le gêne pour voir, dit Abel.

– Merde, on appelle les pompiers ! Il est couillon ou quoi, ce mioche ! Faut appeler les pompiers, papy, j'ai les jetons, merde !

– Laisse ! Il est monté, il descendra.

– En miettes, tu veux dire ?

– Entier.

En lui aussi, une prière : « Viens Justin, viens mon petiot, viens, n'aie pas peur… Là, oui, c'est bien, c'est très bien ! Ton pied, ajuste bien ton pied, petit… Là, doucement… Ajuste ton pied… N'aie pas peur, mon Justin. »

Et l'enfant semble entendre qui, lentement, comme un chat, tantôt collé au tronc, tantôt passant de branche en branche, redescend.

– T'es barjot ou quoi ? demande Frédéric arrivé au pied de l'arbre au moment où le gamin saute à terre. Quoi tu voulais fiche là-haut ?

Des cheveux noirs, des yeux éblouis d'immensité.

– Je voulais voir jusqu'où on voit plus, plus loin !

Abel et Sophie sont là aussi.

– Ne nous refais plus jamais ça ! gronde Abel.

– T'as eu peur ?

– Oui, très peur.

Les yeux de l'enfant s'éclairent davantage encore :

– Je voulais tout voir. Tout ! Loin de partout ! Au moins, quand je serai plus là, j'aurai tout dans ma tête, même le vent et ça fera comme si j'étais là. Je pourrai tout voir.

Front buté, yeux noirs, mais une prière au bord.

– Tu comprends, dis ?

Abel ne répond pas, mais les yeux d'Abel comprennent qui s'embuent de larmes et, cette fois, il ne les détourne pas.

Sophie a pris Justin entre ses bras. Il s'y blottit, tout tiède.

Alors, ce qu'une espèce de retenue lui a empêché de faire avec sa fille, la prendre dans ses bras, la gronder, pleurer et puis rire, dire en une même étreinte l'amour, la colère, la peur, la joie, Sophie le fait avec cet enfant. Et, ce faisant, elle a le sentiment, à travers le petit, d'étreindre sa fille : Manon, dans les yeux éblouis de Justin, lui sourit.

XXIII

– J'AURAIS DÛ ME la fermer, s'excuse Frédéric, à l'instant où il fait irruption dans la cuisine, précédant de deux pas sa mère.

Il n'a pas le temps d'en dire plus.

– Cette fois, triomphe Julienne – sans même prendre le temps de saluer ses beaux-parents en passant leur porte –, j'imagine que vous avez compris ! Et vous pouvez dire que vous avez la chance d'un avertissement sans frais, qu'avec un vent pareil c'est miracle que ça soit pas tourné au drame !

Sophie, occupée à son fourneau, ne s'est pas retournée. Abel, aux derniers mots, a levé la tête de dessus son journal. Il l'y replonge.

Bien que Julienne se dise, en arrière-plan : « Trop orgueilleux, ces deux-là, pour reconnaître avoir tort », elle pense leur silence penaud. « Ils n'en mènent pas large, ce coup-ci. » Comment pourrait-il en être autrement ? Avoir frôlé de si près la catastrophe ! Et pas faute, elle peut le dire, d'avoir été avertis.

« Ils doivent quand même avoir eu une sacrée peur ! » songe-t-elle, s'adoucissant.

– Te la fermer ! lance-t-elle avec un rire narquois en direction de son fils, la phrase l'ayant atteinte à retardement.

Et, s'en reprenant à ses beaux-parents :

– Il m'est arrivé, mon Freddy, si tremblant que ses dents en claquaient jusqu'aux genoux : il a bien cru qu'il allait le voir, ce mioche, s'écrabouiller à ses pieds !

Eux, chacun de son côté, se taisent. Voudraient-ils répondre que, de toute façon, ils n'auraient pas le temps. Ils n'en ont pas envie non plus. Ils l'auraient, ce serait pareil. Sophie a tourné la tête, Abel levé les yeux. Une lueur amusée passe dans leurs regards qui, rapides, se croisent : « Quand passe un train, pas la peine de se coucher sur la voie ! »

Ils laissent passer.

Et le flot de mots roule, cinglé maintenant par le vent de la colère. Il soulève le silence comme un troupeau emballé lève devant lui la poussière.

– L'autre jour, c'est pas loin l'autre jour, au sortir de l'étable, il a manqué d'un doigt se faire tuer ! Aujourd'hui, avec les bourrasques qu'il fait, vous le trouvez ballotté à la cime de cet arbre qu'il en a sans doute pas trouvé de plus haut où grimper dans tout le pays ! Une calamité, ce mioche ! Et on peut dire que plus c'est diable et sans cervelle, ma parole, plus c'est chanceux ! Un autre, regardez-moi le vent qu'il fait encore, on l'aurait ramassé en bouillie par terre.

Le temps de reprendre souffle, elle observe, sourcils froncés, le dos de sa belle-mère.

– En tout cas, cette fois, vous aurez compris, et sans faire un dessin, qu'il ne doit plus remettre un pied ici, ce Justin ! S'ils le veulent tant à Combe Nègre, qu'ils le surveillent ! Dans quel pétrin on serait nous autres, à l'heure qu'il est, s'il était tombé de cet arbre ? On ferait quoi, vous pouvez me dire ?

– Rien, tranche Abel, repliant son journal.

Julienne en a la respiration coupée et peine à la retrouver tant ce mot et le regard d'Abel sur elle la glacent.

– R… rien ?

– Rien : le malheur serait trop grand. Par chance, comme vous dites, ce n'est pas le cas. Alors c'est assez de pleurer quand il y a lieu, aujourd'hui il n'y a lieu que de se réjouir.

– Se réjouir, vous le prenez comme ça ?

Le souffle lui revient d'un coup, brutal, comme après l'apnée.

– Tu entends ton père ? s'indigne-t-elle à l'intention de son mari qui, au même moment, passe à son tour le pas de la porte. Se réjouir !

– Bon Dieu, oui ! dit Abel. Quand le malheur se contente de vous frôler et passe sa route, ce qui reste en bouche, c'est le goût du bonheur.

Et ce goût du bonheur, à l'instant où il en parle, transparaît jusque sur sa figure. Insultant.

– Mais c'est une bombe, ce gamin ! Un de ces quatre, il va nous exploser à la gueule.

– C'est un enfant, Julienne, la raisonne Sophie, venant vers elle.

– Un enfant normal, il a pas pareilles folies dans le crâne. Celui-là, en place de plomb, c'est du vent qu'il a dans la cervelle. Vous me direz pas qu'il a idée de ce qu'est le danger ! Pensez voir ! Le danger, dans l'appartement de son avocat de père, il le voit qu'à la télé où c'est pas dangereux, il sait pas que ça l'est dehors. Le mien nous aurait jamais fait des peurs pareilles !

– Tous les enfants ne se ressemblent pas, dit Sophie. Manon, tu ne l'as pas connue à dix ans, était comme ça. Demande à Jacques !

– C'est vrai, confirme Jacques.

Il n'aimait pas que Manon monte dans cet arbre. Il la battait pour qu'elle arrête, et parce que leurs parents, eux, ne la battaient pas, mais ça n'arrêtait rien. Il lui promettait de la noyer dans le gour. Pour l'effrayer et qu'elle cesse de faire peur à leur mère. Comme s'il pressentait que cette peur qu'elle avait, la mère, lui rendait la petite encore plus précieuse.

– Chaque enfant est différent, sourit Sophie. Heureusement ! Si mon Jacques, à l'époque, avait ressemblé à sa sœur, je crois bien qu'à eux deux ils m'auraient rendue folle !

Jacques regarde cette femme, sa mère, il la regarde, c'est plus fort que lui, avec ses yeux d'alors, les yeux de son enfance. Toujours, elle lui avait paru belle et fragile. Il craignait, rien qu'en la mettant en colère, de la faire mourir.

Il avait été un enfant raisonnable. Son fils lui ressemblait. Et là, brusquement, il se demandait s'il n'aurait pas préféré le voir grimper dans les arbres et courir la campagne.

– Eh bien, qu'il soit différent ! admet Julienne. C'est pas mes oignons après tout et, s'ils s'en accommodent à Combe Nègre, c'est tant mieux. Ce qui est sûr, c'est qu'il remettra pas les pieds ici : deux coups, c'est trop, et comme jamais deux sans trois, je veux pas, moi, voir le troisième et m'en arracher les cheveux ! Parce que ça arrivera !

– Dieu sait, intervient Sophie, si j'ai tremblé quand Manon était petite. Je ne te dirais pas combien de fois j'ai imaginé le pire ! Cent fois ça aurait pu arriver et il n'est rien arrivé. Le jour où le malheur est arrivé, il n'y avait aucune raison de redouter quoi que ce soit.

– En tout cas, avec ce Justin, l'accident, on a été deux fois à deux pas ! C'est clair, on va pas passer son temps à le surveiller : on a assez de soucis comme ça ! Ils ont qu'à le garder à Combe Nègre ! Ça manque pas d'espace chez eux, que je sache !

– Pour ce qui est de ne plus grimper sur cet arbre, dit Abel, il n'y remontera pas. Pour ce qui est de venir ici, il viendra aussi souvent qu'il voudra.

C'est dit.

« Et voilà ! se reproche Sophie. J'aurais dû prendre les devants. »

Après un bref regard sur l'horloge, elle s'empresse de sortir les verres d'apéritif mais, avant qu'elle ne les pose sur la table, Julienne a tourné le dos et franchi la porte.

– Sûr que j'aurais mieux fait de me la fermer ! s'emporte après lui-même Frédéric.

– Bien sûr que non, affirme Sophie, on en tait bien que trop, des choses ! Et même en croyant bien faire.

Elle lui dit :

– Regarde Isabelle : elle tue ses parents à force de se taire. Et pourquoi ?... nous épargner peut-être, va savoir... ne pas réveiller notre peine, ou alors parce qu'elle se sent coupable... Regarde un peu le mal qu'elle fait à Combe Nègre !... et à nous aussi.

En même temps que sa main se tend vers lui, elle sourit à Frédéric.

– Parle, mon petit, et dis-toi bien que, même si les mots font mal, le silence fait plus de mal que les mots.

L'air, l'instant d'avant pesant, se fait plus léger.

– Hum ! Que prépares-tu qui sent si bon, mamie ? demande Frédéric, collant son nez contre la vitre du four.

– Du chou farci. J'allais justement vous en porter.

Nulle autre qu'elle pour réussir ce plat, regard et saveur. Jacques en salive rien qu'à l'évocation.

– Est-ce que je peux le manger ici, avec vous ? demande Frédéric.

Depuis combien de temps cela n'était-il arrivé ?

– Bien sûr, se réjouit Sophie, mais va d'abord voir ta maman. Elle est comme nous, elle a eu peur.

– D'ac, j'y cours et je reviens. Mets trois assiettes.

Jacques s'est assis pour l'apéritif. Il resterait bien lui aussi. Comme il ne le peut, il s'attarde.

– Il est monté jusqu'en haut ? demande-t-il.

Assis de l'autre côté de la table, face à la porte, il a l'immense frêne devant les yeux.

Le vent qui s'était un peu calmé souffle à nouveau par rafales.

– Jusqu'en haut, le bougre ! confirme Abel, lui servant à boire.

– Il est pas moisi, ce mioche ! s'exclame Jacques, inclinant la tête pour entrevoir de sa place les branches hautes.

Le vin de noix est bien celui de son père. On peut y mettre les mêmes ingrédients, les mêmes proportions, faire macérer pareil, ce que retrouve le palais est différent. Le coup de main peut-être qui, lui, n'est que d'un seul.

Jacques roule un moment en bouche la première gorgée avant de l'avaler, doublant ainsi son plaisir.

– En plus, dit-il, il n'a pas l'habitude à Paris de courir la campagne. Franchement, je suis comme Julienne, je préfère ne pas le voir renouveler l'exploit !

– Moi aussi ! Franchement.

Ils parlent de Justin, et puis ils parlent de Manon.

– Je la menaçais, dit Jacques, de la noyer dans le gour.

Jamais il n'avait avoué cela. À l'époque, il s'en serait bien gardé. Plus tard, il en aurait eu honte.

– Tu n'étais pas le seul, sourit Sophie, moi, je lui ai promis de l'attacher, et court, à un piquet !

– Des fois, avoue Jacques, je me demande si j'aurais pas été capable de le faire.

– Je me souviens, dit Sophie, de cette seule fois où tu as accepté de partir en vacances chez tante Berthe et qu'elle a dû, la malheureuse, trois jours plus tard, te ramener jusqu'à Saint-Étienne de peur qu'à trop languir tu tombes malade… Papa, Manon et moi vous attendions en tête du train. Vous êtes descendus en queue. Tu sautais juste du train que Manon t'a vu. L'instant d'avant, elle se cramponnait à ma main. Elle l'a lâchée, ma main, et vous vous êtes mis à courir l'un vers l'autre, si petits, le long de ce quai immense, bondé de voyageurs, comme si vous étiez tous les deux seuls au monde. C'était comme dans un film et les gens s'écartaient pour vous laisser passer.

Ils sont là, tous les trois, dans la cuisine tranquille, porte ouverte sur les prés où Manon court, légère. D'un même regard, tous les trois suivent sa minuscule silhouette que l'espace absorbe.

– Souvent, je me dis, murmure Jacques, qu'elle a bien fait d'en profiter.

Le même silence entre eux, la même paix.

– Alors, dit Jacques, prenant chez lui sa place à table – il faut bien parler de quelque chose et, entre tous les sujets de conversation possibles, celui-là est le moins dangereux –, Freddy s'est invité à côté.

Il n'a même pas osé apporter le chou farci tout chaud sorti du four proposé par sa mère, ne sachant trop, ou sachant trop bien le sort qui lui serait réservé.

Il s'attendait à une explosion. Julienne était aussi calme que si rien ne s'était passé.

« En moins de deux, se dit-il une fois de plus, Freddy l'a retournée comme un gant ! »

– Il paraît que t'aurais pas boudé, toi non plus, de me faire faux bond ! s'amuse Julienne.

Ce qu'elle ne dit pas, c'est qu'elle apprécie qu'il ne l'ait pas fait.

– Pas l'envie qui me manquait ! s'amuse-t-il – Freddy avait aplani le terrain devant lui, il n'allait pas s'en plaindre. Moi, le chou farci, tu me connais, je ne vois pas comment on peut y résister !

– La simple politesse aurait été qu'on m'invite aussi.

– T'es gonflée ! Après la sortie que tu leur as faite…

– Ton père, tu l'as entendu ! Cette façon qu'il a de parler, monsieur !… Allez ouste, lance-t-elle, disposant les assiettes, moi, tu veux que je te dise, je m'en fiche. Je vais pas, à cause d'un mioche dont je me soucie comme de l'an quarante, me gâcher les vacances de mon fils et me disputer avec mon mari qu'il y aurait de quoi si j'étais pas bonne pâte, vu la façon dont tu m'as défendue !

Aucune électricité dans l'air. On passait à côté d'une vraie scène, comme d'un orage qui vous aurait oublié.

Nul doute, Frédéric avait déminé la place. Il avait ce talent.

– Tout ce que je demande, puisque vous en êtes tous entichés de ce gamin, c'est qu'il me traîne pas dans les pattes. Ça devrait être facile : plus que deux jours, et ouste, bon débarras !

C'est seulement au moment du fromage qu'une sorte de malaise rattrapa Jacques. Julienne s'en aperçut.

– Tu m'as pas l'air dans ton assiette. Dis-moi pas que c'est le chou farci de ta mère qui te manque tant !

Il ne le dit pas.

Autre chose remonte que le remue-ménage de la matinée avait éclipsé. Il le traînait sans doute comme on dit d'un rhume, mais ça lui était tombé dessus avec le café noir du matin qu'il prend au saut du lit, avant la traite.

Il dit, arrêtant son regard dans celui de sa femme :

– Je me demande bien pourquoi on s'échine tant alors que quand bien même…

Elle entend ce qu'il ne dit pas. S'il achevait sa phrase, prête à la déchiqueter, elle bondirait dessus comme une lionne.

Il la regarde en silence, et ce regard noie le feu de colère qui montait en elle.

Il dit, toujours la fixant, son couteau à la main, geste suspendu :

– Moi, je n'avais pas vu les choses comme ça.

« Et lui non plus, j'imagine », songe-t-il, pensant à son père.

Ce matin, trouvant Abel comme tous les autres matins debout sur le seuil de sa porte, l'idée avait effleuré Jacques d'une tristesse commune. Il avait failli s'arrêter, mais son pas l'avait entraîné. Les pieds sont ainsi, parfois, dissociés de ce qui les commande tel un canard à la tête tranchée qui continue sur sa lancée.

On ne rompt pas aussi facilement avec les habitudes.

Reste cette bizarre tristesse qui, elle, n'est pas dans ses habitudes et qui, à nouveau, lui saute à la gorge. Elle ne lui apprend rien pourtant de bien neuf.

– Tant s'échiner, reprend-il à l'instant où son couteau s'apprête à couper un morceau de fromage, pourquoi ?

De la ferme reçue de son père, il avait fait, lui, une ferme modèle dont aucun des Jourdan d'avant lui, Abel compris, n'aurait à rougir. Il lui semblait naturel que son fils après lui…

– Pourquoi ? Tu te le demandes ? s'indigne Julienne. Mais parce qu'à ton tour tu pousses ton fils plus haut que toi !

Elle s'est levée pour brancher la cafetière.

– Bosser, oui, on a bossé, mais pas pour rien ! Pour lui payer les meilleures études, aussi haut qu'il pourra, et que lui, enfin, il s'en sorte.

Se retournant vers lui :

– Et après les études, ce que j'en sais, moi, va-t'en voir !… Qui sait ?… Un cabinet d'avocat ou une étude de notaire… Pourquoi crois-tu que je me crève aussi, moi, chaque heure de ma vie, et sans même des vacances que le plus petit ouvrier prend les siennes et que, nous aussi, on les aurait bien méritées, non ?

Ses yeux cherchent ceux de Jacques.

– Et il s'en sortira, conclut-elle. J'ai toujours vu les choses comme ça.

Il le sait, et aussi que leur fils en a tété le projet avec le lait.

Sans doute a-t-elle raison.

Plutôt taciturne, Jacques a toujours admiré que sa femme soit plus loquace que lui. À part, un peu, son beau-père, nul ne l'intimide. « Moi, a-t-elle coutume de déclarer, personne et même ministre, évêque, pape ou président, me rentrera la langue si j'ai quelque chose à dire ! » Sans doute l'ont-ils pressenti, aucun de ceux-là, à ce jour, ne l'ayant tenté.

Jacques ne doute pas que son fils s'en sortira ni que sa femme l'ait bien secondé. Sans Julienne à ses côtés, la Barollière ne serait pas devenue ce qu'elle est. Mais là, à l'entendre parler, il a envie de lui demander si leur vie lui a été si dure.

Il se tait.

De toute façon, il n'aurait pas eu le temps d'ouvrir seulement la bouche. À son habitude, elle le devance :

– Et toi, franchement, si ton père t'avait pas tenu serrée la chaîne, t'aurais pas eu envie d'autre chose ?

Jacques coupe son morceau de fromage, lentement, repose le couteau.

– Non.

– Non ?

– Si je n'avais pas pu moderniser ou si mon père s'y était opposé, je ne dis pas, mais telles qu'ont été les choses, non.

Il y réfléchit... et il pense à cela qui, parfois, lui monte à la gorge à regarder ses champs, ses troupeaux, cette mécanique de conception nouvelle, la Barrolière bercée sur l'océan des prés... le sentiment grisant que, derrière lui, il n'avait rêvé laisser mieux. Des choses que l'on porte en soi sans nécessairement pouvoir ou oser les dire.

– Ici, je suis mon maître.

– Ailleurs aussi, on est son maître si on monte assez haut.

Un doute la traversant, elle l'observe. Elle l'observe tant qu'elle se tait, et finit quand même par demander :

– Ton fils, Jacques, t'en es pas fier ? Il a une tête, ce gamin, depuis petit, où rentre tout ce qu'il veut.

– Si, bien sûr.

Oui, de son fils, il était fier. Oui, il le voulait libre. Et c'était bien ainsi. Et lui, le père, il acquiesçait, et probablement ceux d'avant aussi. Simplement, il était, lui, Jacques Jourdan, celui avec qui s'achève le dur et patient travail d'une lignée. Il n'y avait rien à ajouter à ça.

– C'est pas tout, dit-il, se levant, mais aujourd'hui, le travail est mal parti pour avancer. Je devrais déjà être passé voir les génisses. Faut pas finir la journée avant de la commencer !

Il retrouvait ses marques. Et là, rien qu'à repenser à ses bêtes, à ses champs, il retrouvait aussi le goût du jour. Le jour d'aujourd'hui avant celui de demain.

Chaque geste, il le sait, va s'encastrer dans son exacte place. Et l'avenir se construit, un avenir qui peut aussi vous échapper quand vous pensiez le tenir ferme. Jacques sait que, quoi qu'on fasse, il faut, parfois, gré ou force, ouvrir les mains... et poursuivre.

Après la mort de sa sœur – peut-il arriver pire dans la vie d'un couple ? –, sa mère et son père avaient continué. Lui avait un fils et, même s'il lui arrivait de trembler en le voyant partir sur sa moto, même si, à l'improviste, une amertume l'étreignait, le découvrant autre, ce fils était vivant.

– Et alors, qu'est-ce qui te prend à toi de foncer comme ça sur le monde ? s'écria-t-il, empoignant Justin qui à l'instant où il allait franchir le seuil lui déboulait entre les jambes.

– Juste, j'ai que le temps de dire bonjour au veau de Roussette ! Est-ce que je peux, s'il vous plaît, madame ?

– Eh bien, remarqua Jacques, on peut dire que tu tombes pile. Viens avec moi.

Laissant Julienne sans voix.

XXIV

– IL VA NOUS MANQUER, avait dit Marie en se réveillant, comme parvenue à la conclusion d'une réflexion qui aurait duré la nuit.

– Fallait s'y attendre, lui avait fait remarquer un peu trop brusquement Isidore.

Ni l'un ni l'autre n'avait rien ajouté.

« Demain, songeait Marie, ma fille sera là. »

Elle aurait voulu s'en réjouir, n'y parvenait pas. Ils viendraient, mangeraient peut-être, concession qu'ils lui feraient à elle par un reste d'égard, boudant Isidore pendant la durée du repas expédié aussi vite que possible. Puis ils partiraient, emmenant Justin. Et la question qu'elle se posait, ce fut le gosse qui la formula, levant le nez par-dessus le bol du petit déjeuner :

– Est-ce qu'ils vont me laisser revenir ?

– Bien sûr, s'empressa de répondre Marie. Jusqu'à présent, tu étais trop jeune et nous trop vieux pour nous occuper d'un petit si petit. Maintenant tu as grandi, et ils verront que le bon air t'a rempli les joues !

Elle avait parlé trop vite, couvrant le désarroi avec des mots. Cela, même un sourd l'aurait entendu. Et un enfant mieux que quiconque.

Isidore, quelques instants plus tôt remonté de l'étable, était attablé lui aussi pour le café de 9 heures. Justin se tourna vers lui, la même question en suspens dans les yeux.

– Tu reviendras, promit Isidore, se retenant d'abattre son poing sur la table.

Et ça frappa tout aussi fort.

– Bon, eh bien c'est pas tout, mais me faut hâter si je veux aller au village leur chercher du bon à manger à tes parents, lança Marie en débarrassant les bols.

Il ne fallait pas assombrir cette dernière journée. Juste la vivre.

– Je vais faire le crochet par Chantegraille, précisa-t-elle à l'intention d'Isidore, j'ai retenu à l'Hélène un lapin.

– Je peux venir avec toi, mamie ?

– Si tu te dépêches !

À Chantegraille, chez Marcol, ils tombèrent au milieu d'une belle agitation. Le père Calixte, connu pour son mutisme, était aux prises avec le facteur, un brave homme pas belliqueux pour deux sous.

– Il a apporté, le pauvre, le courrier des impôts fonciers… leur souffla Hélène.

Le vieux Calixte était remonté, la colère lui restituant à point nommé la fougue emportée par l'âge. Il est vrai qu'entre cette colère-là et la précédente il avait eu un an pour se préparer. Et il était fin prêt. Le facteur avait beau, en marche arrière, tirer vers la sortie, il n'y couperait pas. Et ce ne sont pas les arrivants qui y changeraient quelque chose.

– Tu le lui as déjà dit l'an passé, tenta en vain de s'interposer sa fille.

– Et alors ? L'a rien entendu ni rien compris ! La preuve !

– Papa, je t'en prie !

– T'as pas honte, toi, s'emporta-t-il après le facteur, de servir de larbin à cette mafia de voleurs ? À ta place, je serais pas fier, tu peux me croire !

Ce jour-là, en place du petit vin de politesse, sortant d'un silence bourru, la parole explosait. Le vieux détenait son coupable et ne lâcherait pas prise.

– Cette maison, Drien, je la tiens de mon père, Auguste Marcol, qui, lui, la tenait de son père, Louis Marcol, et l'arrière-grand-père, le Matthieu, tu veux que je te dise, il l'avait construite de ses mains. Oui, mon gars, de ses propres mains, et sur sa terre à lui. À lui, t'entends ? Les terres autour de la ferme, c'est pareil, mon gars, elles me viennent de famille ou achetées et payées comptant sans emprunt ni rien devoir à personne. Le bien, il est à moi, et le peu qu'il me rapporte, tu voudrais, bougre de cochon, me le voler ? Ferait beau voir que je paie comme qui dirait un loyer pour mes terres !

– Vous n'êtes pas le seul, père Marcol, on est tous logés à la même enseigne, objecta l'autre, prudent : l'impôt ne tient personne quitte.

– Et c'est une excuse, selon toi ! C'est quoi ça, l'impôt ? De l'argent, tu veux dire, volé au pauvre monde pour s'offrir la belle vie sans avoir à la transpirer.

Le vieux dévisageait l'autre et son képi.

– Remarque, finit-il par concéder, toi, Drien, tu tires tes sous de l'État… que t'en rendes un peu si tu trouves qu'ils t'en donnent trop, c'est ton affaire !

Il s'arrêta, pris d'une quinte de toux, pour reprendre de plus belle avant que l'autre n'ait le temps de s'esquiver :

– À la même enseigne que tu dis ! Des lâches, oui, qu'on est tous, pas foutus de défendre son bien de la rapine ! On disait les seigneurs et on était contents de la République ! On s'est bien fait couillonner. Tu l'as vu leur train de vie des nouveaux seigneurs ? Des voleurs, oui, sans foi ni loi. Pas un, t'entends, pas un ne vaut la corde pour le pendre !

Et sa colère impuissante revenait s'abattre contre le malheureux :

– Mon pauvre Drien, t'es tombé bien bas pour leur servir de complice. Tes parents, que c'était du brave monde, ils doivent se retourner, les malheureux, dans leur tombe ! T'as rien donc à faire de tes dix doigts qu'à porter le courrier de voleurs ? Sans toi, pauvre vendu, leur rapine leur tomberait des bras.

– Et j'en fais quoi de ce courrier, moi ?

– Ce que diable tu veux ! Tu le bouffes, t'en engraisses tes cochons ou t'en réchauffes ta cheminée, mais tu vas pas, toi, un d'ici, te charger d'en embarrasser le pauvre monde et prêter ton dos et tes pattes à ces salopards que ça fatiguerait bien trop de le porter eux-mêmes. Complice de voleurs !

Ainsi, chaque année, parce que l'autre était vieux et qu'il devait le respect sinon à l'homme, du moins à l'âge, Adrien, renonçant au canon quotidien, enfourchait sa bécane et prenait la côte en grommelant.

– Eh bien, constata en riant Marie lorsqu'ils reprirent le chemin du village, pour suivant que c'est un taiseux le Calixte !... Moi, de toute ma vie, je lui avais moins entendu parler qu'en dix minutes aujourd'hui. Dis-moi, il ne t'a pas trop fait peur ?

– Non, c'est pas un méchant vrai.

– Tu en connais, toi, de vrais méchants ?

– N... non. Juste des qui crient.

– Ah bon. Et ils ne sont pas méchants ?

– Non. Ma maman, des fois, elle crie pas pour quelque chose et, des fois, elle crie pour rien après moi.

« Mon Isabelle, songe Marie, si douce et joyeuse... »

Devant elle, Justin poursuit une pierre à la pointe de son pied. Il l'abandonne au moment où elle va lui recommander de faire attention à ses chaussures.

– Mamie, s'inquiète-t-il, ajustant son pas à celui de la vieille femme, mes parents, peut-être, ils vont divorcer à cause de moi.

– Pourquoi dis-tu ça ?

– Je suis pas sourd. Des fois, ils croient que je dors et ils se disputent à cause de moi.

Marie s'est arrêtée au milieu du chemin. Sa main se pose sur la tête de Justin.

– Non, mon petit, ce n'est pas à cause de toi : quand les parents se disputent, c'est toujours à cause de quelque chose qui ne va pas entre eux, les enfants n'y sont pour rien.

Les yeux du petit dans les siens, en attente.

– Tes parents sont très fiers de toi, au contraire, et ils ont raison. Je ne connais pas beaucoup de parents, moi, qui ne seraient pas contents d'avoir un fils comme toi. Tu veux que je te dise : j'avais peur que, ces quinze jours de vacances, ça fasse un peu long et ç'a été tellement court, mon Justin !

– Mamie ?

– Oui.

– Toi et papy, vous avez eu envie de divorcer ?

– Non, jamais, mais, pour te dire la vérité, on s'est crié dessus plus d'une fois !

– Comme le vieux Calixte ?

Elle rit.

– Pas bien loin !

Au village, l'épicière, Mme Allègre, a fait compliment à Marie pour son petit-fils.

– Et toi alors, mon garçon, ça doit te changer de l'Amérique, notre cambrousse ?

– J'aime beaucoup ! Dis, mamie, je peux aller faire un tour ?

– Va, mon petit. Moi, après mes commissions, j'irai dire bonjour à la Marthe, à côté. Tu me rejoins chez elle : ils seront contents tous les deux de te connaître, depuis des années qu'ils me demandent de tes nouvelles !

Justin traversa le village en courant. Tout à l'heure, ils étaient passés à proximité du cimetière et il avait eu envie d'y aller.

Lorsqu'il poussa la porte rouillée du minuscule enclos, il s'arrêta pour reprendre son souffle, passa une main dans ses cheveux. Jamais il n'était entré dans un cimetière et il se sentait intimidé.

Un moment, troublé, il écouta le silence, puis il y eut un murmure dans le haut cyprès, un chant d'oiseau. C'était comme si les morts lui souhaitaient la bienvenue chez eux.

– Bonjour, dit Justin, intimidé.

Et il ajouta pour qu'ils sachent qui il était :

– Je suis Justin.

Encore hésitant, il précisa :

– C'est moi, le petit-fils de Marie et Isidore de Combe Nègre. Je cherche Manon. Elle est bien quelque part, Manon.

Entre celle dont nul ne parlait et lui s'était tissée au fil des jours une complicité. Bien que ni Sophie ni Abel ne l'aient jamais évoquée autrement que pour lui expliquer qu'elle était l'amie de sa mère, Manon était là, dans leurs regards, leurs silences. Il sentait sa présence dans le jardin, la maison, près de la poupée, et aussi dans les bras que Sophie avait refermés sur lui.

« C'est si loin tout ça… » lui avait dit sa grand-mère, et Justin avait compris qu'elle n'en dirait pas davantage.

Il marchait précautionneusement. C'était comme d'être dans une église où les pas résonnent plus fort et il faut se faire léger pour ne pas égratigner le mystère. Ici, même les couleurs et les odeurs devenaient douces. Une sorte de murmure paisible accompagnait chacun de ses pas. En passant, Justin lisait les noms écrits sur les tombes et il saluait les gens couchés sous leur pierre.

Quand il passa devant la tombe qui portait le patronyme de son grand-père, il s'arrêta, se présenta, lut tous les noms écrits, les relut pour les graver dans sa mémoire, leur demanda des nouvelles d'eux, donna des siennes, leur raconta les vacances qu'il venait de passer dans la maison qui avait été la leur et qui encore se souvenait d'eux. Il dit au vieux Paul, mort en 1936, qu'Isidore lui avait prêté la fourche emmanchée par lui. « Du bois de bonne lune, lui avait-il fait remarquer, il s'y entendait, tu peux croire, mon père ! » Il leur expliqua qu'Isidore avait eu bien besoin de lui pour rentrer son foin, que c'était du bon foin et sentant si bon que l'odeur arrivait dans la maison, la nuit, comme si on couchait dedans. Aussi qu'il y avait sur son lit le dessus-de-lit au crochet d'Antoinette. Puis, parce qu'il ne pouvait s'attarder davantage, il s'excusa de devoir partir, leur promettant de revenir. Un peu confus, en fait, de ne pas être là exprès pour eux.

– Je cherche Manon, leur dit-il, car on ne peut, fût-ce par politesse, mentir aux morts.

Et il eut l'impression qu'ils le guidaient car, tout de suite, il trouva la tombe des Jourdan avec écrit à la dernière ligne :

Manon Jourdan 3 septembre 1952 – 10 avril 1983

Plusieurs fois, Justin répéta :

– 10 avril 1983…

Quelque chose en lui explosait, et il répétait :

– 10 avril 1983…

Manon était morte le jour où lui, Justin, était né.

C'était comme un lien de plus.

Longtemps, il resta assis sur la pierre, trop troublé par cette coïncidence pour trouver quoi que ce soit à dire à la jeune morte. En même temps, il pensait qu'il aurait pu rester là toute sa vie, sans besoin de parler. Ni rien. Elle lisait en lui. Tous les deux se connaissaient depuis longtemps.

Alors Justin ferma les yeux et murmura, rien que pour lui :

– Manon… Manon… Manon…

Et c'était comme s'il avait été, lui, la poupée Nina : des bras l'entouraient, le berçaient, une voix inconnue et pourtant familière chuchotait à son oreille des mots d'amour.

Longtemps après, Justin se dit qu'il fallait partir, que sa grand-mère devait l'attendre chez Marthe. Mais rien qu'à l'idée de devoir bouger, il eut à nouveau envie de rester là. Oh, pas longtemps. Rien qu'un peu encore. Un tout petit peu. C'était pareil qu'au sortir d'un rêve.

En partant, il ne dit pas à Manon, ainsi qu'il avait dit aux autres : « Je reviendrai. » Il savait qu'il l'emportait avec lui.

– Où étais-tu passé que je commençais à me faire du souci ? demanda Marie sur le chemin du retour.

– Je suis allé au cimetière.

– Au cimetière ! Et qu'est-ce que tu allais faire au cimetière ?

– Dire bonjour aux morts : ils me connaissaient pas.

– Évidemment, dit Marie, ralentissant son pas.

Un moment, ils marchèrent en silence.

– C'est ton grand-père qui doit en faire une tête en se demandant s'il va trouver son assiette pleine à midi tapant : pas une fois, en soixante ans de mariage, ça ne lui est arrivé de ne pas manger à l'heure.

– Il va râler tant que ça, papy, que ce soit déjà passé midi ?

– Il ne va pas s'en priver !

– Tu lui diras quoi ?

– Qu'il fallait bien que ça arrive un jour pour qu'il se rende compte des autres !

– Mamie ?

– Oui.

– Mamie… c'est drôle, tu trouves pas, que Manon elle est morte le même jour que je suis né ?

– La même année, tu veux dire ?

– Non, je veux dire le même jour : le 10 avril 1983.

– Qu'est-ce que tu racontes ?

Le visage de Marie s'était rembruni. Elle aurait dû garder le petit avec elle, les cimetières ne sont pas bons pour les enfants, ça leur tourne les idées, et celui-là, ce Justin, est trop sensible, fragile. Depuis sa naissance, il est délicat, et même avant qu'ils ont failli ne pas le mener à son terme.

– Manon est morte, dit-elle, c'est vrai, le 10 avril 1983, et c'est bien triste, mais ce ne sont pas des histoires à raconter aux enfants, ils ont bien le temps de découvrir que la vie est parfois dure ! Qui t'a mis cette Manon en tête ?

Son pied buta sur le chemin. Ses yeux cherchaient ceux du petit.

– Ses parents ?

– Non, j'ai pas osé demander.

– Et c'est pour ça que tu es allé traîner au cimetière ?

– Je suis pas allé traîner comme tu dis. J'y suis allé, c'est tout.

– Et ça t'avance à quoi ? On a eu tort de te laisser courir du matin au soir chez les Jourdan. Tes parents l'avaient interdit et ils avaient raison : c'est du brave monde, mais ils vivent, eux, pauvres gens, avec la mort que c'est pas une bonne compagnie pour les enfants.

Elle reprit sa marche. Là-bas, Isidore attendait.

– Qu'est-ce qu'ils vont dire tes parents maintenant qu'ils pourront me reprocher, en plus du reste, de te laisser courir n'importe où et inventer des histoires !

– J'invente rien ! T'es sourde ou quoi ? Manon est morte le 10 avril 1983. Moi, je suis né le 10 avril 1983, tu le sais.

Il la dévisagea, soudainement inquiet.

– Pourquoi ça te fait triste ? Moi, ça me fait pas du tout triste.

– Arrête maintenant, Justin ! Tu entends ? Arrête !

L'enfant fila devant elle, buté.

Marie accéléra le pas. Qu'est-ce qu'il avait, ce petit ?

– Ce qui est vrai, Justin, lui dit-elle, l'attrapant par l'épaule, c'est que Manon est morte le 10 avril. Et ce qui est vrai aussi, c'est que tu es né, toi, le 1er juin.

– Le 1er juin ! Et quoi encore ?

– Le 1er juin : c'est une date bien assez importante et on s'est fait assez de souci pour que je m'en souvienne, crois-moi ! Quand le coup de fil est arrivé, on était contents, je t'assure !

Cinq jours après, on prenait le train à Saint-Étienne : c'était la première fois de ma vie que je montais dans un train. Quand on a débarqué, Isabelle et toi vous rentriez tout juste de la maternité. Si tu crois que ça peut s'oublier !

Se dégageant, l'enfant fila devant elle.

XXV

L'APRÈS-MIDI QUI SUIVIT, bien entamé par le repas tardif, Justin l'avait pris à la course. Il voulait voir le veau, et il voulait voir Abel. Et ça pendant la sieste des grands-parents qui, forcément, se trouverait raccourcie, elle aussi. Il courait, et il s'obligeait à ne pas penser parce que ses pensées, lorsqu'il les laissait s'installer, arrivaient à assombrir le prodigieux éclat du ciel et ternir même le vert des prés.

« C'est ça qu'elles font, les pensées, réalise le petit garçon, quand elles questionnent et que personne veut les entendre. »

Alors, c'est mieux de les enfermer dedans pour qu'elles n'obscurcissent pas le dehors.

Abel, peut-être, comprendrait. Lui, Justin, ne comprenait plus rien de rien. Abel, peut-être, lui dirait : « La vie est simple », et tout retrouverait sa simplicité. Mais, même de cela, il n'était plus sûr.

À mamie Marie, il n'avait dit que des choses vraies. Toujours, à lui, on recommande : « Il ne faut pas mentir. » Est-ce qu'on ment quand on dit des choses vraies ? Ce qui est vrai, elle affirmait, elle, que ce n'était pas vrai. Et elle l'affirmait avec toute la force de sa voix. Alors, peut-être bien, pensait le petit garçon, que tout ce qui est vrai n'est pas vrai. C'était compliqué.

Justin n'était pas sûr d'avoir envie de mêler Abel à ça. Pourquoi ? Savait pas. Peut-être ne voulait-il pas qu'Abel cesse d'être vrai lui aussi…

Tout ça faisait un jour qui ne ressemblait pas exactement aux autres jours, même si on y faisait ce qu'on fait d'habitude et qui ressemble à ce qu'on a fait la veille.

Le moment de rencontrer Abel approchait et Justin ne savait pas s'il grimperait le mur pour sauter de l'autre côté parce qu'il avait peur, un peu, que ça aussi ne soit pas pareil. Par exemple de mal prendre son élan et d'écraser les salades. Ce qui l'amusait hier ne l'amusait plus aujourd'hui.

Il irait voir le veau qui lui était vrai de vrai.

Sortant de l'étable, il déboula une fois de plus entre les jambes de Frédéric.

– Dis donc toi, la tornade, t'as décidément pas besoin d'une moto pour rouler à cent à l'heure ! T'as vu le diable ou quoi ?

– J'ai vu Yeux D'Or.

– Je préfère. J'ai cru que t'avais vu ma mère.

– Je l'ai vue, elle aussi.

– Pas étonnant que tu sois content du voyage ! Qu'est-ce qu'elle t'a dit ?

– J'ai que demandé l'autorisation d'aller voir le veau.

– Et elle, ma mère, elle a dû se charger de te dire la suite !

– Ben oui, elle a dit oui

– Oui ? Rien que ça ! C'est pas possible. Elle t'a passé un sacré savon, je suis sûr !

Justin trouva ça drôle. Ça arrive à plein de gens de dire oui. À son âge, il en avait déjà entendu plein, des oui. Des non aussi. Il ne savait pas dans quelle proportion.

– Pourquoi elle m'aurait passé un savon ? Je suis propre et j'ai pas de mauvais œil. Juste, j'ai demandé poliment d'aller voir le veau.

– Et t'es entré dans la cuisine de ma mère pour demander poliment d'aller voir le veau ?

– Ben oui. C'est toi qui m'as dit qu'il faut pas avoir peur, qu'elle a juste l'air, mais qu'elle est pas du tout méchante.

– T'as demandé poliment, et elle t'a répondu poliment !

– Oui.

– Alors, pourquoi tu fais cette tête ? T'es sorti de cette écurie comme si t'avais vu le diable.

– J'ai que vu ton père.

– Tu vas pas me faire croire que c'est lui qui t'a engueulé ?

– Non, arrête à la fin ! Pourquoi il m'aurait engueulé ? Il est gentil, ton père.

– Alors, le mioche, il se passe quoi ? T'es sorti de là-dedans comme si t'avais le diable aux trousses.

Justin hésita. Il lui semblait qu'à le regarder de cette façon ça faisait mal aux yeux de Frédéric presque autant que lui avait mal au cœur. Parce qu'il avait mal au cœur, lui, jusque dans sa tête et dans ses jambes.

– C'est les veaux…

– Ils ont quoi, les veaux ?

– Je croyais qu'ils grandissaient.

– Et alors, ils ne grandissent pas ?

– Si, mais… après…

Frédéric commençait à comprendre les questions du gamin dans l'étable et la réponse, si embarrassée ou en partie éludée soit-elle, de son père. Il détourna les yeux, sachant rien qu'à l'éclat entrevu dans ceux du gosse qu'il n'échapperait pas.

Il n'échappa pas pour autant.

– Pourquoi les veaux, quand ils sont grands, ils restent pas ici ? C'est chez eux. Ils deviendraient des vaches dans le troupeau. Pourquoi on les vend ? Avec tous les prés partout, y a de la place. Y en a en pagaille de la place ! Pourquoi alors vous les gardez pas ?

– Si on avait gardé tous les veaux qui sont nés depuis ma naissance à moi, on ne verrait plus un brin d'herbe jusqu'à l'horizon, rien que des vaches !

– Ce serait beau aussi, des prés de vaches.

– Et qui feraient des veaux encore qui grandiraient et qui feraient plus de vaches que de brins d'herbe.

– Chouette !

– Chouette, peut-être dans ta tête, mais, ici, mon pote, c'est la campagne, la vraie, pas celle des livres de mioches. Ils les aiment qu'est-ce que tu crois, leurs bêtes, mais les veaux, ils ne peuvent pas tous les garder. Ils bossent, figure-toi, pour nourrir les barjots de ton espèce, et c'est dur de dur, pas aussi propre que dans le cabinet de ton avocat de père.

Il arracha ses yeux à ceux du gosse dans lesquels il se sentait jugé. Merde ! Déjà, dans ceux de son père, il lui arrivait assez souvent de se sentir coupable d'abandonner la ferme. Il n'allait pas, en plus, se culpabiliser pour ce qu'ont fait, à force de travail et de peine, ceux d'avant lui en la continuant. Il recula, fixa Justin, et eut l'air de vouloir dire quelque chose, mais finalement partit à grands pas vers le garage, vers sa moto.

– Frédéric ! appela Justin, sans obtenir de réponse.

Frédéric l'avait pris sur sa moto, il lui avait donné la liberté du vent. Il était son ami.

Tête à l'ombre, pieds au soleil, Abel s'ensommeillait, une sorte d'engourdissement agréable dans lequel ne se gaspillait pas une miette d'un temps qu'il savait compté. Sophie attardée à sa cuisine, il était seul. Et Justin n'avait pas dû pouvoir s'éclipser pour faire un saut jusqu'ici. Ce soir, il serait là, Abel n'en doutait pas. Ce serait leur dernier soir. Pourtant, dans la torpeur où il baignait, même cette pensée ne parvenait pas à l'attrister, chaque chose lui semblait à sa place : sa vie, douleur et bonheur, il la sentait en lui, chaude et pleine comme ces jours si ronds d'un été qu'il n'aurait osé rêver.

Justin, en fait, n'était pas si loin.

De l'angle du portillon du jardin dont il s'était approché à pas feutrés après avoir quitté Frédéric, il observait Abel. Il y aurait eu trop de choses à dire pour le rejoindre, trop de choses à taire. À ne pas savoir s'il fallait les dire ou les taire.

Il restait là en faisant très attention de ne pas être vu. De loin, il regardait Abel et, pour la première fois depuis midi, il se disait que ce qu'il voyait était vrai, que personne au monde n'aurait pu prétendre le contraire. Sans sauter du mur parce qu'il avait presque autant mal au cœur que le jour où il avait mangé une boîte entière de nougats, il aurait bien voulu aller s'asseoir sur le banc à côté du vieil homme. Mais, à Combe Nègre, Marie et Isidore n'allaient pas tarder à se lever de leur sieste.

Il s'attarda un petit peu encore, juste encore un tout petit peu. Lorsqu'il s'éloigna, il n'avait plus le poids des nougats ni de rien sur l'estomac. C'était pareil en lui que s'il était resté longtemps assis sur le banc.

Au moment où Justin allait quitter, trois cents mètres plus bas, le chemin de La Bâtie-du-Riou, pour prendre celui de terre creusé d'ornières qui mène à Combe Nègre, il entendit derrière lui la moto de Frédéric. Il cessa de courir et s'arrêta au bord du chemin pour le laisser passer.

– Décidément, s'amusa Frédéric, stoppant sa moto et mettant pied à terre, t'es champion de course tout-terrain !

Et Justin demanda, parce que la question était dans sa tête au moment où il avait entendu la moto et qu'elle n'en était pas encore partie :

– Pourquoi tu parles pas à Abel ? Parce que t'as pas le temps ?

– On peut dire ça comme ça !

– Alors, toi, tu cours pire que moi ! Tu vas où quand tu cours et que t'as pas le temps ?

– T'en poses des questions ! Eh bien là, figure-toi, je courais pour te rattraper.

– C'est vrai ?

Le visage de Justin s'éclairait.

– Et maintenant que j'attends une question, s'amusa Frédéric, tu ne me demandes pas pourquoi je voulais te rattraper ?

– T'as dit que c'était pour me rattraper.

Il n'y avait pas de question dans la tête de Justin. Il ne se rappelait plus bien s'il y en avait une avant. Il était content comme ça. Au bord du chemin, il y avait un rocher de pierre. Ils auraient pu s'y asseoir, et arrêter de courir tous les deux.

– Je voulais te rattraper pour te dire…

Frédéric respira très fort en souriant, et c'était pour le plaisir de faire durer l'attente, puis il reprit :

– Yeux d'Or, t'es veinard, mon gars, c'est une fille.

Justin le regardait et le noir qui, à l'évocation du veau, montait du fond de ses yeux recouvrait toute question.

– Elle est à toi, dit Frédéric.

Ce fut comme un soleil tombé au beau milieu du chemin. Aucun noir n'y résiste.

– À moi ?

– À toi. Mes parents sont d'accord.

Il avait négocié ça en trois coups de cuillère à pot avec sa mère : le veau de Roussette et il lui pardonnerait de lui avoir gâché, elle et personne d'autre quoi qu'elle en dise, son anniversaire. Il suffisait qu'il demande : elle aurait donné tout le troupeau sur-le-champ. Et l'étable avec. Il le savait. Lorsqu'il avait dit : « Donné, c'est donné, on est bien d'accord. J'en fais ce que je veux ! » Elle avait ri. Quand il avait annoncé que ce veau à lui, il le cédait pour la vie à Justin, elle n'avait rien trouvé d'autre à objecter que : « T'es trop brave, mon gamin ! » Ce n'était pas cher payé d'un veau, cette perfection du fils qu'elle avait fait.

– Elle est encore un peu jeune, précisa Frédéric, mais la prochaine fois que tu viens, tu pourras l'installer à Combe Nègre, parce que dans l'appartement de Paris, à mon avis, c'est risqué !

– Yeux d'Or est à moi ! répétait Justin et il sautait sur place en riant et criant : À moi !

Pour Noël, sa fête, son anniversaire, il recevait beaucoup de cadeaux. Des cadeaux avec lesquels il jouait et d'autres qui restaient dans leur boîte longtemps. Jamais personne ne lui avait offert un ami.

Il se retourna pour clamer l'incroyable nouvelle vers Combe Nègre, et au même moment aperçut le vieil Isidore, debout au milieu du chemin, à l'angle de la maison.

– Papy ! hurla-t-il.

Il avait crié très fort et il n'y avait pas de vent pour arracher votre voix et l'emporter ailleurs. Pourtant le vieil homme n'eut pas l'air d'entendre. Il restait debout, immobile, à regarder, regarder, regarder…

– Papy !

Isidore observait les deux garçons, le grand et le petit. Il n'entendait pas. Brusquement, il fit volte-face et disparut.

– Faut que j'aille, dit Justin.

Il pensait que son grand-père était en colère contre lui parce qu'il était sur ce chemin au lieu d'être dans la maison en train de faire la sieste, et il se mit à courir aussi vite qu'il pouvait.

Lorsque Justin rejoignit le vieil homme sous le hangar où il empilait les bûches, il vit tout de suite qu'il était, en effet, très en colère, et il resta un moment cloué sur place à examiner son dos, le mouvement nerveux de ses bras attrapant les bûches pour les hisser sur la pile. Il n'osait pas parler parce qu'Isidore ne parlait pas et que ce silence et cette colère, à nouveau, lui nouaient l'estomac.

Il aurait bien voulu demander : pourquoi ? Ou n'importe quelle autre question bête dont on sait la réponse. Il ne pouvait pas. Il restait là. Jamais il n'avait rien connu de pire de toute sa vie que le silence de cette colère.

Au bout, timidement, il demanda :

– Tu veux que je t'aide, papy ?

Isidore se retourna. Il regarda l'enfant comme s'il ne l'avait pas entendu arriver. Bizarrement, il lui sourit. C'était un sourire qui tordait un peu sa lèvre et avait du mal à arriver jusqu'à ses yeux. Puis il lui caressa les cheveux, longuement, comme il n'avait jamais fait.

– Non, va plutôt voir ta grand-mère dans sa cuisine. Elle a beaucoup à faire : ce sera pas de trop que tu lui donnes un coup de main.

Le sourire fit un tel effort, cette fois, pour entrer dans ses yeux, qu'il les mouilla.

– T'es un brave petit, dit Isidore en se remettant au travail, et il tourna le dos à l'enfant.

C'était une drôle de voix, elle aussi, tout humide.

Il n'avait pas parlé de l'escapade.

– Papy, dit Justin d'une voix mal assurée, le veau de Roussette est à moi.

Et il ajouta :

– Yeux d'Or, il s'appelle.

Mais Isidore n'eut pas l'air d'entendre.

Isidore se retrouva seul.

Machinalement, il empilait ses bûches. S'il n'avait pas fait aussi chaud, il aurait fendu à coups de « Han ! » celles en attente dans la cour. Le tas y serait passé. La rage bouillonnant en lui aurait décuplé ses forces. Pour l'heure, elle se concentrait dans ses mains. Il arrivait à maîtriser son visage, pas ses mains. Mais il gardait l'œil. Et les bûches élevaient un mur aussi tiré au cordeau que s'il eût été de moellons.

Le reste, tout le reste sur quoi tentait de se concentrer sa pensée, était tordu. Jusqu'aux questions elles-mêmes. Ça grouillait en lui, questions, réponses, comme des bêtes du fond de la mer. Il fallait les écraser à coups de fatigue.

Il allait vite. Il se fatiguait. Son esprit se vidait. C'était une bonne chose. Tout à l'heure, il se sentait la cervelle prête à exploser. Il y avait, sans qu'il puisse en démêler l'écheveau embrouillé, de la révolte en lui, de la colère, de la peur.

Pendant le repas de midi, qui n'était plus de midi vu le retour tardif des courses, et malgré le retard auquel il n'était pas habitué, Isidore se sentait de bonne humeur : l'enfant allait repartir vers sa vie, mais il était là, il n'avait honte ni d'eux ni de la maison de ses ancêtres : c'était un pas, un premier qu'il avait eu raison d'exiger, il y en aurait d'autres. Et Isidore avait fait semblant d'être en colère, gonflant sa voix pour rappeler : « L'heure, c'est l'heure. Après l'heure, c'est plus l'heure », affirmant pour faire rire le gamin, en même temps qu'il tendait son assiette avec l'air d'avoir un appétit d'ogre, que son estomac à lui s'était verrouillé et ne voulait rien entendre.

Il avait simulé la colère avec une sombre voix de grincheux mal luné.

Pendant leur sieste, Marie lui avait parlé de cette bizarre lubie du petit, après sa visite au cimetière, de vouloir être né le jour où il n'était pas né. D'abord, Isidore avait répondu :

– Et alors ?

Marie avait précisé :

– Il dit qu'il est né le 10 avril.

Et cela semblait la contrarier.

Jamais Isidore n'avait eu la mémoire des dates. Le petit tenait de lui. Tout le monde n'a pas un calendrier imprimé dans la cervelle.

– Et alors… avait précisé Marie, Justin, tu le sais aussi bien que moi, est né le 1er juin.

« Et alors ? » aurait pu redire Isidore. Il s'était tu. Il pensait aux pommes de terre qu'il irait ramasser après sa sieste. Sa fille en emporterait. Et des haricots aussi. Il irait voir si les framboises donnaient encore.

– Tu m'entends ? avait insisté Marie. Le 10 avril n'est pas le jour où il est né, c'est le jour où Manon est morte. Qu'est-ce qui lui prend à ce petit ?

Isidore s'était tu encore, mais il ne pensait plus aux pommes de terre. Ni aux haricots. Ni aux framboises. D'ailleurs, il n'y avait peut-être pas de framboises.

Il aurait pu demander : « Qu'est-ce que tu racontes ? » Il l'aurait fait s'il n'avait été aussi abasourdi.

– Les enfants, ça dit, et ça dédit !... était-il parvenu à articuler, pour que, l'entendant parler, elle ne l'écoute pas penser.

Parfois, lorsque sa respiration s'accélérait sans même qu'il en soit conscient, Marie lui disait : « Je t'entends penser. »

La chambre était dans la pénombre, heureusement, volets clos. Elle n'avait pas pu voir son visage. Il avait continué à se taire, et elle avait cru qu'il avait écouté distraitement son récit n'y accordant aucune importance.

Si, durant le repas, le vieil homme avait fait semblant d'être en colère, là, se retournant sur le côté comme pour le sommeil, il avait dû mobiliser toute sa volonté pour parvenir à faire semblant d'être calme.

Yeux ouverts, qu'elle croyait clos, respiration paisible, il avait muselé l'angoisse qui l'étreignait.

« C'est quoi ça, encore ? » se répétait-il.

Maintenant, il empilait les bûches, et il continuait à se répéter :

« C'est quoi ça, encore ? »

À l'enfant, il n'a pas demandé : « Pourquoi tu mens ? » L'enfant ne mentait pas.

Juste, le besoin d'être seul.

La pile de bûches s'élevait. Jamais le vieil homme n'aurait imaginé avoir autant de force en réserve dans les bras. Pourtant, la fatigue gagnant, le rythme, peu à peu, ralentissait. S'atténuait aussi le bouillonnement de colère.

« Il y a des choses, songeait Isidore, qui paraissent inexplicables et qui finissent par s'expliquer. »

Il se disait :

« Des choses qui semblent compliquées, vues d'un bout, et qui, des fois, deviennent simples quand on les voit par l'autre bout. »

Sans doute était-ce ça : il ne regardait pas du bon côté.

Demain, sa fille et son gendre seraient là. Ils parleraient.

« Demain », se dit Isidore, alignant sa dernière rangée.

Une nuit encore et ce serait le matin. Aucune nuit, si longue et obscure soit-elle, ne résiste à l'aube.

XXVI

Le soir s'attarde dans la douceur inhabituelle de l'air. Assis sur le banc du jardin, Abel et Justin font comme lui. Quinze jours au beau fixe – à part cet orage qui avait fait plus de bruit que d'eau – et on se surprend à guetter dans le ciel les signes annonciateurs de la pluie, à se demander comment ils font dans le Midi pour s'acagnarder des mois durant sur leurs collines ou dans leurs creux de vallée, retournés dans le jus de l'été comme friture dans l'huile ?

« En bas, songe Abel, l'été s'aplatit sur vous et, pour peu qu'il y prenne goût, le bougre, il prend ses aises. »

Pour avoir secondé son cousin Phonse après que celui-ci ait bataillé à se remettre d'une mauvaise chute, il se souvient de ce grésillement de poêle à frire persistant jusque dans la touffeur des nuits.

Ici, l'immensité, on dirait, impressionne l'été. Il pointe un bout de nez frileux, le rentre vite. Et puis, d'un coup, alors qu'on ne s'y attend pas, il occupe le terrain, déploie ses charmes, en fait presque trop. Toujours prêt, qu'on ne s'y trompe pas, d'un tour de reins, à disparaître. Il a des atermoiements, des emportements soudains et de brutaux holocaustes. On le voit rebrousser chemin parfois comme un qui se serait trompé de route, et le pays, un beau matin, se croit déporté en Sibérie. Mais voilà qu'avec autant de hâte qu'il était parti, l'été revient, toutes lumières offertes, brûler au silence des solitudes.

Soleil couchant, l'horizon coule ciel et terre dans un même métal en fusion.

– Regarde, regarde bien, petit ! disait le papé Joachin. Regarde et écoute surtout : c'est le moment du soir, et il est court, où les deux mondes, celui d'en haut et celui d'en bas, se rencontrent. Écoute !

– J'entends rien. Tu entends, toi, ce qu'ils se disent ?

– Une fois, oui, j'avais quinze ans peut-être, je crois que j'ai entendu. Une seule fois.

– C'était quoi, papé ?

– C'était beau tellement… des choses qu'aucune voix humaine ne pourrait répéter sans se perdre, mais rien n'empêche le cœur de les verser dans un autre cœur.

De cela, Abel se souvient. Des mots, de l'intonation exacte de la voix, du regard… il se souvient. Le passé lui devient même de plus en plus proche maintenant qu'il a tout le temps de le regarder. Il se souvient de tout. Surtout peut-être de ces choses si belles et graves, précieuses, qui coulent directement du cœur d'un vieil homme dans celui d'un enfant.

Le soir, aujourd'hui, est un de ces soirs d'été dont la légèreté vous absorbe, sans risque pourtant de vous faire disparaître à vous-même. Au contraire.

C'est le moment où un chuchotis passe au ras des herbes, où l'on se tait pour écouter approcher la nuit. Si l'on vous demandait alors comment est la lumière, vous diriez comme d'une eau dans laquelle on plonge avec volupté : « Bonne. » Dire plus vous ôterait des lèvres le goût du soir.

C'est le moment de s'emplir, rien d'autre, yeux à l'arrêt, baignés de paix.

Abel et Justin sont assis sur le banc du jardin.

Pour la première fois, l'enfant est arrivé après l'arrosage. Il n'a rien dit au sujet de ce retard. Il ne veut pas avouer que Marie lui a interdit de venir et qu'il s'est enfui.

Abel n'a rien demandé. Un instant plus tôt, reposant son tuyau près de la citerne, il a cru ne pas le revoir.

« Avant, on a bien vécu sans, se disait-il, on poursuivra pareil. »

Une fatigue inhabituelle pesait sur ses épaules.

Ils sont là, maintenant, avec encore tant de choses à dire qu'il vaut mieux se taire, et le silence cimente ce qui doit l'être.

Plus tard, au bout du silence, Abel, les yeux encore perdus au loin, fera remarquer à Justin :

– Ici, tu vois, le soleil s'attarde le soir, et c'est le meilleur moment de la journée, presque.

Il précise :

– On a l'avantage qu'aucune colline ne nous cache le soleil. Il bataille à nous trouver, c'est sûr, mais quand il nous trouve, il ne nous lâche qu'à la dernière minute. En bas, ils en ont davantage, mais ils le perdent plus tôt : bien rare qu'une montagne ou une forêt ne vole leur soleil du soir. C'est pourtant le meilleur.

Une phrase banale. C'est son monde. Il n'est pas parfait mais, tel quel, chaque jour un peu plus taillé à sa mesure. En réalité, Abel ne pense pas vraiment au soleil. Il espère que les prochaines vacances ramèneront le petit. N'ose y croire. Encore moins en parler. Alors, quand ce qui vous accroche à la vie menace de basculer, on se retient à cela seul qui résiste : le quotidien.

– C'est rien que l'horizon qui l'attrape, le soleil, pour que dessous ils en aient aussi, remarque Justin.

Et, à cause du regard d'Abel sur lui, il précise :

– Nous autres, ici, c'est comme si on était la moitié de la terre. L'autre, elle est dessous nous.

– C'est comme.

Longtemps ils se taisent, évitant de se regarder, puis l'enfant dit :

– Demain, je serai parti.

– Je sais.

Qu'aurait-il pu dire d'autre, Abel ?

– Peut-être… ils me laisseront pas revenir avant longtemps.

– Je sais.

Le silence, à nouveau, que tente de percer la petite voix d'un grillon attardé et qu'ils auraient voulu faire durer toujours.

Au-dessus d'eux, un rapace plane presque immobile.

– N'oublie pas que le prunier te refera des prunes, l'été prochain, dit Abel.

Il poursuit :

– Il t'attendra le temps qu'il faudra, ce prunier.

– Et je sauterai par-dessus le mur pour que tu m'engueules !

– J'y compte bien.

Enfin, ils se regardent et, dans ce regard, il y a la complicité des jours écoulés.

Le vieil homme s'emplit de ces instants qu'il sait comptés. Il ne s'interroge pas sur le pourquoi de cet attachement. C'est. Quel homme est assez riche pour refuser d'ouvrir les mains à ce qui se donne ?

– Abel ?

– Oui.

– Les prunes…

En cadence, les talons de Justin frappent le banc de bois qui en vibre.

– … jamais j'aimerai mieux un autre fruit.

Le soir bleuit les prés.

– Regarde ! chuchote l'enfant.

À Combe Nègre, assis tous les deux sur la marche, devant la porte, Isidore lui avait montré les étoiles, Vénus surtout à laquelle il avait l'air de tenir encore plus qu'aux autres. Pour être sûr que Justin la distingue entre toutes, arrêtant de fumer, il la désignait au bout du tuyau de sa pipe. Et Vénus avait l'odeur du tabac du soir.

Pâle encore, l'étoile du berger troue le ciel.

– Abel… Paris, j'aime bien, c'est beau, y a des lumières plein, mais y a pas d'étoiles.

Il hésite.

– La nuit, tu comprends, on est seul.

– Attends que celle-là brille très fort. Quand elle brillera le plus fort, tu fermeras les yeux pour l'emporter. Après, quand tu le voudras, elle sera là. Le soir, tu n'auras qu'à fermer à nouveau les yeux pour la trouver au fond de toi, et tu te diras qu'au même instant elle brille ici.

Justin s'était appuyé contre lui.

C'est si léger le poids d'un enfant. Si lourd.

Près d'eux, sur le vieux mur de pierre, les roses s'abandonnent au soir. Le jardin, soif apaisée, s'étire et respire de toutes ses feuilles. Une fraîcheur tombe, un peu acide, qui vous enveloppe de son eau. L'éternité est à portée de lèvres.

– Regarde, Justin… la lune… toute pâlichonne encore…

Justin soupire, un gros soupir d'enfant. Apaisé.

Abel n'ose faire un geste.

« La lune, lui disait sa grand-mère, est douce qu'on ne peut imaginer. Regarde-la : elle te sourit. La lune, mon petiot, faut pas la croire triste, non, elle porte sur sa figure douce le sourire des nuits. »

Depuis, observant la lune, Abel ne peut s'empêcher de la voir sourire.

« Elle n'est pas d'ici, lui précisait sa grand-mère, et ça se voit. Elle vient d'ailleurs, du pays Bleu où habitent les âmes. Toute la nuit, mon pitchou, elle veille au-dessus de toi et te dit : "Viens ! Viens ! Suis-moi…" Pas pour te garder, oh que non – elle te rendra au jour –, mais parce que le ciel de nuit appartient aux anges, aux étoiles, aux rêves et aux enfants. »

– L'été, raconte-t-il à Justin, ma mamé laissait les volets de ma chambre un peu entrebâillés pour qu'entre un rayon de lune. « Dors maintenant, me disait-elle, la lune veille. Pendant que tu dors, elle pétrit pour toi le pain. Pas le pain du boulanger que donne le jour et qui est fait pour nourrir le corps, mais "le pain de lune", ce pain de la nuit qui nourrit les rêves et forcit l'âme. »

L'enfant est là qui absorbe et l'instant, et les mots.

– Aussi... poursuit Abel.

Sa voix se pose doucement comme si elle redoutait d'effaroucher la nuit qui vient.

– ... lorsque j'étais fatigué, ou que je poussais comme elle disait en asperge, elle mettait à coucher dehors sur le rebord de la fenêtre un verre avec un quart de vin et six ou sept sucres. Au petit matin, je me régalais de ce « vin de lune » plein de vigueur, et je me sentais renaître, prêt à vivre neuf vies d'une traite.

Ce pain, ce vin, avec la foi inébranlable de l'enfance, il l'avait mangé et bu. À pleine bouche, à pleins yeux. Il avait bu, mangé, avec ses yeux, sa bouche, ses oreilles, avec tout son corps ; à ras bord, il s'était empli du parfum des nuits. Dans ce paradis perdu et retrouvé, il avait enfoncé les racines de sa jeune vie.

Et cela, il le sentait – n'aurait osé l'exprimer –, par quelque mystérieuse alchimie, passait à travers lui de la grand-mère à ce gosse.

Ils se regardèrent comme si tous les deux, le vieil homme et l'enfant, ensemble, émergeaient d'une fête dont ils restaient, en dépit des arrachements prévisibles, comblés.

C'est sur ce banc que les trouva Sophie. L'habitude était prise. Elle s'assit à côté d'eux, s'imprégnant elle aussi de cette troublante approche de la nuit qui, d'un souffle, coule son âme dans la vôtre et d'un souffle la reprend.

– Alors, demanda-t-elle, tu nous reviendras, mon Justin ?

– Promis !

Le regard à lui seul est promesse. De celles qui engagent une vie.

Il y a plein de choses que Justin voudrait dire à cette femme quinze jours plus tôt étrangère, plein de questions à lui poser aussi. Mais celles qu'il a posées à ses grands-parents, loin de lui apporter une réponse, l'ont enfermé dans plus de questions encore. Et là, brusquement, il n'est plus sûr que certaines interrogations ne s'enfoncent pas dans le cœur des gens comme un poignard.

– Entre une minute à la maison, lui proposa Sophie : tous les deux, vous boirez volontiers quelque chose, j'en suis sûre.

– Non, dit à regret Justin, faut mieux que je parte.

Quand même, il ne se levait pas. Il pensait qu'il aurait voulu demander encore plus que plein de choses. Pourquoi est-ce comme ça lorsqu'il faut partir ? Il ne savait pas.

Il dit :

– Sophie… la poupée Nina, s'il te plaît, dis-lui que je reviendrai.

Et puis :

– Je peux pas rester plus : mes grands-parents vont être en colère.

– Tu as raison, il faut les comprendre : ils t'ont pour si peu de temps. File vite, va !

D'un même mouvement, Sophie et Abel s'étaient levés. L'enfant, lui, restait assis.

– Non ! Je les comprends pas. Je les comprends même que dalle ! On dirait que ça les presse de me refiler aux parents !

– Oh que non ! protesta Sophie.

Son regard attrapa le regard, soudain si noir, du petit, le retint.

– Dis-toi que tu es leur soleil, mais, tu vois bien, le soleil, quand on l'a, on est tous pareils, on a peur de le perdre. C'est une peur qui rend triste. Tu peux être sûr que l'hiver va leur durer à tous les deux en espérant l'été. Dis-toi aussi qu'eux non plus ne comprennent peut-être pas tout… Ils s'interrogent et ça fait mal.

– Bien fait pour eux ! Moi aussi, je m'interroge.

Ce front tout à coup buté, cet œil encore plus noir, cette enfance qui lui en rappelle une autre…

– Et plus je m'interroge, plus je m'interroge encore, martelait Justin qui s'était levé.

Sophie, sans avoir le temps de réaliser, le reçut contre sa poitrine.

– Je t'aime, dit-il.

Deux bras d'enfant enserraient sa taille. Sans avoir à réfléchir, elle referma les siens sur lui.

Lorsqu'elle les ouvrit, Justin se retrouva face à Abel. Ils restèrent ainsi un moment face à face, aussi immobiles l'un que l'autre. Puis, silencieusement, ils se serrèrent la main.

– Justin, dit Sophie, au moment où le gosse s'apprêtait à partir, je sais que, demain, ta maman n'aura pas beaucoup de temps, mais dis-lui que, même si elle ne doit s'arrêter qu'une minute, on serait contents de l'embrasser. Dis-lui qu'on ne la retiendra pas.

L'enfant acquiesça de la tête et détala. Arrivé au portail, faisant brusquement volte-face, il revint se jeter contre la poitrine d'Abel.

– Demain, c'est pas sûr qu'ils me laissent revenir.

– Je sais, dit Abel à l'enfant qui n'était déjà plus là.

Seule sa course dans la nuit.

XXVII

Abel, ce matin-là, s'était levé encore plus tôt que d'habitude.

– Quelle heure est-il ? avait demandé Sophie.

Il avait pourtant fait tout son possible pour éviter de la réveiller, mais Sophie avait, autant que le souffle, le sommeil léger. Un sommeil si léger et doux qu'au début de leur vie commune Abel se faisait l'impression de dormir avec un chaton entre les bras. Elle en avait, affirmait-il, les étirements voluptueux, les ronronnements de plaisir. Sans se lasser, les nuits d'été aux fenêtres ouvertes, des heures durant, il pouvait contempler à la clarté de la lune cette femme inconnue, sa femme, plus mystérieuse que celle du jour.

– T'est-il arrivé d'être jaloux ? lui demandait-elle.

– Oui, de la nuit.

Elle en riait.

C'était vrai : plus que d'un rival dont il aurait pu se défendre, il en voulait à la nuit de la lui ravir, pénétrant dans ses pensées les plus secrètes alors qu'il restait, lui, au bord. Il lui en voulait de l'emporter, abandonnée et consentante, sur d'autres rivages.

Maintenant, alors qu'ils ont vieilli, Abel est tout aussi troublé et, tel un voyeur, gêné presque de se pencher sur sa femme endormie, étonné de la trouver ainsi qu'au début fragile et belle. Encore plus émouvante.

Dans le regard posé sur elle, une peur désormais s'insinue : celle de la mort qui avance à l'ombre des nuits. Pourtant, lorsque ses bras se referment sur Sophie, il se sent capable de la disputer même à celle-là. Dans l'odeur de sa femme, dans leurs chaleurs confondues, il retrouve la certitude d'une force capable de réchauffer le pire des hivers.

Lorsqu'il y réfléchit, Abel se dit qu'il a rencontré d'autres femmes. Ici, dans sa jeunesse, puis durant les six mois passés à Paris, des élégantes, des provocantes, des rigolotes, des séduisantes… après son mariage aussi, et il n'était pas homme à se détourner au spectacle de la beauté. Ces femmes, il les a regardées comme on s'arrête devant un paysage ou l'éclat des jonquilles de mai sur le Haut Plateau. La seule qui l'ait jamais troublé, dont il ait eu faim et soif avec cette envie de fondre sa chair en la sienne, était celle-là, Sophie.

Pas un instant au cours des quelque soixante ans de leur vie commune Abel n'avait douté qu'il en fût de même pour elle.

Le malheur qui aurait pu les détruire ensemble – perdre un enfant, existe-t-il pire douleur ? – les avait encore soudés. Tellement différents mais emmêlés l'un dans l'autre qu'ils avaient fini par n'être plus, effectivement, qu'un même sang, une seule chair. Une transparence totale : ils se parlaient pour le plaisir de s'entendre mais n'avaient nul besoin de parler pour se comprendre.

– Quelle heure est-il ? avait redemandé Sophie.

– Tôt. Dors encore un peu.

Au moment où Abel ouvrit sa porte, coulait de l'horizon, à peine perceptible, la première lueur du jour.

Elle ne tarda pas à déborder sur les prés, ténue encore, mais la nature qui avait perçu le changement exhalait ses soupirs d'herbes et de feuilles comme aux premières gouttes de l'averse.

Le souffle de l'aube passa entre les branchages du frêne. La nuit se rafraîchit. Le jour n'était plus très loin maintenant. Au levant, il commençait à soulever un bout de voile. Le ciel effaçait ses étoiles.

Abel soupira.

Ce matin, il était venu attendre le jour encore plus tôt que d'habitude. Pourtant, de celui-là, il n'espérait pas grand-chose de bon. Ce qu'il savait, c'est qu'il serait long, c'est tout. Plus long que ces derniers jours de l'été qui avaient passé si vite.

C'était quand même une attente et, de tout l'appris d'une vie, Abel savait que le pire est de ne plus rien attendre.

Aujourd'hui, il attendait que le jour se lève, et peut-être, n'osant se l'exprimer à lui-même, attendait-il que Justin arrive et reparte en courant, le temps d'un dernier au revoir. C'était peu. C'était beaucoup. En tout cas, beaucoup pour un qui n'a jamais espéré plus qu'il ne lui en faut pour vivre.

Il examina le ciel. Contrairement à son habitude ne le vit pas, ni les signes annonciateurs du temps. Il ne savait pas pourquoi il s'était levé plus tôt. Un dérèglement dans une vie bien réglée.

À ses pieds, Friponne, regard rivé au sien, truffe frémissante, semblait s'en étonner elle aussi.

– Tu te demandes ce qu'il me prend ? lui demanda-t-il.

Et il la fixa lui aussi longtemps, longtemps, droit dans les yeux.

Abel croyait sa femme rendormie. Elle fut soudain à ses côtés. Il ne l'avait pas entendue venir.

– Il va nous manquer, ce petit, dit-elle.

Le jour maintenant levait de terre, repoussant du dos le gris. Il arrivait, chacun de ses mouvements précédé d'un petit déclic comme si, une à une, s'éclairaient à son approche les lampes de l'aube.

Sophie ajouta :

– Une chose est sûre, c'est qu'il nous aura ensoleillé l'été, ce Justin, et ça, personne ne te l'enlèvera.

Abel évita de tourner les yeux vers elle. Dans ce bref éclair d'un regard, plus encore qu'à travers les mots, trop de choses se seraient livrées qu'il y avait encore une pudeur à retenir.

Du côté de Primarette, une génisse mugit, et le jour s'éclaira d'un nouveau cran.

Un renard glapit à la poursuite de quelque sauvagine.

Le vieil homme se redressa, prêtant l'oreille. Les murmures chuchotés de l'aube enveloppaient le silence d'une sorte d'éternité.

Ce que savait Abel en cet instant, ce qu'il sentait en chaque fibre de sa chair, c'est qu'une fois de plus, qu'il ait ou non livré son regard, les yeux de Sophie lisaient en lui. Une quiétude le gagnait pendant qu'il essayait de remettre de l'ordre dans ses pensées.

« Allons ! », se dit-il avec l'impression de reprendre pied dans sa vie.

Avant lui peut-être, Sophie perçut qu'Abel était, esprit et corps, de retour, à nouveau à l'écoute du jour, d'elle, de lui-même. Elle vit qu'il observait le matin.

Comme chaque autre matin.

Autour d'eux, la lumière entrouvrait les paupières de l'aube. À sa suite, doucement, le Haut Plateau s'éveillait, une respiration le parcourait pareille au soupir ensommeillé d'un enfant.

Soudain, tout s'immobilisa dans cette clarté froide qui précède le jour. Rien ne bougeait. Pas même les feuilles du frêne. Dans les fermes dispersées, les hommes dormaient encore.

Ils étaient seuls.

– Il reviendra, dit Sophie, resserrant autour de ses épaules son châle de laine, tôt ou tard il reviendra. De cela, je suis sûre.

Tout à l'heure, dans un moment, à certaines sonorités auxquelles seuls les habitués prêtent attention, elle sait qu'Abel, à l'oreille, sans être mage ni devin, lui donnera les prévisions du jour. Et s'il annonce qu'il pleuvra des cordes en fin de soirée, même si la météo affirme le contraire, c'est lui qu'il faudra croire.

Pour elle, il est temps de rentrer.

Dans sa cuisine, comme chaque matin, Sophie rallume le feu, prépare le café dont l'arôme ne tardera pas à attirer Abel à l'intérieur. Le jour d'aujourd'hui, à l'égal des autres, est rentré dans son orbite.

Reste à arracher d'elle cette douleur enfoncée quelque part entre chair et âme comme une écharde. Mais comment extirper ce que l'on ne parvient même pas à identifier ?

« Mon Dieu… » prie Sophie s'en remettant à meilleur chirurgien qu'elle.

Elle entend la voix de sa grand-mère mourante, torturée, pauvre femme, jusque dans l'instant précédant la rencontre, par le terrible silence de Dieu : « Dans le livre, dans le livre pourtant… c'est écrit… »

« Allons, se gronde-t-elle, qu'est-ce qui te prend ? »

À trop écouter les voix qui se cachent à l'intérieur, on finit par devenir sourd aux autres.

« Ce sont mes sirènes qui m'appellent », lui disait Manon en riant.

Avec l'odeur du café, Abel est entré. Plus tôt que les autres jours.

Ce plus tôt qui vaudra à Jacques, interdit de ne pas le trouver debout sur le seuil à 6 heures et demie tapantes, de marquer un temps d'arrêt.

Jacques. Son pas d'homme mûr qui tout à coup trébuche. Sa seule respiration, soudain trop bruyante, habitant le matin. Une image le fouette. Il se voit courir, enfant, sur un chemin au bout duquel s'efface la silhouette de son père. Et il court, hors d'haleine, et il a peur parce que la grande main qui tout à l'heure serrait la sienne l'a lâché. Il est seul.

C'est l'arôme du café qui remet les choses à leur place : quel mal pourrait arriver dans l'odeur de café du matin ?

Jacques tout d'abord ne l'avait pas perçue, il n'avait vu que l'absence parce que c'est elle qui crevait les yeux. Il n'avait vu que le seuil de la porte vide.

Avec cette exhalaison du café fraîchement passé, respirant un grand coup, il eut l'impression que le monde s'allégeait sur ses épaules et il retrouva son pas.

Il aurait pu entrer. Il ne le fit pas.

Regagnant l'étable, de temps en temps, il se retournait, haussait les épaules : la porte était ouverte et le seuil en demeurait obstinément désert. Ce qui aurait dû enfin apaiser Julienne et eut l'effet contraire.

– Qu'est-ce qui lui prend à ton père, tu peux me dire ? lui demandera-t-elle lorsqu'il la rejoindra dans sa cuisine.

– J'en sais ma foi rien, ce qui est sûr, c'est que, ce matin en tout cas, il ne nous espionne pas : tu devrais être contente !

– Contente ? Tu parles ! Il doit trouver qu'avec l'allongement des jours on devrait rallonger nous autres aussi les journées de travail, et faire comme lui, se lever plus tôt.

Posant sur la table plus bruyamment que nécessaire les bols du petit déjeuner, elle s'emporte :

– Celui-là, j'te jure, pas besoin qu'il parle pour entendre ses ordres ! Comme si on n'était pas assez grands pour décider nous-mêmes.

– Qu'est-ce que tu vas chercher là, tu sais bien qu'il n'a jamais mis le nez dans nos affaires !

– Qu'est-ce que je vais chercher, mais la vérité qu'elle crève les yeux des aveugles ! Et je te le dis, crois-moi, il vaudrait mieux que ce soit ça qu'il veuille nous faire entendre !

Ce temps d'arrêt qu'il connaît bien, avant le pire :

– Si c'est pas le cas, alors, mon pauvre, tu peux être sûr que c'est dans leur tête que ça tourne pas rond parce que, réfléchis un peu : si c'est pas contre nous qu'ils en ont, ça peut qu'être le gosse pour les chambouler à ce point.

– Mais qu'est-ce que tu vas encore chercher ?

– Qu'est-ce que je vais chercher, tu le redemandes ? Mais je te dis : ce qui crève tes yeux et va mal tourner ! Ce gosse, personne veut rien y voir, mais il les rend mabouls, et pas un des deux pour sauver l'autre ! Ils s'en sont entichés, et maintenant, eh bien, patatras ! Je les ai assez mis en garde, je le leur ai assez répété qu'il était fait pour partir et qu'il fallait pas s'attacher à un môme qui vous est rien et qu'en plus les parents sont francs calus. Et avec ça, ils nous auront mis l'Isidore et la Marie à dos que c'était déjà pas une affaire de les avoir, ces deux-là, pour voisins !

Le ton monta d'un cran :

– Bonne mère, ils ont presque quatre fois vingt ans, tes parents, et pas plus de jugeote qu'un marmot au sein. Tu peux m'expliquer ce que ça avait de sensé d'attirer ce gamin ici ? Ma mère l'a toujours dit : chacun chez soi et les poules seront bien gardées.

Elle soupira et reprit sans lui laisser à lui le temps d'un souffle :

– Et encore, une chance qu'il lui soit rien arrivé à toujours rôder par là : avec le père avocat – que, ces merles-là, c'est filou et compagnie à récolter les sous du mensonge –, on aurait été dans de beaux draps ! Sans compter que, même si on continue à me le reprocher à moi, ton père nous a foutu par terre l'anniversaire de Freddy que, de sa vie, il ne reverra plus ses dix-huit ans ! Ça, crois-moi, je suis pas prête à le digérer ! Tu peux me dire, ils lui trouvent quoi au rejeton des menteurs à part d'être effronté et malpoli à vous dire « tu », âgé ou pas, comme si on avait gardé les cochons ensemble ? Tu peux me le dire, je te le demande, quoi ils lui trouvent ?

– J'en sais rien… C'est quand même le fils d'Isabelle, et tu ne peux pas le savoir, toi, mais Isabelle, gamine, était du matin au soir fourrée ici.

– Parlons-en de votre Isabelle : dix ans que vous l'avez pas vue, et il y a dix ans elle tuait ta sœur !

– Tais-toi !

– Me taire ? C'est peut-être pas vrai ce que je dis ? D'abord, elle qui était toujours fourrée ici comme tu dis, explique-moi pourquoi, si elle se sentait pas coupable, elle y remettrait plus les pieds !

– Assez ! Elle se sent peut-être coupable, mais elle ne l'est pas. Et tu veux que je te dise : ce petit, quand je le vois, je comprends mes parents… Des fois, quand je le regarde, c'est plus fort que moi, je crois voir Manon.

– C'est bien ce que je pense : il vous rend tous mabouls ! Heureusement qu'il part parce que même Frédéric est en train de s'en enticher : ça rime à quoi, tu peux me dire, cette histoire de veau ?

Dire quoi que ce soit, il ne le peut, il n'a pas le temps. Rien que l'habitude.

– En tout cas, qu'ils viennent pas pleurer, tes parents, parce qu'à mon idée ils sont pas près de le revoir, le gamin. C'est du monde que c'est pas notre monde, ces gens-là, et ils vont pas revenir traîner leurs guêtres par ici ni laisser leur mioche s'embouser dans vos prés. Même de son père et de sa mère, ton Isabelle, elle a honte.

XXVIII

Abel, en effet, était rentré avec l'odeur du café, laissant la porte ouverte derrière lui. La fraîcheur du dehors n'aurait pas raison de la tiédeur encoconnée entre les larges murs de pierre.

Sophie posa leurs deux bols sur la table, deux bols reçus en cadeau de mariage et qui, vieux comme eux, ébréchés un peu, étaient encore là, celui d'Abel plus grand, la cousine qui les offrit estimant sans doute à l'évaluation de son propre estomac l'appétit des hommes supérieur à celui des femmes. Ce qui est sûr, c'est que ces deux bols avaient été de tous les matins.

Autrefois, du temps des rudes travaux, avant le traditionnel café au lait, Abel dévorait œuf mollet, saucisson, fromage, et trempait ensuite de larges tartines de pain beurrées recouvertes du miel de ses ruches dans son bol.

Sophie, comme chaque matin, versa le café et le lait.

Mais ce matin-là ne ressemblait pas tout à fait aux autres.

De temps en temps, Abel et elle s'arrêtaient de manger. Levant les yeux, ils se regardaient. C'était comme s'ils s'assuraient que toutes les richesses de leur vie tenaient bien là, comme si chacun les comptait dans le regard de l'autre. Eux deux et, entre eux, le pain, le lait, le miel, le café fumant, le feu, l'horloge : ce battement du cœur de la maison qui ne s'arrêterait qu'avec le leur. Et puis ce regard du chat veillant en maître sur l'ordre des choses, celui de Friponne allant de l'un à l'autre, regards sans ombres au fond desquels l'amour n'est pas interrogation mais évidence.

Le pas de Jacques au-dehors leur rappela, si besoin était, qu'ils s'étaient levés plus tôt que d'habitude.

Ils comprirent que ce pas hésitait, mais ce n'est pas tellement à cela qu'ils étaient attentifs. Ensemble, ils se penchaient, de loin, sur le réveil d'un enfant qui allait vivre sa dernière journée si proche et pourtant si loin d'eux.

C'était ainsi.

Ensemble, ils recevaient ce jour et sa blessure comme chacun des autres jours de leur vie.

Lentement, ils mangeaient, se taisant ou échangeant ces menus propos qui tissent les heures.

Par deux fois, Sophie avait sursauté. Non, ce n'était rien. Rien d'autre qu'un galop du vent à l'angle du chemin, un raclement de sabot ou de chaîne, là-bas, dans l'étable. La troisième fois, ensemble, ils se redressèrent : quelqu'un courait... une course qu'ils auraient reconnue entre mille.

En hâte, reposant son bol, Sophie fut devant la porte.

Elle reçut le choc du gamin contre sa poitrine, mais ce qui la pénétra surtout, à en crier sous l'impact, ce fut l'éclat du regard noir plein à ras bord d'un trop plein de tout : le regard de sa fille au retour d'escapade, ébloui.

– Mais d'où tu sors ? lui demanda-t-elle, l'empoignant par les épaules et tentant, dans le geste, de se ressaisir. T'es trempé comme au sortir d'une mare.

En sueur, il était, haletant et crotté jusqu'aux oreilles.

Abel jeta un regard sur l'horloge. Elle marquait 6 h 34.

– Mais d'où sors-tu, à cette heure ? répéta-t-il en écho.

Les parents étaient-ils arrivés la veille et s'apprêtaient-ils à partir avant le chaud du jour ?

À lui seul, le regard du gamin démentait l'hypothèse raisonnable. La raison n'a pas tant d'éclat.

– Tu sors d'où ?

– De là-haut !

– Là-haut ?

– Ben oui !... D'où tu m'as montré : de Pierre Haute. Je suis allé tout seul sur le toit du monde, Abel. Je l'ai vue, la nuit, de là-haut.

Ses yeux la retenaient encore.

– Je voulais voir la nuit, toute la nuit grande de là-haut.

Il écartait les bras sans la serrer entière. Seul son regard d'enfant pouvait contenir cette immensité-là.

– Et puis j'ai attendu le jour. Abel, y a pas juste que l'étoile que je veux emporter dans mes yeux. Il fallait que je retourne pour tout emporter, tu comprends ? Tout.

Abel ne savait pas s'il comprenait.

Il se leva.

Sophie, en hâte, réchauffait des serviettes dans son four.

– Assieds-toi contre le feu, ordonna-t-elle.

– J'ai pas froid !

– Je comprends bien que tu n'as pas froid, tu es en sueur ! Mais le froid court derrière l'humide : il ne tardera pas à te rattraper. Ne bouge plus.

Elle le frictionnait avec l'envie de lui dire comme à Manon : « Tu me rendras folle ! »

Jacques, lui, avait toujours été un enfant rangé, sans rêve inaccessible. C'était reposant.

– Tes grands-parents sont au courant ? demanda Abel, sachant que la question était inutile et qu'il détenait la réponse.

– Tu parles bien que non ! Je suis passé par la fenêtre. Ils ronflaient.

En riant, il imita deux ronflements : l'un rauque, s'étranglant en bout de course, l'autre aigu comme un miaulement de chat famélique.

– De nuit, tout seul, et pas plus habillé que ça ! gémit Sophie. Et toi, plus déraisonnable, si c'est possible de lui avoir mis de pareilles idées en tête !

– Je voulais rien faire de mal... dit Justin. Que vous revoir... et tout revoir : c'est moins dur après de partir.

Le regard d'Abel sur l'enfant se troubla. Sa main ébaucha un geste, retomba, mais alors qu'il allait reprendre sa place à table, ses yeux ne lâchaient pas ceux du petit.

– Moins dur, dit-il, le fixant toujours, de partir après qu'on a fait ce qu'on avait à faire et tout laissé en ordre. C'est ça ?

– Oui, c'est ça.

Les yeux noirs arrêtés sans ciller dans ceux encore plus bleus qu'ils ne sont d'ordinaire.

– Même s'ils m'obligent, Abel, et que moi je veux pas... Personne, en vrai, m'aura obligé pour de bon. Ils le sauront pas, mais moi je le saurai, toi aussi tu le sauras. Tu comprends ?

– Oui, dit Abel.

– Et moi, dit Sophie, je ne comprends pas, je n'ai jamais compris qu'on se mette dans pareil état. Pourquoi vouloir toujours plus, toujours plus loin, quand on a déjà tout entre les mains ?

Elle achevait de frotter le gosse.

– Allez, mets-toi à table ! gronda-t-elle.

Déjà, elle avait rajouté un bol, mis le lait à chauffer, tartiné le pain de beurre et de miel.

Justin, après la course de nuit sur le plateau, dévorait.

Sur la table de cuisine, leurs bols à eux étaient encore à moitié pleins. Ni l'un ni l'autre ne songeait à boire ou à manger. Assis face à face à leur place coutumière, ils rajoutaient le lait dans le bol de l'enfant, lui coupaient et beurraient le pain qu'ils couvraient de miel. Plus qu'il n'en aurait pu manger. Ils le regardaient et ils souriaient. En d'autres temps, ils avaient nourri leurs petits et cela s'était fait naturellement parce que c'était naturel.

Là, c'était différent. Le temps avait passé. Ils ressentaient une fois de plus du bonheur, et peut-être – ils n'auraient osé se l'avouer – un contentement jamais encore éprouvé à voir cet enfant assis à leur table, qu'ils nourrissaient de leur pain, du lait et du beurre de leurs vaches, du miel de leurs abeilles. Un enfant qui d'ici moins d'une heure s'envolerait. Ils le savaient, d'avance ouvraient les mains. Pourtant, et ni l'un ni l'autre ne pouvait s'en défendre, c'était comme si aboutissaient en lui, en cet instant, toute l'attente, la joie, les peines et le travail d'une vie. Un enfant, entré sous leur toit ainsi que chez lui, rougissait ses joues à la chaleur de leur feu et réchauffait son cœur dans leurs yeux.

– Maintenant, il faut t'en aller, suggéra doucement Sophie, après un regard sur le cadran de l'horloge… si tu veux rentrer par le même chemin.

– Y a intérêt, dit Justin, bondissant sur ses pieds : mamie a dit à papy, j'ai entendu : « Mets le réveil à 7 heures que demain j'ai à faire avant qu'ils arrivent. »

Ils étaient là, tous les trois, hésitants.

Justin précipita les adieux, se jetant dans leurs bras et s'en arrachant aussitôt.

Sur le point de détaler, seuil déjà franchi, il se retourna :

– C'est bien, leur dit-il, étonnamment grave et décidé, c'est mieux que tout. Mieux que bien mieux… Je regrette pas rien du tout.

Le temps d'entendre et il n'y eut plus qu'une fuite vive dans la cour, puis le silence.

– Et, bien sûr, tu me diras encore, une fois de plus, que j'ai tort ! triompha Julienne, le nez sur sa fenêtre. Devine donc qui sort de chez tes parents à pas même 7 heures du matin !

– Qui veux-tu qui sorte de chez eux ? s'impatienta Jacques sur le point d'aller prendre sa douche après la traite du matin.

– Le gamin de l'Isabelle !

– Foutez-lui la paix à ce mioche, grogna Frédéric qui entrait cheveux en broussaille, tiré du lit on ne sait pourquoi de bonne heure.

Et il ajouta, entre deux bâillements :

– C'est pas obligé d'en avoir toujours après quelqu'un. Votre Isabelle, elle est peut-être conne, mais le môme Justin n'est pas forcé d'en tenir.

Et, s'affalant sur une chaise :

– Tel que vous me voyez, moi : l'héritage, on peut le dire, était risqué ! Eh bien, j'ai échappé à la langue de ma mère !

– Tu ferais bien de le regretter qu'elle t'aurait fait avocat !

XXIX

« Et voilà, se dit Abel, ils sont partis. »

Justin avait dû transmettre l'invitation de Sophie à sa mère, mais Isabelle n'était pas venue, fût-ce en courant.

Abel soupira.

Le soir tombait. C'était une journée comme les autres. Lui et Sophie l'avaient remplie, comme les autres, de tâches quotidiennes. Les jours ne reviennent pas en arrière, tout au plus y redécouvre-t-on, neuf, ce que l'on avait oublié.

Debout devant sa porte, alors que mijotait dans son dos le repas, Abel regardait monter l'ombre. L'immensité s'effaçait et la lumière du soleil couchant, même si rien ne se levait pour lui faire obstacle, ne l'éclairait plus que faiblement. Les blocs de granit montant, ici ou là, sur les prés leur garde austère, lentement se fondaient dans la nuit.

Une bouffée d'amour pour ce monde en train de lui échapper gonfla le cœur du vieil homme : cette terre lui appartenait, mais il lui appartenait aussi, comme son père, son grand-père, son arrière-grand-père et ceux d'avant lui avaient appartenu. À jamais, ils étaient liés à ces lignes infinies que seule la nuit absorbe. Ces prés à perte de vue, c'était lui, cette maison, le frêne dans la cour, les murs de granit, le ciel s'arrondissant jusqu'à toucher terre, c'était lui. C'étaient eux.

En ce moment comme jamais, Abel aurait souhaité que Frédéric soit à ses côtés pour lui parler de ceux d'avant qu'il ignorait, et de cette maison posée par eux sur le sol comme une signature de pierre.

Frédéric était le dernier. Il était celui qui recueille le fruit du labeur de la lignée.

Abel ne savait plus très bien ce que signifiaient encore pour la génération nouvelle cette continuité, ces valeurs, ce mythe d'une éternité de la mémoire enraciné en lui. Probable qu'à l'instant de parler, si son petit-fils avait été là, la gorge du vieil homme se serait contractée et qu'aucun mot n'aurait pu en sortir tant la distance est difficile à franchir. « Mon petit, mon petit !... Si tu savais... » implorait en lui une voix impuissante à faire revivre ce qui meurt, incapable de perpétuer quelque chose de la saveur de la vie et des rêves des êtres qu'il avait aimés. Il avait cent ans tout à coup.

Son présent, Abel l'avait toujours vécu en équilibre entre passé et avenir. Chaque jour, à la différence de Frédéric et même de Jacques, il avait tourné vers demain une vie qu'hier nourrissait. Toute son existence, il avait souhaité, comme son père, comme ce grand-père qu'il chérissait, tel un passeur entre deux rives, sans oublier d'où il vient, aller vers le futur, cultivant à leur exemple le goût de l'effort et une sereine tolérance.

« Y a pas que l'étoile que je veux emporter », chuchote en lui la voix de Justin.

Elle dit, cette voix :

« Il fallait que je retourne là-haut pour tout emporter, tu comprends ? Tout ! »

– Oui, murmure Abel.

Il comprenait.

– Oui, dit-il.

L'été, l'enfance, un renouveau possible...

C'était l'heure où se taisent les oiseaux, où la nature s'offre au silence.

La nuit pouvait recouvrir le paysage grandiose et familier que les siens avaient connu depuis des siècles et des siècles, Abel le portait en lui. Et la nuit aussi, il la portait en lui, cette nuit des Hauts Plateaux à nulle autre semblable.

Tant de fois, se souvient-il, face à l'étendue des prés ou la tête dans ce ciel d'août constellé d'étoiles, immergé dans l'harmonie du monde, il a suffoqué de bonheur. C'est un privilège prodigieux, il le sait, que cette nature intacte.

Parfois, comme en cet instant, il arrive à Abel de s'attrister, de redouter que cassent les liens et s'inscrive, avec la rupture, le mot « fin ». Homme de la terre, il sait, bien sûr, que ce qui meurt renaît. Autrement, parfois. Ailleurs. Mais il sait aussi qu'il est des morts dont rien ne doit renaître.

« Le progrès, songe-t-il, on peut dire que je l'ai espéré, et mon père l'a espéré avant moi ! Et on n'a pas eu peur de retrousser les manches pour y apporter notre part. »

Jamais peut-être autant qu'au moment où il le voyait poindre il n'a été heureux. Comme des fiançailles avec l'avenir. Il était plein d'espoir pour les générations nouvelles. Le progrès arrivait telle la poussée de sève du printemps. Il allégeait le travail des hommes, apportait du confort dans leur vie. Il lèverait l'arbre du futur au-dessus des racines du passé. Mais, peu à peu, Abel avait vu gagner l'individualisme là où il attendait la fraternité, la soumission à l'argent où il croyait voir fleurir la liberté, le toujours plus où il attendait l'apaisement, le culte de la jouissance en place du bonheur. Il avait cru en l'entente entre les peuples…

Son père et lui à sa suite s'étaient-ils trompés ?

Maintenant que le progrès était là, s'emballant sur ses rails, le doute s'installait où était le rêve.

Dans les yeux de son petit-fils où il croyait pouvoir lire l'émerveillement – et jusque dans son pas – il découvre le désenchantement.

L'espoir avait été la pierre sur laquelle cet homme avait bâti son avenir. Quel avenir sans espoir ?

Un monde nouveau naissait, le culte du profit édifié en place des grands rêves qui ont porté l'humanité. Ce pour quoi des générations, les unes après les autres, se sont battues, jeté au fumier, désavoué.

« Pourquoi faut-il que ce qui construit détruise ? » se demandait-il.

Cette forme d'autodestruction, il ne pouvait s'empêcher de la voir raciner dans le présent et il savait, d'expérience de paysan autant que de jardinier, qu'il est des plantes qu'il faut extirper avant qu'elles ne grainent.

Sortant d'un monde presque immobile, le vieil homme se sentait emporté par un courant dévastateur. Les freins lâchaient et il se surprenait à avoir peur pour ces jeunes qui viendraient derrière lui. À moins, osait-il espérer, que la vue leur revienne en même temps que le bon sens.

« Rois, présidents, peuples… un théâtre de dupes ! En réalité : la botte de la finance, et le monde sous son talon. »

Mais il y avait aussi l'enchantement de Justin, son allégresse, ce goût du bonheur qui lui veloutait les lèvres et cloutait ses yeux d'étoiles…

Sophie avait laissé ses casseroles mitonner au coin du fourneau. À son tour, debout près d'Abel, elle regardait avancer la nuit. Mais ce n'est pas vraiment la nuit qu'elle voyait.

– Isabelle, une fois encore, sera repartie sans même venir nous saluer, dit-elle.

Abel ne regardait plus devant lui. Il regardait Sophie dont il devinait dans l'ombre le visage attristé. Il aurait voulu la prendre dans ses bras, lui dire qu'il l'aimait, que rien de vicié ne pouvait avoir prise sur elle sans devoir d'abord le traverser lui et ce ciment qui les soudait ensemble depuis toujours. Il lui aurait aussi parlé de ce petit qui était le fils d'Isabelle et ne leur était rien à eux, mais dont la présence, si comptée soit-elle, avait ensoleillé leur été. Mais il ne savait pas, bien que partageant sa déroute, ce qu'il fallait répondre au constat désabusé de sa femme. Il lui prit seulement la main et la serra dans la sienne. Et Sophie qui, aussi loin qu'il se souvienne, sans jamais se plaindre, souriait pour qu'il se réchauffe à son sourire, émit une sorte de sanglot.

– Pour nous fuir à ce point depuis dix ans, lâcha-t-elle brusquement comme on pose un fardeau, il faut vraiment qu'elle pense que, quoi qu'on en dise, on la croit coupable de la mort de Manon.

Elle se moucha, retint un nouveau sanglot.

– C'est encore plus dur, dit-elle. Comme si ce n'était pas déjà assez et qu'il faille se déchirer encore… Tant que je les croyais en Amérique… mais maintenant !… Elle ne se rend pas compte à quel point c'est dur !

– Une façon peut-être pour eux de tourner la page. Je ne comprends pas non plus, alors… je suppose…

Il avait baissé la voix.

– … Ils nous fuient… ou ils fuient certaines images qu'on raviverait… Manon était dans leur voiture alors, forcément, même s'ils ne le sont pas, ils se sentent coupables.

– Justement, dit Sophie.

Un moment, elle retint sa voix.

– Ç'a été dur pour eux, je le sais, et ils ont leur vie à faire… mais Isabelle devrait comprendre que j'ai besoin… une fois, une fois au moins pour que la vie continue… de la serrer dans mes bras.

Elle a appuyé sa tête contre l'épaule d'Abel, et ce sont ses bras à lui qu'il referme sur elle.

– Pour eux aussi, dit-elle, je crois qu'il le faudrait… évacuer les ombres… comment vivre sinon ?

Longtemps ils restèrent ainsi, et la nuit devant eux.

Abel n'osait pas parler ni même interroger ses propres pensées de peur qu'elles ne fassent trop de bruit.

Pas tout de suite après le drame mais peu à peu, insidieusement, une colère d'autant plus dure qu'elle était silencieuse l'avait envahi. Oui, même s'il l'avait tu – ça aurait changé quoi de le crier ? –, contrairement à Sophie, il en avait voulu à Isabelle et son mari d'être vivants alors que Manon était morte : c'était lui qui était au volant, non ? Il aurait sans doute suffi de si peu… Il avait, en fait, sûrement, suffi de si peu… une distraction peut-être… Oui, il leur en avait voulu. À lui surtout qui avait le volant entre les mains. Et puis la douleur avait rempli jusqu'à l'espace de la colère et il avait cessé de leur en vouloir, cessé même de penser à eux.

Un jour, la rage n'avait plus eu prise sur lui. Il était resté debout. Debout, et c'était comme si tout ce qu'il y avait encore de vivant en lui l'exigeait. Il le fallait. Pour Sophie. Pour Jacques et le couple qu'il formait avec Julienne. Pour Frédéric. Pour la Barollière. Pour que la vie continue… Aussi, peut-être, pour ne pas donner prise à ce dieu différent de celui qu'il connaissait, un dieu inconnu dont la face venait de lui être révélée, cruel, exigeant sang et larmes.

Dans le même temps, il s'était mis, à cause de la mort de Manon, à aimer plus les hommes. Peut-être parce qu'il savait désormais, sans échappée possible, qu'ils portaient la mort en eux. La fragilité, la vulnérabilité, ce doigt les désignant d'avance qui les mettaient, même au plus chaud de leur vie, en sursis, lui rendaient chaque être précieux. Comme du papillon, envol et battements d'ailes n'étaient que d'un instant. Et cela méritait respect, attention, douceur. En fait, cette fraternité avec l'humanité souffrante ne lui était-elle pas déjà familière ?… Lorsque le gouvernement de son pays avait livré les Juifs – Abel à ce moment-là engagé dans le maquis –, ses parents, à l'appel du pasteur du Chambon-sur-Lignon, avaient ouvert la porte de la Barollière.

– Allons ! dit Sophie, se dégageant.

Et elle lui sourit.

« Julienne a raison, songeait au même moment Jacques qui les observait de l'ombre de l'étable, ce n'était pas bon pour eux de tant s'attacher à ce gosse : il a profité d'eux qui sont vieux maintenant. »

Il voulait dire : vulnérables.

XXX

Sophie, au matin, faisait ses courses au village. Elle était tombée sur Marie Rouvel.

Façon de parler, l'inverse étant plus exact.

En fait, lorsque Marie avait pénétré dans l'épicerie, Sophie, qui s'y trouvait déjà, s'était dit – ce fut plus fort qu'elle –, croisant le regard de sa voisine :

« Si elle avait su me trouver là, elle ne serait pas entrée. »

Rien ou si peu, un regard qui se trouble une fraction de seconde et se ressaisit.

Ici, loin de ce qui grise les hommes et assourdit le monde, on a l'habitude de se maîtriser, la solitude pas plus que l'immensité ne se prêtant aux épanchements. Vents et hivers peuvent ébranler ou figer les hauts plateaux, les demeures de granit demeurent imperturbables, les êtres aussi. Difficile de lire les émotions, elles ne s'étalent pas sur les visages.

Pourtant, après avoir soutenu l'inévitable, aimable et banale salutation d'usage, c'est à peine si Marie eut le temps de détourner la tête et de s'intéresser à quelque pelote de laine tombant à point sous ses yeux pour cacher son trouble. Elle recula de deux pas, se retourna pour l'examiner à la lumière extérieure, ce qui lui permit de tourner le dos, retardant l'instant de faire face à Sophie et de se mêler à la conversation.

Un silence tomba.

Mme Allègre, la joviale épicière, phrase arrêtée sur les lèvres, s'était tue, flairant d'instinct un terrain miné.

À peine un court-circuit. La phrase redémarra sur sa lancée.

– Il va falloir que je me trouve un modèle, déclara Marie reposant enfin sa pelote, l'hiver ne va pas tarder à rappliquer et on aura le temps de se remettre au tricotage.

Elles parlèrent de choses et d'autres, des nouvelles du pays, de ces jours ensoleillés de l'été, un bel été, du proche départ des derniers vacanciers, et Mme Allègre, lorsque les deux femmes sortirent ensemble, avait depuis longtemps oublié son soudain mutisme.

Marie faillit dire qu'elle devait s'arrêter chez ses cousins Guizot mais, comprenant que Sophie ne la tiendrait pas pour quitte, elle n'en fit rien.

Elles traversèrent le village en silence, s'arrêtant pour saluer Berthe qui les guettait, assise sur le banc devant sa porte. Puis elles remontèrent le chemin sans doute plus lentement que ni l'une ni l'autre ne l'avait jamais remonté, comme si chacune de son côté hésitait à prendre quelque initiative que ce soit.

Sophie sentait Marie mal à l'aise. À l'épicerie – était-ce une impression ? –, il lui avait même semblé que depuis leur dernière rencontre elle avait vieilli.

« Le petit lui manque », pensa-t-elle.

Elle comprenait sa tristesse. Alors que leurs mains à elle et à Abel n'avaient rien tenu ou si peu, pour Marie et Isidore c'était comme de se retrouver les mains vides après les avoir eues pleines

« Sait-elle seulement quand ils le reverront ? »

Pour la première fois en dix ans, elle en voulait à Isabelle. Quand on a tout pour être heureux, pourquoi s'inventer du malheur ?

« Justement, se dit-elle, il faut la nuit pour faire briller le jour, et le malheur peut-être pour découvrir le goût qu'avait le bonheur. Moi, avant, est-ce que seulement je savais que j'étais heureuse ? »

Lui revint l'image des repas du soir, du temps où ils étaient tous les quatre à table, les rires, les chamailleries de Manon et Jacques, le regard d'Abel en quête du sien.

« Oui, je savais. »

Depuis sa première rencontre avec Abel jusqu'à la mort de sa fille, elle avait béni chacun des jours de sa vie. Après, quand il n'y avait plus eu ni aube ni nuit ni autre saison qu'un hiver, elle avait traversé les heures à tâtons ne demandant à chacune que de la garder debout jusqu'à la suivante. Et puis, à force de vouloir la lumière pour Abel, pour les enfants, la lumière était revenue aussi pour elle. Le jour s'était remis à succéder à la nuit, et le printemps avait fini par renaître de l'hiver. Multipliant ses semis, jetant ses fleurs à la volée, elle avait, consciemment, ou inconsciemment par quelque instinct plus fort que la volonté, appelé l'été, et l'été était revenu. Elle avait accueilli, y dépensant plus d'amour qu'elle ne croyait en avoir encore en réserve, chacun des jours nouveaux de sa vie, mais jamais plus ne les avait bénis. « Qui mange d'abord son pain blanc doit se contenter ensuite du pain noir », affirmait sa grand-mère. C'était ainsi. Sophie avait appris à aimer son pain noir.

Ces quinze jours de l'été où Justin était assis entre elle et Abel sur le banc du jardin, dans le parfum du soir, si troublant, des roses, Sophie avait eu parfois l'impression que le fil cassé du temps se renouait. Un instant, elle fermait les yeux sur une trop brusque explosion de joie, si soudaine et forte que la douleur y avait part égale avec le bonheur. S'en étonnant, mais redécouvrant un peu de la légèreté d'autrefois, elle s'était remise à bénir ces jours pourtant fragiles au goût retrouvé de pain blanc.

Pour cet été inespéré, elle eut envie de remercier Marie, mais un seul coup d'œil sur le visage fermé comme moellon de granit suffit à l'en dissuader.

Sophie changea son cabas de main. C'était la troisième fois. Jamais il ne lui avait paru aussi lourd.

Marie, depuis leur départ de l'épicerie, portait son sac à provisions sur le bras gauche. Pas une seule fois, elle n'avait permuté de côté. Maigre et d'ordinaire droite comme un i, elle marchait, à chaque pas un peu plus courbée. L'épaule entraînant le dos, elle allait finir par pencher tellement qu'elle semblerait plus petite que sa compagne.

Elles avaient déjà fait un bon bout de chemin lorsque Sophie se décida à parler. Elle n'avait pas voulu le faire plus tôt pour laisser à Marie le temps de se reprendre. Elle, elle savait, et depuis longtemps, ce qu'elle avait à dire.

Son regard se braqua sur Marie, et, malgré elle, se détourna, gêné.

– Marie…

Marie sursauta. Prise d'une hâte subite, sans même s'en rendre compte probablement, elle accéléra son pas.

Sophie ajusta le sien.

– Marie, c'est un peu tard tu me diras, mais je voudrais te demander de m'excuser.

L'autre parut ne pas entendre. Sans doute estimait-elle qu'il était effectivement non un peu tard, mais trop tard.

– Sans le vouloir, poursuivit Sophie qui s'efforçait de lui tenir pied, nous vous avons privés un peu de votre Justin. C'est pas, crois-moi, que nous ayons cherché à l'attirer : ça s'est fait comme ça.

Le pas de Marie, un quart de seconde peut-être, hésita. Plus bref encore, Sophie sentit passer l'éclair d'un regard dont elle n'aurait su dire s'il était de colère, de défiance ou de surprise. À moins qu'il ne s'agisse que d'une interrogation sur le sens de paroles pas plus écoutées qu'entendues.

Devant le silence de Marie, Sophie ajouta :

– Ce n'est pas une excuse, je le sais, et je commence à croire que Julienne a raison de penser que le temps passé par le petit avec nous, c'est du temps que nous vous avons volé.

Brutalement, Marie posa son sac à terre et se planta devant Sophie. Son visage se décomposait.

– Non, dit-elle d'une voix dure que Sophie ne lui connaissait pas, elle a tort, ta Julienne.

– Marie !...

Instinctivement, Sophie, parce qu'elle l'avait vue chanceler, avait tendu la main pour la retenir.

Marie se dégagea, reprit son sac et, tirant des semelles si lourdes qu'elles semblaient ferrées au sol, reprit sa marche. On était pourtant fin août, mais à l'approche de midi le soleil pesait sur la nuque et la vieille femme transpirait.

« S'ils ne nous en veulent pas à cause de ce petit, pourquoi alors nous en veulent-ils ? se demandait Sophie. Est-ce encore cette histoire d'Amérique ? Julienne, à parler et déparler, aurait-elle fait d'eux, sans que nous autres enfermés à la Barollière nous en doutions, la risée du pays ? »

– Marie... si vous ne nous en voulez pas à cause du petit, pourquoi nous en voulez-vous ?

Elles continuaient à marcher dans la chaleur épaisse, et le chemin continuait à monter.

Marie, comme si elle n'avait rien entendu, se taisait.

– Marie...

– Où tu vas chercher ça ?

– Marie !

– Pourquoi, haleta Marie, heurtant du pied une pierre, me harcèles-tu ?

– Pardonne-moi, je ne veux pas te faire de la peine, mais, Marie, je ne comprends pas : Isidore et toi, il nous semble que vous nous en voulez... que... que vous nous évitez. Il doit bien y avoir une raison...

– Y en a pas de raison ! On n'est pas du monde bien causant, pas mieux. Pourquoi diable on vous en voudrait ?

– Je te pose la question. Abel et moi, on pensait que c'était à cause du petit, mais quand il venait, on n'avait pas le courage de lui demander de partir. Juste, on essayait de ne pas le garder trop longtemps, mais il est raisonnable, je t'assure, il ne voulait surtout pas vous faire faire du souci.

Marie toussa : un gargouillis. Comme si sa voix bloquait un flot de larmes emprisonnées dans sa poitrine.

– C'est Isabelle qui ne voulait pas qu'il sorte, finit-elle par lâcher. Elle aurait bien fait de se rappeler qu'à la campagne on n'a pas de chaîne pour attacher les chiens. Alors, les enfants !...

L'exaspération lui aurait donné la force de poursuivre, mais la voix, avec l'accélération de sa marche ou la colère, lui manqua.

Elle marcha encore un moment en silence, puis se retournant brutalement sur Sophie qui peinait à la suivre :

– Pourquoi on vous en voudrait ? On a assez de tracas comme ça sans en inventer !

Sa voix s'enroua :

– Il aurait mieux valu qu'il ne mette jamais les pieds ici, ce petit : c'est que du malheur pour tout le monde.

Elle étouffa un sanglot.

– Par pitié ! implora-t-elle, arrêtée le temps de plonger son regard dans celui de sa compagne.

Laissant Sophie abasourdie sur le bord du chemin, elle partit, courant presque jusqu'à la bifurcation en épingle à cheveux qui conduit à Combe Nègre.

Sophie la regarda s'éloigner.

Machinalement, l'ayant perdue de vue, elle chemina encore quelques mètres, puis elle s'assit sur une pierre à l'ombre d'un frêne pour tenter de reprendre ses esprits.

De temps en temps, elle levait la tête, observant le chemin comme si la femme allait revenir. Mais non, rien. Juste cette violence contenue qui lui écrasait le monde sur les épaules.

Après un moment d'abattement, sans avoir réussi à remettre de l'ordre dans ses pensées, Sophie se dit qu'elle devait rentrer. Elle se leva, reprit son cabas et se remit en route vers la Barollière en espérant de toutes ses forces qu'Abel serait là, que Jacques ne l'aurait pas embauché pour un coup de main dans les champs.

Surtout ne pas rencontrer Julienne. Pas encore.

Marie ne l'avait pas convaincue.

Tout au long du trajet, une question la tarauda :

« Nous en veulent-ils ou sont-ils malheureux au point de haïr l'univers entier ? Dans l'un et l'autre cas, pourquoi ? »

Elle passait de la pitié à la colère pour revenir se heurter au même constat : l'absence de vraie réponse. Ce qui, au début, n'était qu'incertaine supposition pesait de plus en plus. Marie niait leur en vouloir mais n'avait pas autrement répondu, et son hostilité crevait les yeux. À travers toute cette violence muselée, il semblait à Sophie qu'un enfant était en péril. Et ça, elle ne le supporterait pas.

– Enfin ! soupira-t-elle, trouvant Abel à l'angle de la cour, en train d'inspecter le chemin par où elle allait arriver.

– Entre vite, dit-il, angoissé de la découvrir ainsi fatiguée au bout de ce chemin qu'il entrevoyait de plus en plus long, de plus en plus chaud, avec ce panier devenu trop lourd qu'il lui arracha des mains.

C'était bien cette femme qu'il attendait, mais pas l'appel au secours de ses yeux.

Et c'était bien lui qu'elle espérait, calme, au bout du chemin.

Ils parlèrent longtemps de ces choses qu'ils avaient l'un et l'autre sur le cœur. Longtemps.

Au-dehors, les oiseaux se taisaient poussés par un vent du sud qui, à peine levé, rassemblait ses nuages au-dessus des prés. S'il retombait trop vite, cela ne ferait que sécher un peu plus les regains déjà bien maigres cette année.

Après le repas et une sieste au cours de laquelle, avant de sombrer à son tour, Abel écouta longtemps la respiration de

Sophie meubler le silence, l'après-midi passa sans qu'ils le vissent passer.

Jardin et fleurs arrosés – puisque la pluie accrochée trop haut leur avait encore refusé son aide –, ils se retrouvèrent assis face à face de chaque côté de la table selon leur habitude. Et, c'était étrange, l'un et l'autre sentaient encore la présence de l'enfant entre eux. Un enfant qui riait en mangeant leur pain, mais dont Marie, une Marie dont la voix n'était plus la sienne à force de se battre contre elle-même, avait dit : « Il aurait mieux valu qu'il ne mette jamais les pieds ici. » Et encore, martelé presque, avant de fuir : « C'est que du malheur pour tout le monde. »

Abel jeta un coup d'œil vers la fenêtre. Le soir tombait, rouge, sur l'horizon, la pluie ne serait pas encore pour demain.

– Pourquoi serait-ce du malheur ? demanda-t-il, visiblement faisant un effort pour ressentir quelque chose d'autre qu'une révolte. Est-ce qu'ils le savent seulement ce que c'est, le malheur ?

– Je n'en comprends pas plus que toi, Abel, soupira Sophie, rajoutant une bûche à son fourneau sans en être réchauffée pour autant.

Et elle dit :

– En ce moment, oui, il me semble qu'ils savent ce que c'est.

XXXI

Jacques, ce matin-là, saluant son père debout comme à l'accoutumée sur le seuil de sa porte, eut envie de s'arrêter une minute. Parler de rien, du temps, du travail du jour. Regarder ensemble la lumière se dégager de l'ombre.

Malgré lui, à l'instant de le rejoindre, il se retourna et sut que, derrière la fenêtre de sa cuisine, Julienne l'observait. Il s'achemina vers l'étable, furieux contre ce ciel de bonne heure trop clair, contre sa femme au nez du matin au soir collé à la vitre comme si elle était encore dans son village et qu'il y ait quelque chose à voir, furieux contre son fils dont les grasses matinées s'engraissaient de jour en jour. Furieux contre lui-même.

Tête baissée, Jacques avançait avec l'impression justement que s'il la relevait, cette tête, il allait se heurter à un autre monde dont il avait perdu la trace. Les yeux obstinément fixés sur ses pieds, c'est quand même son père qu'il voyait. Comme si l'autre l'appelait. Pourquoi ce matin après tant d'autres matins identiques ?

L'homme haussa les épaules. Une journée de travail l'attendait où chaque question devrait avoir sa réponse concrète.

Un moment, il s'arrêta sur le seuil de l'étable. Pas le moindre brin de vent n'arrivait jusqu'à lui. La météo annonçait pourtant du vent du sud et l'orage dans la nuit. La terre avait besoin de pluie. Se relevant lourdement de leur litière, les vaches, à l'arrêt insolite de son pas, se mirent à meugler, réclamant leur dû.

Jacques ouvrit la porte. Machinalement, avant d'entrer, il leva une fois encore les yeux. Le ciel était encore gris où s'infiltraient les premières lueurs du jour. Malgré ce gris, il ferma les paupières, comme ébloui par le choc de la lumière. Brutalement, le goût de sa vie lui sautait aux lèvres, un goût oublié.

Il avait cinq, six ans peut-être... Son père ou son grand-père, il ne savait plus lequel, lui avait appris ça : le matin, en s'éveillant, vide encore, écouter le jour. Parce que c'est d'abord au son qu'on sait l'humeur du ciel, ses couleurs, l'absence ou la présence de cette lumière toute faite de silence et de la palpitation plus ou moins légère, plus ou moins lourde, qui passe dans le souffle de l'aube. Il avait cinq, six ans... Ce jour-là, dans la tiédeur de son lit, yeux clos, il écoutait le matin. Cela seulement : tout juste éveillé, il écoutait... Entre les volets entrebâillés avait passé un filet de lumière et le matin tout entier était entré en lui. Une onde de bonheur l'avait submergé.

En cette seconde, quelque quarante ans plus tard, c'est ce goût d'un bonheur oublié qu'il retrouve. Le matin, celui d'il y a quarante ans et celui d'aujourd'hui, lui colle aux lèvres. Comme au printemps l'eau retrouve d'elle-même le chemin des sources, l'enfance gelée en lui déborde.

Jacques s'étonne, pendant qu'il s'occupe de la traite, de sentir affluer en lui les souvenirs effacés par la suite des tâches et des jours. Vieux débris oubliés. Non. Instants magiques, éblouissants – plus précieux tout à coup que l'argent cher payé de ses comptes en banque – et sur eux, il se rendait compte, ni temps ni usure n'avaient eu prise. Aucune dévaluation.

À Pierre Haute, sur l'arrondi des prés, on montait les vaches à la fin des fenaisons. Les soirs un peu plus chauds que les autres, son père et lui s'asseyaient sur le rocher émergeant à peine des herbes.

« Là, lui disait Abel, la peau du ciel touche la peau de la terre. »

Entre, il n'y avait qu'eux deux, et plus rien. La tête de l'enfant s'appuyait contre le bras de son père. Dans l'odeur des bêtes, ils regardaient le vent en chien de berger poursuivre les nuages et se coucher sous le ciel, ils écoutaient les voix multiples, plus audibles dans le soir que dans le jour.

Jacques a dans les narines, en cet instant précis où il tapote de la main le flanc d'une de ses vaches, l'odeur du veston de son père, mélange de savon de Marseille et de sueur.

« De cela, se demande-t-il, est-ce qu'il se souvient, lui ? »

Son père... Toujours, pour chaque projet, chaque amélioration, Abel lui a donné son appui moral et financier. Peu de mots mais, dans ce silence, Jacques doit reconnaître qu'il l'a toujours trouvé à ses côtés, alors pourquoi la parole est-elle aussi difficile ?

« Chaque heure, se dit-il, j'ai passé chaque heure à courir après le temps, sans place pour l'inutile... »

À ras bord, il avait rempli chacune des heures de sa vie. Il avait, avec le reste, rentabilisé le temps. Ce qu'il découvrait, qu'il n'avait peut-être jamais voulu admettre comme si le constat eût risqué d'entraver sa marche, c'est qu'un lien plus fort qu'il n'imaginait l'attachait à cet homme immobile sur le pas de sa porte.

L'écartant, n'était-ce pas de lui-même qu'il s'était écarté ?

Il était 10 heures du matin. Le soleil brûlait comme il peut faire quand il ouvre une gueule de feu sur ces hautes terres trop proches du ciel pour se défendre de sa morsure.

Rentrant pour le café, Abel avait estimé :

– Encore deux jours à ce train et on peut être sûrs que quand ça tombera, ça pissera des cordes !

– Alors j'ai le temps de refaire tourner ma machine, avait estimé Sophie que la météo du matin laissait perplexe.

De bonne heure, elle avait étendu une lessive et s'apprêtait à mettre en route la deuxième.

Il était 10 heures.

– Est-ce que vous auriez encore une tasse de café pour moi ? demanda Julienne, raclant ses semelles sur le seuil.

Elle savait que sa belle-mère ne ratait jamais la pause ni le café de milieu de matinée.

– Tu tombes bien, il finit juste de passer, sourit Sophie, sortant une deuxième tasse.

Au début de son mariage, Julienne traversait souvent pour partager ce moment entre femmes, et Sophie avait espéré que cela les rapprocherait. Le temps passant, les visites s'étaient faites plus rares. Abolies presque avec la naissance de Frédéric, elles redevenaient, semble-t-il, un peu plus fréquentes.

– Ouf ! souffla Julienne, se laissant choir sur une chaise, je suis fatiguée.

Elle n'en dit pas plus.

Sophie l'examina du coin de l'œil, inquiète, déjà. Sa belle-fille n'avait pas l'habitude de se plaindre ni même de se taire.

Ayant longuement remué le sucre dans sa tasse, Julienne finit par déguster son café par petites gorgées, en silence, l'air si absorbé que le cœur de Sophie se serra. Elle allait lui demander ce qui n'allait pas. Julienne la devança au moment précis où elle ouvrait la bouche :

– Il a couché chez vous, le gamin des Rouvel, l'autre nuit ? Vous êtes bien cachottiers !... si je l'avais pas vu partir, on en aurait rien su. C'est les grands-parents qui vous l'ont envoyé ?

« Bon, se dit Sophie, on avait bien besoin de ça ! »

À regarder Julienne, elle avait l'impression d'avoir en face d'elle un mur, et l'hostilité qu'elle devinait lui glaça le cœur. Sophie était lasse et n'avait envie de se battre avec personne.

– Ni l'un ni l'autre : ses grands-parents ne nous l'ont pas plus envoyé qu'il n'a couché ici. Il est venu en courant dire au revoir. Tu l'as vu sortir, tu aurais pu aussi le voir entrer un quart d'heure plus tôt.

Julienne la dévisagea, incrédule. Une lueur passa dans son regard. Sophie comprit qu'elle ne la croyait pas.

– À 6 heures et demie du matin, alors que ça pionce à cet âge-là jusqu'à midi !

– Qu'est-ce que tu veux que je te dise, Julienne ? Pas celui-là, il faut croire. Tu me poses une question, je te réponds. En tout cas, sur ce que je sais. Sur ce que j'ignore, je ne peux pas répondre.

Tout cela n'avait aucun sens, non aucun, vraiment.

Sophie regarda sa porte ouverte avec l'espoir d'y voir s'encadrer Abel, ou même Jacques, ou Frédéric. Mais chacun d'eux, il fallait croire, était occupé ailleurs.

Le regard de Julienne gênait Sophie. Il lui semblait qu'à travers elle c'était contre Justin que butait l'animosité de sa belle-fille. Elle préférait encore l'entendre parler.

– Allez, dit-elle, que ça ne t'empêche pas de boire une autre tasse de café tant qu'il est chaud. Je me demande bien où sont passés nos hommes ! Est-ce que tu as vu Abel ? Il devait m'apporter des rattes.

Mais il aurait fallu plus qu'un café et une question sans importance pour que Julienne lâche le morceau. L'air absorbé, elle dégusta sa deuxième tasse. Elle et Sophie avaient cela en commun : l'amour presque immodéré du café.

En ce moment, Sophie aurait volontiers abandonné tasse et cafetière pour se retrouver dehors, au jardin, dans les prés, n'importe où, à respirer ce vent du sud capiteux et tiède, à s'emplir un jour de plus de lumière, fût-elle mordante comme elle sait faire avant l'orage, l'hiver serait toujours assez long. Elle aurait volontiers proposé à sa belle-fille de sortir sur le pas de la porte, ce qu'elle aurait fait sans elle pour trier ses haricots, mais elle la savait susceptible, et de là à s'entendre dire qu'elle l'avait mise dehors, il n'y avait qu'un pas. De ces pas vite franchis.

Par-dessus sa tasse, Julienne l'observait toujours.

– J'espère en tout cas, reprit-elle, que vous n'y êtes pour rien.

Et, pour la première fois, il sembla à Sophie qu'elle était sincère, qu'elle souhaitait du fond du cœur qu'ils n'y soient pour rien.

– Mais de quoi parles-tu ? En quoi pourrions-nous être responsables et de quoi ?

– Ça s'est mal passé à Combe Nègre quand ils sont venus reprendre le petit. Pourquoi, j'en sais rien ! L'ayant vu sortir d'ici, j'ai cru que c'était parce que leur gamin avait découché, mais si c'est pas ça... Avec les parents ou avec les grands-parents, qu'est-ce qui s'est passé ? Je sais pas, moi... Ce qui est sûr, c'est que ça a dû barder !

– Qu'est-ce que tu racontes, mais qu'est-ce que tu racontes ? s'emporta presque Sophie.

Elle avait devant les yeux le visage de Marie lors de leur rencontre, un visage, malgré ses efforts pour dissimuler, détruit. C'était ça : un visage détruit.

– Je raconte que Jacques était dans la pâture des génisses. Il les a vus arriver, les Parisiens, il les a vus repartir. Le tout a pas dû prendre plus d'une heure. À peine arrivés, ils ont envoyé le gamin s'enfermer dans la voiture – sans doute pour s'engueuler à leur aise – et ils sont partis une demi-heure après sans même qu'ils le laissent redescendre pour embrasser les pauvres vieux. Comme des fous, ils sont partis, et personne a pointé le nez dehors pour les accompagner jusqu'à leur voiture.

– Ce n'est pas possible ! Justin nous a expliqué que sa mamie avait passé toute sa journée, la veille, à leur préparer un bon repas, et qu'elle comptait même se lever de bonne heure pour les bien recevoir !

– Écoutez, il fallait que j'en parle avec vous : eh bien, c'est fait !

Un silence tomba durant lequel Julienne, pensivement, examina sa belle-mère.

Sophie était atterrée. Encore incrédule, elle interrogeait Julienne du regard : il lui semblait par instants qu'elle ne savait pas ce qu'elle disait.

– Tu es sûre ? demanda-t-elle.

– Pardi, plus que sûre. Sûre et certaine.

Sophie hocha la tête. Elle s'appliquait à placer l'anse de sa tasse perpendiculairement à la cuillère à café posée sur la table, et cela semblait lui demander un énorme effort de concentration.

– Vous allez pas vous mettre martel en tête, s'interposa Julienne, moi, franchement, ça m'aurait embêtée que vous y soyez pour quelque chose à trop vous être attachés à ce mioche. Du moment que c'est leurs oignons, c'est leurs oignons ! Nous, on n'a rien à y voir, et on n'a rien vu.

Un bon moment encore, elle observa cette femme désemparée qui lui faisait face.

– C'est rien, mamie, dit-elle, j'aurais mieux fait de me taire.

Sincèrement, elle se reprochait son intervention.

– Jacques a raison, je parle trop. Vous le voyez bien que vous y êtes pour rien : il est passé vous voir, ce petit, eh bien, il est passé vous voir ! C'est quand même pas pour ça qu'ils se sont écharpés, ces calus ! C'est rien, je vous dis.

Tout à l'heure elle lui en voulait, maintenant c'est à elle qu'elle en voulait.

– Hier, confia Sophie, posant son regard dans celui de sa belle-fille, j'ai rencontré Marie en faisant les courses au village. Nous sommes remontées ensemble. Je voulais lui demander, un peu tard tu me diras, de nous excuser d'avoir accaparé un peu leur Justin. Elle n'a pas paru s'en soucier. Mais depuis, je ne peux penser à rien d'autre qu'à elle. Elle était… je ne peux pas te dire. Elle n'était plus elle-même, ce qu'il y a de sûr. Elle m'a fait pitié, et elle m'a fait peur. Après ce que tu viens de m'apprendre, elle me fait encore plus pitié.

– Ils ont tous pété les plombs dans cette baraque, estima Julienne.

Les yeux de Sophie s'étaient noyés de larmes mais elle ne pleurait pas. Julienne pensa à une réflexion de Jacques peu après la mort de sa sœur : « La douleur lui a tari les larmes à ma mère. Quand, vous, vous la voyez rire, moi, je l'entends pleurer. Qu'elle pleure, mais qu'elle pleure, bonsoir, pour que lorsqu'elle rira, moi, enfin, j'entende son rire ! »

– Mamie, je vous en prie, écoutez-moi : vous pouvez pas prendre sur vous toute la misère du monde !

Elle insista :

– C'est leurs affaires s'ils sont entre eux comme chiens et chats, ni vous ni moi, on n'a rien à y voir !

– Le petit… hasarda Sophie, nous a expliqué qu'il avait sauté par la fenêtre de sa chambre et qu'il avait passé la nuit d'avant son départ dehors.

– Dehors ! Où ça ?

– Là-haut, à Pierre Haute.

– Quand vous m'aurez tout dit !

Un élan remit Julienne sur ses pieds et la projeta sur le seuil d'où elle héla Jacques qui passait à proximité. Elle lui brossa un tableau de la situation pour conclure, lèvres pincées :

– Et qui c'est, à ton avis, qui lui a mis ces idées dans la tête à ce gamin ? On les croit endormis, à l'abri, et ça vous file par une fenêtre ! Les parents, cette fois, moi, je les comprends !

– Pas de quoi en faire une histoire, fut la réponse de Jacques à l'instant où son fils, en quête de sa mère pour son petit déjeuner, déboulait dans la cuisine : sauter par une fenêtre ou braver l'interdit, on l'a tous fait un jour ou l'autre !

– En tout cas, pas moi ! démentit Frédéric.

– Oui, sans doute, et ce que je peux te dire c'est que j'aurais préféré te voir, à son âge, filer par la fenêtre pour vivre la nuit des champs, qu'à ton âge à toi t'abrutir de sommeil au fond de ton lit en plein jour, ou décamper sur ta moto dès que j'ai le dos tourné !

XXXII

MARIE HÉSITA. Elle n'était plus qu'à une cinquantaine de mètres de la Barollière.

De sa maison jusqu'ici, sans même prendre le temps de fermer sa porte, elle avait couru. Maintenant qu'il ne lui restait plus que quelques mètres, elle n'arrivait pas à avancer. Revenir en arrière, reprendre pied dans sa vie, laisser gagner le silence qui peu à peu recouvre tout. Depuis quelques jours, elle n'aspirait plus qu'à cela. Le silence comme seul bonheur possible.

S'il n'y avait pas eu Isidore, elle se serait enfermée dans une vie de recluse, enterrant sa pensée avec son passé aussi bas que possible, une profondeur d'où ils ne pourraient jamais remonter.

Cette vie, Marie y aspirait comme un mendiant au gîte d'hiver. Sa maison, les objets familiers qui avaient accompagné chaque jour de sa vie, ses poules, son jardin, un chat… elle aurait pu vivre, si ce n'est être heureuse, du moins vivre.

Seulement, il y avait Isidore.

Lui, le silencieux, s'était mis dans l'idée de parler. Pire, d'aller chercher aussi bas enterré que ce soit pour dire haut et clair ce qui devrait être tu.

« Allons, Marie ! »

Pourquoi Isidore s'était-il obstiné à exiger ses droits de grands-parents ? Ils avaient bien vécu dix ans à s'en passer, ils auraient pu continuer. Elle, à la longue, s'y était habituée. La vie l'avait privée de son petit-fils et amputée de sa fille, et alors !

« C'est ma faute tout ça ! » se reprochait-elle.

Elle aurait dû se dire, et le lui dire à lui :

« Ils sont heureux sans nous, c'est leur choix. »

Elle aurait dû se le répéter au lieu de se mettre martel en tête à retourner du matin au soir et du soir au matin les mêmes questions. Était-elle plus avancée, maintenant, avec cette peur collée à elle qui étouffait jusqu'aux questions ?

Qu'allait-elle faire à la Barollière ?

Qu'allait-elle leur raconter ?

Bien que voisins, c'étaient des étrangers. On ne court pas livrer ses problèmes de famille à des étrangers !

Il fallait, dans les quelques pas lui restant à franchir, que Marie se recompose un visage. Il l'aurait fallu, mais allez commander aux traits de votre visage quand tout en vous fait naufrage !

Isidore, avant de partir, lui avait dit :

« Tu vas à la Barollière. »

Elle allait à la Barollière.

La voix d'Isidore lui tenait lieu de pensée.

Qu'avait-il dit encore, Isidore ?

Il avait dit exactement ceci : « Tu fermes la porte et tu vas à la Barollière. »

Marie se souvint tout à coup qu'elle n'avait pas fermé sa porte. Dans son désarroi, elle s'était, par une sorte de réflexe, vêtue de propre et coiffée, mais elle avait oublié de fermer la porte.

« Faut que je m'en retourne fermer », se dit-elle.

Cette idée, avec, au bout, le havre de sa maison, lui fut une bouffée d'oxygène. Elle se hâta de faire demi-tour et, tout en marchant, elle se disait :

« D'habitude non plus tu ne claves pas ta porte, ça risque quoi ? Les voleurs auraient bien trop peur de se fatiguer en venant jusqu'ici ! »

C'était égal, l'important, tout de suite, immédiatement, était ce tour de clef à donner.

Elle donna un tour de clef, mit la clef dans sa poche, par deux fois vérifia qu'elle y était, puis elle s'assit sur la marche.

Machinalement, elle fixait le portail du garage avec encore dans la tête le bruit sec qu'il avait fait tout à l'heure en se refermant, le claquement de la portière, le ronflement du moteur.

Autrefois, ces bruits devaient bien exister, ils n'étaient pas nés d'aujourd'hui. Elle ne les entendait pas. Désormais, ils revenaient frapper dans un écho sans fin et lui entrer en écharde dans le cœur. Et ça depuis que sa fille et son gendre étaient partis, trois jours plus tôt, en catastrophe.

Le diable aux trousses, ils étaient partis.

Elle, elle mettait la dernière touche à son repas, et priait le ciel de leur venir en aide, sachant Isabelle et Philippe avec Isidore qui les avait pris en aparté. Son estomac, encore maintenant, se serre à entendre claquer les portières, ronfler le moteur et crisser les pneus sur le gravier de la cour, ne lui laissant pas même le temps d'embrasser Justin.

« Ce claquement des portières, je l'entendrai le restant de mes jours. »

Et le petit, est-ce qu'il ne l'entendrait pas, ce bruit, toute sa vie ? Le bruit, et la violence qui va avec. Avaient-ils seulement pensé à lui ?

Marie l'imaginait ce pauvre petit ! Elle n'avait même pas, de trois jours, cessé de penser à lui. Et elle était en train de penser à lui ce matin quand le téléphone avait sonné. Isidore avait décroché. Rien qu'à son visage, tout de suite, Marie avait compris que la foudre s'abattait sur eux. Et la peur avait tout recouvert. Jusqu'au son de la voix d'Isidore.

Il avait fallu du temps ensuite à Marie pour saisir ce que son mari lui expliquait. À la deuxième fois, portant les mains à son cœur, elle avait fini par comprendre : Justin était à Saint-Étienne, à la gare de Châteaucreux.

– Mais qu'est-ce qu'il y fait ?

Déjà, Isidore téléphonait à sa sœur, la plus jeune, qui habite rue Conte-Grandchamp, juste à côté de la gare. Il lui avait demandé de récupérer l'enfant en attendant son arrivée à lui.

De la salle d'eau où il se douchait, porte entrouverte, il avait réexpliqué à Marie que le petit était tout seul à la gare.

– Seul ! Et ses parents ?

– Il a fait une fugue.

– Une fugue ! Mais qu'est-ce qui lui prend, mon Dieu, à ce petit ? Il faut que j'appelle Isabelle !

– Tu n'appelles personne, avait-il martelé, tu m'entends Marie : personne.

Sortant de sous sa douche, il avait poursuivi ses explications :

– Il s'est enfui parce qu'Isabelle allait partir avec lui à l'étranger. Du moins, c'est ce qu'il prétend.

Avant qu'elle ne réalise, il ajoutait :

– Prépare-moi mes habits. Je file à Saint-Étienne, je mets Justin dans un taxi pour qu'il le ramène ici et, moi, je monte par le premier train à Paris pour tirer ça au clair.

Elle avait compris qu'il n'ajouterait plus rien.

Si pourtant, au moment de sortir, il lui avait dit :

– Tu fermes la porte et tu vas à la Barollière.

Elle l'avait suivi jusqu'au garage.

Au moment d'entrer dans sa voiture, Isidore avait précisé :

– Le taxi déposera Justin à la Barollière. Qu'il n'en bouge pas jusqu'à mon retour. Si ça téléphone de Paris, vous ne répondez pas. S'ils arrivaient, des fois qu'on se croise en route, vous ne dites pas qu'il est là.

– Le souci qu'ils vont se faire, Isidore !

– Si tu préfères, tu dis qu'il est avec moi en chemin pour Paris.

Elle aurait voulu le retenir : être tous les deux… Rien d'autre ne traversait son esprit : être tous les deux. Eux deux et fermer leur porte sur le reste : ils étaient vieux, maintenant.

Elle avait seulement dit, comme à chaque départ :

– Sois prudent. Roule doucement.

Et puis, courant vers la voiture alors qu'il démarrait, et il avait dû baisser sa vitre pour entendre :

– Tu as pris assez de sous au moins ?

Encore une fois, Marie vérifia que la porte était bien fermée et la clef dans sa poche, puis elle fit ce que lui avait dit Isidore, elle repartit vers la Barollière.

Elle n'avait pas fait trente mètres qu'elle entendit le téléphone sonner dans sa cuisine.

Elle ne se retourna pas.

Des mots tournaient dans sa tête… fugue… étranger… Ils arrivaient même sur ses lèvres et elle les répétait sans parvenir à les relier entre eux. Une phrase d'Isidore maintes fois entendue passait par-dessus et, allez savoir pourquoi, lui trottait dans l'esprit : « Faut être droit dans sa vie, pas plus. Le reste, c'est que beaucoup du bruit pour pas grand-chose. » Phrase d'autant plus aisée à retenir qu'il en proférait peu.

Ni petit ni grand, sec, son homme était comme ces pieux de granit fichés en terre : nul ne lui aurait fait prendre une autre forme que la sienne.

À peine Marie fut-elle entrée que Sophie s'empressa de la faire asseoir et de mettre en route le café. Ce qu'elle avait compris d'abord, c'est que la pauvre femme avait besoin de se reprendre, le reste viendrait après s'il y avait autre chose.

Un long silence s'installa au cours duquel Marie, machinalement, n'en finissait plus de lisser de la main gauche le plateau de la table, mais son visage, pâle encore, se recomposait. La présence de Sophie, son silence, le tic-tac familier de l'horloge lui faisaient du bien. Tête baissée, elle essayait de s'extraire de la vase qui l'engluait, de reprendre pied sur la terre ferme. Au moment où elle parvint à entrevoir la réalité, ne pouvant vraiment l'atteindre, elle se mit à pleurer.

Sophie, sans oser ni un mot ni un geste, la laissa aller au bout de ses larmes. Une seconde plus tôt, la voyant relever la tête, elle avait cru qu'elle allait parler. En fait, c'était la même douleur qui s'exprimait, plus silencieuse, plus secrète, aussi déchirante qu'avec des mots.

Au bout, Marie parut plus calme, ou fit semblant de s'apaiser pour souffrir un peu moins.

– Excuse-moi, dit-elle.

– Marie...

Marie se moucha.

Les mots n'arrivaient pas à franchir ses lèvres, des mots qui, à l'instant où elle allait les prononcer, effrayaient Sophie peut-être autant qu'ils l'effrayaient elle-même.

Et puis la voix sortit, une voix blanche et comme totalement détachée :

– Quelle heure est-il ? s'inquiétait cette voix.

– 4 heures et demie, dit Sophie, après un regard sur l'horloge.

– Justin va pas tarder à arriver.

– Justin ? Qu'est-ce que tu racontes, Marie ?

– Il a fait une fugue. Il a téléphoné qu'il était à Saint-Étienne, à la gare de Châteaucreux. Isidore est parti c'était... à peine 2 heures. Il veut le mettre dans un taxi pour que le taxi le pose ici, chez vous, je sais pas pourquoi : « à la Barollière », il m'a dit. Lui monte à Paris.

Voilà, c'était dit.

– Justin a fait une fugue… répéta Sophie sans y croire.

Comment Justin avait-il pu faire une fugue ? C'était un enfant équilibré. Que s'était-il passé de si grave ? Il allait arriver à la Barollière. Un enfant assez blessé pour avoir osé ce geste arrivait et, cet enfant, elle l'aimait. Une bouffée de tendresse et de douleur la submergea pendant qu'elle demandait :

– Que s'est-il passé, Marie ?

La même voix neutre lui répondit :

– Isabelle allait partir à l'étranger.

Il y eut un long silence pendant lequel la main de Marie s'appliqua une fois de plus à lisser la toile cirée.

– … À l'étranger avec le petit, dit-elle, et il fallait tendre l'oreille pour entendre.

Elle hésita et demanda à nouveau, les yeux pourtant fixés sur l'horloge :

– Quelle heure est-il ?

– Bientôt 5 heures, Marie.

– 5 heures… le taxi ne va plus beaucoup tarder.

Et Sophie comprit que, de toute cette histoire, la pauvre femme ne pouvait fixer son attention que sur ce point, précis, compréhensible.

– Abel est au jardin, dit-elle, il n'a pas dû te voir arriver, je cours l'appeler.

Elle avait besoin, en cet instant plus que jamais, de le sentir à ses côtés.

Elle courut.

Ils revinrent au moment où sonnait le téléphone.

– Ne répondez pas, supplia Marie, c'est sûrement eux !

Ils lurent une telle panique dans son regard que ni l'un ni l'autre n'osa décrocher.

Ils écoutèrent cette sonnerie qui n'en finissait pas, et le silence retomba.

– À l'étranger, tu dis, Marie ? demanda Sophie après avoir interrogé Abel du regard. Justin vous en avait-il parlé ?

– Non.

– Il parlait, se souvint Abel, d'aller passer quinze jours chez ses autres grands-parents : ça n'avait pas l'air de trop l'emballer.

– C'est ce qui était prévu, en effet, observa Marie qui sembla, là-dessus tout au moins, reprendre pied. Il devait partir avec eux à Cannes où les parents de Philippe ont une propriété.

– Ils ont pu changer d'itinéraire… ou vouloir lui faire la surprise à la dernière minute : maintenant les distances ne sont plus ce qu'elles étaient autrefois, suggéra Sophie. Ils vont plus facilement à New York ou Pékin que nous autres à Lyon.

Cette idée la soulageait presque, mais elle voyait le regard d'Abel fixé sur Marie.

Et ce regard d'Abel ne cillait pas. De seconde en seconde, il se durcissait.

– Si ç'avait été pour quelques jours, observa Marie – et tous les deux eurent l'impression qu'elle soulevait tout son courage pour leur livrer cette réflexion –, Justin ne se serait pas enfui, et Isidore ne serait pas monté si vite à Paris… Ce départ, c'était, c'est ça que je crois… pour toujours.

Sophie et Abel se dévisagèrent. Si leurs yeux, se lâchant, croisaient ceux de Marie, c'était pour l'un et l'autre comme de se tenir debout au bord d'un précipice.

– Pourquoi, Marie ? osa interroger Sophie. Que se passe-t-il de si grave entre vous ?

Marie la regardait. Elle n'avait plus la force. Du courage, il lui en avait tellement fallu ces dernières années pour tirer les matins jusqu'aux soirs, et toujours recommencer, et trouver, dans le pain noir des jours, le goût de vivre. Elle avait fini par croire ses réserves de courage inépuisables ainsi qu'on le lui avait enseigné. Mais à force d'y puiser, il ne lui en restait plus.

« Pitié ! » eut-elle envie d'implorer.

Par un dernier effort, elle s'arracha les mots comme on s'arrache une dent quand il n'y a pas d'anesthésie possible :

– … La date de naissance du petit… Ils mentent. Quand Isidore, l'autre jour, a voulu s'en expliquer avec sa fille, elle est devenue folle. Ils venaient d'arriver, ils sont partis. Ils sont partis… comme des fous !

Les larmes maintenant gelaient en elle, et elles n'étaient pas les seules que le froid gagnait : les prunelles à leur suite, trop bleues, trop fixes, se prenaient dans ce gel.

Marie baissa la tête.

Elle la releva.

Tour à tour, longuement, elle dévisagea Sophie, puis Abel. Les mots la déchiraient sans arriver à franchir ses lèvres.

– Justin… se résolut-elle à lâcher, les yeux douloureusement arrêtés dans ceux de cette autre femme en face d'elle qui ne l'accusait pas, pas pour l'instant du moins… Justin est né le…

Le taxi à ce moment-là s'arrêtait dans la cour et tous trois, ensemble, sursautèrent.

La portière s'ouvrait à peine que Sophie et Abel étaient sur le seuil de leur porte.

Seule Marie demeura assise sur sa chaise.

Justin bondit hors du véhicule, son sac à dos à la main. Quelques secondes, il s'immobilisa face à la maison, puis se mit à courir vers elle pendant que le taxi faisait demi-tour et repartait.

À deux mètres à peine, l'enfant s'arrêta. Longuement, de cette distance, il regarda Sophie et Abel. Il ne riait pas. Il ne souriait pas. Les yeux plus noirs encore que d'habitude posaient une question si terrible que, de la réponse, pouvait dépendre toute une vie.

Quelques secondes où le vent, la tiédeur des pierres, le chien à vos pieds, la lumière même et jusqu'à votre souffle se figent, temps arrêté.

« Quel lien m'attache à cet enfant ? » se demandait Sophie, car elle ne doutait pas, en cet instant, de ressentir jusque dans sa propre chair le désarroi qui l'habitait. Le voir à deux pas d'elle, si désorienté, si fragile… Il lui semblait l'aimer plus qu'elle-même.

« Mon Dieu, pria-t-elle, vous, aimez-le assez. » Pourquoi ? Elle ne savait pas. Pour l'aider… à traverser.

Quoi ?

Elle n'aurait su le dire.

« Rien que l'amour… l'amour plus fort que tout. » Une pensée, si peu une pensée tant elle était volatile, la traversa : « plus fort que la mort ».

Cet enfant, tel un éclat de roc fissuré, Abel le regardait aussi, et le reste s'effaçait, geste ou mot qui aurait risqué de le briser.

« Quatre jours, quatre jours à peine, et comme il a mûri ! Est-ce possible ! »

Justin, de son côté, fixait cet homme d'une dureté de granit dont les yeux posés sur lui ne contenaient qu'une insondable douceur. Peu à peu, le tremblement qui l'habitait depuis la veille se calmait. Le froid se réchauffait. De ses yeux à lui, trop grands, toute confiance offerte qu'il y aurait pire que crime à trahir, il contemplait l'homme qui, en si peu de jours, sans rien demander, lui avait donné les clefs du monde.

Et cet homme-là, alors que l'univers entier basculait, n'avait pas changé.

Justin fit un pas, et ce pas mit Abel en marche. Il ne sut pas ce qui lui arrivait quand un poids s'abattit contre sa poitrine et que se refermèrent ses bras alors qu'une force dont il se croyait à jamais dépossédé lui restituait plus que sa jeunesse.

– Viens ! dit-il. Viens, tu dois avoir faim !

Et il répétait :

– Viens, Marie est là et elle t'attend.

XXXIII

– Tu ferais bien, observa Julienne, rejoignant son mari dans la resserre à outils, d'aller voir ce qui se passe chez tes parents.

– Que veux-tu qu'il s'y passe ? Ils ont de la visite. J'ai vu, en début d'après-midi, monter Marie, preuve que ça ne va pas si mal que ça entre eux.

Occupé à ranger ses outils, il ne s'était pas retourné.

– Tu aurais pu voir aussi, il y a une demi-heure, arriver un taxi et le gamin des Rouvel en descendre alors qu'il est parti y a quelques jours ! triompha Julienne.

Elle comprit qu'elle avait réussi à piquer sa curiosité.

Tourné cette fois vers elle, il questionna :

– Seul ?

– Seul, oui. C'est bizarre, tu trouves pas ? Faudrait pas qu'il soit arrivé quelque chose aux parents… Et quand bien même… pourquoi diable c'est ici qu'il atterrirait, tu peux me le dire ? La Marie est là, c'est sûr, mais c'est quand même ici, chez tes parents, que le taxi a débarqué le gamin ! D'ici qu'à force de l'attirer ils lui aient pas fait faire une fugue, qu'on serait bons, nous autres, pour les ennuis. Depuis le début, rappelle-toi, j'ai mes intuitions qui me lâchent pas. Tu devrais aller voir ce qui se passe, Jacques, je te le dis !

Elle ajouta :

– Moi, j'ai traversé tout à l'heure pour mon linge, des fois qu'il aurait été sec et que je puisse le ramasser… Est-ce qu'il m'a vue ou pas vue, toujours est-il que ton père a fermé sa porte qu'elle est toujours ouverte d'habitude par ce temps. Il se passe du bizarre que ça sent pas bon. Tu devrais aller faire un tour.

– J'ai causé avec mon père, il y a même pas deux heures : s'il a besoin, il sait où me trouver.

Et il se remit à son travail, mais elle comprit que, même s'il ne voulait rien en laisser paraître, quelque chose commençait à le tracasser.

Plus tard dans la soirée, un œil toujours sur sa fenêtre, Julienne vit partir Marie, puis les volets se refermèrent sur la petite maison sans que rien d'autre ne filtre.

Profitant de ce que Jacques était à l'étable et Frédéric enfermé avec un copain dans sa chambre, sous prétexte d'être, au moment du repas, malencontreusement à court de riz, Julienne fit un saut jusqu'à la petite maison.

Tout y était calme, Abel assis à sa place à table, Sophie vaquant aux tâches habituelles.

Pas trace de l'enfant, à croire que Julienne avait rêvé. Et Friponne qui n'arrêtait pas de lui japper après, dents à hauteur de mollets, comme à son accoutumée. Si Julienne avait la mémoire courte, oubliant coups de savate et, en douce, de talon, la chienne l'avait longue.

« Y a qu'après moi, ma parole, qu'elle fait pareil raffut, saloperie de chienne ! » s'emportait intérieurement Julienne qui se garda, compte tenu de la présence d'Abel, d'exprimer sa pensée à haute voix.

En réalité, quelque part au fond d'elle-même, elle jubilait car même Abel, pour une fois, s'en irritait sans parvenir à imposer silence à ce crétin mal dressé de cabot.

– Justin est revenu, annonça Sophie pour répondre à la curiosité de sa belle-fille, mais pressentant qu'elle ne lui apprenait rien.

Du regard, elle interrogea Abel avant de poursuivre :

– Marie est fatiguée, elle l'a laissé dormir ici. Et lui aussi tombait de sommeil. Il dort... si tout ce bruit ne l'a pas réveillé.

La voix était calme, c'était la voix des jours ordinaires. Si Sophie cachait quelque chose, elle le cachait bien.

Se doutant qu'elle n'apprendrait rien de plus, sous les aboiements de Friponne qui de toute façon couvraient les voix, Julienne sortit, guère plus avancée qu'elle ne l'était en entrant.

– Elle doit ronger son frein ! observa Abel, à peine la porte refermée sur sa belle-fille.

Elle l'agaçait. Bah ! c'était sans importance. Comme le lui avait maintes fois fait remarquer Sophie, Jacques l'avait choisie et tout le monde n'a pas les mêmes goûts. Ce qui était sûr, c'est qu'elle ne lui mangerait pas son bien !

Sophie entrouvrit la porte de la chambre. En dépit du vacarme, épuisé par trop d'émotions, Justin dormait. Elle l'avait couché dans le lit de Manon. C'était la première fois que quelqu'un dormait dans le lit de sa fille.

Sophie chercha le regard d'Abel, hésita, laissa la porte entrebâillée. Elle écoutait la respiration de l'enfant, se demandant si, de sa place, Abel l'entendait aussi. Sans doute. À elle, il semblait que les battements de l'horloge et le crépitement du feu, d'ordinaire si présents, reculaient devant ce souffle régulier.

C'était l'heure où la nuit tombe sur la maison, où l'on se dit que peut-être elle ne se relèvera pas, qu'il n'y aura pas d'autre matin.

Abel observait Sophie. Tout était si calme. Qu'allait apporter demain ? En même temps, il se disait :

« Isidore est à Paris. Il sait ce qu'il fait. »

Cet homme savait qu'une vie ne s'édifie pas sur le mensonge.

Sophie prépara la tisane de tilleul du soir qu'on adoucit avec une cuillère de miel. Machinalement, elle ouvrit la porte de leur chambre. Ils se regardèrent. Ni l'un ni l'autre n'avait sommeil. Alors elle referma la porte, rajouta une bûche, attisa les braises. La lumière des flammes adoucissait les contours, et peut-être l'angoisse.

Ils restèrent ainsi, chacun puisant sa force dans la présence de l'autre, à veiller la vie, à attendre l'aube.

Avant l'aube – il devait être moins de 5 heures – Abel sortit sur le pas de sa porte. Tourné à demi pour se protéger du vent, il alluma sa pipe.

Dans le poulailler, derrière le jardin, le coq chanta. De Combe Nègre, un autre coq lui répondit. Un renard glapit au loin à la poursuite d'un lapereau ou d'un chat.

À l'intérieur de la maison, un enfant dormait. Et cet enfant, malgré la protection des murs, Abel le sentait lui aussi vulnérable et fragile. Lui aussi menacé.

Là-haut, les étoiles bleuissaient que le ciel ne tarderait pas à absorber. Bientôt ne resterait que la lune. Longuement, Abel contempla cette face que l'approche de l'aube blêmissait encore.

La fenêtre de la chambre où dormait Justin était entrebâillée. La lune avait-elle, cette nuit comme du temps de la grand-mère, pétri pour lui ce pain qui nourrit l'âme ?

Un nouveau jour, mais rien n'y était tout à fait à sa place.

Abel entra avec l'arôme du café que Sophie avait préparé plus tôt que d'habitude. Même cette odeur, pourtant si familière, n'arrivait pas à remettre le matin dans son axe. Le jour, non, ne serait pas tout à fait à sa place, cependant il faudrait le vivre puisqu'on était, au bout de la nuit, vivant.

Sur la grande table où elle était en train de servir le petit déjeuner, Sophie avait posé trois bols. Et ce troisième bol, que pourtant ni l'un ni l'autre ne regardait, absorbait toute leur attention. Selon leur habitude, ils s'assirent l'un en face de l'autre, la table, le pain, le beurre, le miel entre eux, et, aujourd'hui, une brioche que Sophie venait de sortir du four.

Ils auraient dû avoir le cœur léger, et leur cœur, sans qu'ils sachent trop pourquoi, était lourd. Parfois, on a beau s'appliquer à faire les mêmes gestes, le temps ne suit pas. L'horloge ralentissait ses pulsations. D'ordinaire, tellement habitués à sa présence, ils ne l'entendaient pas. Seulement lorsqu'elle s'arrêtait. Aujourd'hui, ils n'entendaient qu'elle.

Quand ils eurent fini de manger, ils restèrent assis de part et d'autre de la table, mais serrés ensemble dans une sorte d'étau.

Abel déplia le journal de la veille pour éviter de s'attarder dans les yeux clairs de Sophie et de leur communiquer sa peur.

Friponne, fatiguée de les interroger du regard, soupira. Posant la tête sur ses pattes avant, elle s'endormit.

Sophie regardait Abel sans rien dire, guettant malgré elle les bruits extérieurs. Les questions, ils avaient eu le temps de se les poser tout au long de la nuit.

L'aube vira au gris, un gris de cendre dans lequel finirait par s'enliser le jour.

– Cette fois, dit Abel, levant le nez de dessus son journal, on est bons pour la pluie !

Friponne, à ce moment-là, dressa l'oreille. D'un saut élastique, Puceron abandonna les genoux d'Abel. Sophie bondit vers la chambre.

– Je suis ici ! Je suis à la Barollière ! répétait Justin en se réveillant dans la chambre inconnue.

À plusieurs reprises au cours de la nuit, Sophie s'était penchée sur son sommeil, étonnée, après les événements de la veille, de le trouver si calme, épuisé sans doute. Il avait dormi d'une traite. Et là, jetant ses bras autour du cou de la vieille femme, il s'étonnait :

– Je suis revenu ! Je l'ai fait ? Alors… c'était pas rien qu'un rêve !

À peine les pieds hors du lit, il courut se planter devant le portrait de Manon posé sur la commode.

– C'est Manon, dit-il, mais il ne regardait pas Sophie, il n'attendait pas de réponse.

Il regardait Manon, sa main droite qui s'était tendue, arrêtée.

Les yeux toujours fixés sur la jeune morte, il murmura :

– Elle est douce et belle, Manon. Comme sa voix.

– Que dis-tu ? s'inquiéta Sophie dans le dos de l'enfant.

Elle aurait pu crier si elle n'avait, à deux mains contre sa bouche, étouffé son cri.

– Elle est belle, Manon, belle pareille que l'ange qui est rien qu'à moi. Sa voix, des fois, je l'entends juste avant de m'endormir, mais je savais pas que c'était Manon, l'ange à moi.

Dans l'état de tension où était Sophie depuis la veille, c'était trop.

– Arrête, mon petit ! Manon est morte avant ta naissance. Tu n'as jamais entendu sa voix. Jamais, Justin, insista Sophie qui s'était ressaisie.

– Si. Sa voix, je l'entends souvent : pas dehors comme la tienne, je l'entends dans moi. Avant, je savais pas que c'était la sienne.

Il insista, sans pour autant se retourner :

– Je l'entends : elle me parle… Quand je dors ou avant que je m'endorme. Après, quand je me réveille et que je cherche ce qu'elle a dit, je trouve pas, mais ça fait doux. Tu sais, Sophie, comme c'est doux quand on vous embrasse sur le front.

Sophie se taisait. Elle avait envie d'arracher l'enfant à sa contemplation, elle avait envie de l'entendre encore.

– Sophie… des fois, elle te parle à toi aussi, Manon ?

Sophie ne répondit pas. Elle regardait l'enfant : sa nuque, ses cheveux…

– Elle te parle, des fois ?

Manon, sa petite, l'impression terrible de perdre les traits de son visage et jusqu'à son rire, et… de la sentir si proche parfois, si proche.

– Oui, murmura Sophie.

– Tu vois !

Cette fois, il s'était retourné et c'est elle, Sophie, qu'il regardait. Et ses yeux étaient ceux de Manon.

– Quand je suis triste, tu sais ce que je fais ?

Sophie secoua la tête.

– Je me mets comme ça.

La tête, les bras, les jambes, il se repliait, il ébauchait du geste la forme du fœtus.

– J'appelle l'ange dans ma tête. Je l'appelle jusqu'à ce que sa voix vienne me consoler. Elle est rien que pour moi, sa voix, et quand elle est là je me rappelle plus que je suis triste… Ses mains aussi sont plus douces que tout le doux. Ma maman dit que c'est normal parce que je suis né tout petit, avant le jour qui devait être de ma naissance. Elle dit, maman, que, ces enfants-là, pendant qu'ils sont tout seuls dans leur couveuse, un ange les prend entre ses bras, et qu'après, toute leur vie, ils ne sont plus jamais seuls parce que l'ange leur parle dans leur cœur.

Ses yeux toujours dans ceux de Sophie :

– Avant maintenant, moi, je l'avais jamais vu, alors je me disais : l'ange, c'est ma fée à moi, mais pas une fée des livres, une fée pour de vrai. Rien qu'à moi. Maintenant, je sais que c'est elle. C'est Manon.

– Comment le sais-tu ?

– Je le sais. C'est elle.

Une pensée effleura Sophie, absurde :

« Quand je portais mes petits dans mon ventre, je leur parlais, je les caressais… La mère lapine reconnaît, entre tous, ses petits à l'odeur. La chatte aussi. Et même au cri… Je me rappelle…

Manon, à la maternité : ses yeux étaient encore aveugles, ils s'ouvraient et s'écarquillaient au son de ma voix. De nulle autre voix. "Elle la reconnaît, me disait une infirmière. Avant de naître, quand vous portiez votre petite en vous, cette voix, déjà, avant votre visage, lui était familière." »

Qu'allait-elle penser là ! C'est fou parfois ce qui peut vous passer par la tête, sans lien ni sens.

Elle n'avait pas dormi de la nuit. Le manque de sommeil…

– Je sais que c'est elle, confirma Justin, c'est tout.

XXXIV

DANS LA CUISINE, Sophie réchauffa le lait et prépara un grand bol de chocolat pour l'enfant. Abel coupa le pain, étala le beurre, et le miel par-dessus le beurre.

– Mange !

Tant de choses essentielles à dire, et on dit « mange ! », mais dans ce mot le reste aussi est contenu.

Sophie sortit sa passoire avant de verser le chocolat bouillant. « Sans crème, maman ! » implorait Manon. Elle tailla de larges tranches dans la brioche.

Ils ne parlaient pas de la fugue. Chacun savait que l'autre savait.

Ni Sophie ni Abel ne demandèrent non plus ce qui s'était passé à Paris avec les parents de Justin, prêts à accueillir le silence ou la parole. Ils se contentaient de nourrir l'enfant, le regardant manger leur pain comme si, dans la nourriture donnée, l'amour chemine qui seul répare ce qui est cassé.

Et l'enfant mangeait.

De temps à autre, il s'arrêtait comme sur le point de dire. Par-dessus son bol, il les observait tour à tour. D'ordinaire si bavard, il ne parlait finalement pas. Quelque chose bloquait les mots sur ses lèvres. Parfois les poussait, les bâillonnait à nouveau. Et cette lutte, son corps tout entier la criait.

Eux la voyaient.

Ils avaient mal comme si on taillait à vif dans leur chair. Et leurs mains, pourtant, avec le même calme, coupaient le pain, versaient le lait. En cet instant, ils le sentaient, de tout leur être ils le sentaient, il y aurait eu violence à poser la moindre question.

Ils accueillaient le silence et le cheminement.

Quel autre moyen de dire : je suis là ?

Dans le regard noir qui hésite un instant de trop à se détourner passe un appel au secours. Et les mots, soudain, franchissent la barrière :

– Y a une chose que j'ai pas le droit de dire.

– Un secret… suggère Sophie.

– J'sais pas… je dois jamais vous le dire, ni à papy et mamie, pour pas vous faire trop de peine. Eux, ils disent : « C'est un secret rien qu'à nous, tu comprends ? »

Son visage d'enfant se durcit davantage.

– Moi, des secrets comme ça, c'est que des mensonges !

Sur le point de pleurer, il se reprend, fixe Sophie, puis Abel. Et à nouveau Sophie. Comme pour lui demander d'arracher à ses yeux ce que ses lèvres refusent encore de laisser sortir.

– Je comprends pas, je comprends plus que dalle à rien !

Son regard comme cramponné à celui de Sophie, il hésite :

– C'est à eux que j'aurais pas dû parler : ça les met en colère, et c'est à cause de ça, je suis pas con, que ma mère veut filer au diable.

Sa voix d'enfant s'enroue :

– J'sais pas… Je sais même plus qui c'est que je suis, moi.

Tenant son bol à deux mains, il les observait plus intensément encore. Au bord des larmes. Au bord de la colère.

– Pourquoi il faut mentir ? J'y comprends rien à leurs histoires, dit-il, plongeant ses yeux dans ceux d'Abel.

Sous cette interrogation, Abel resta silencieux un moment, sans lâcher le petit du regard. Mais souvent Abel se taisait avant de parler.

Justin regardait Abel se taire. Il ne bougeait plus un cil. Même ses jambes qu'il balançait tout à l'heure étaient immobiles. Pourquoi ? Il ne savait pas, c'était peut-être parce qu'Abel le fixait comme ça. Il aurait voulu demander pourquoi Abel le fixait comme ça. Il n'y arrivait pas. Ils restèrent longtemps, longtemps à se regarder comme ça, et, dans la tête de l'enfant, le vacarme ne faisait plus maintenant qu'un bruit de rivière.

– Si, toi, tu veux le garder, ce secret, surtout garde-le, on t'aimera pareil. Si tu sens que tu dois parler, parle, mon Justin, il pèsera moins lourd. Jamais rien de ce qui vient de toi ne nous fera de peine, dit doucement Sophie.

Justin continuait de regarder Abel. Il n'arrivait plus à penser à rien et il commençait même, depuis que sa colère se brisait en petits cailloux que l'eau roulait, à avoir un peu peur comme si le mal qu'il risquait de faire était déjà fait.

– Justin, dit Abel, et sa voix était sa voix grave et calme de toujours, ce qui fait le plus de mal à tout le monde, ce n'est pas ce qui est dit, c'est ce qui est tu.

Et il ajouta, pesant chacun de ses mots :

– Quand on aime, tu sais, on croit vouloir ce qui est bon et on se trompe parfois, mais personne, mon garçon, personne au monde ne peut exiger que tu fasses ce qu'au fond de toi tu te refuses de faire.

L'enfant trempa sa tartine dans son bol. Avec sa cuillère, méticuleusement, il chercha à rattraper une miette de brioche qui s'obstinait à surnager à la surface. Les larmes jaillissaient en silence et il ne pouvait pas les retenir.

Une larme coula le long de son nez, glissa à l'angle de ses lèvres où il la cueillit d'un coup de langue. Le pire était ce morceau de brioche détrempé qu'il n'arrivait plus bien à voir, et sa cuillère revenait vide.

Il leva la tête, essuya ses yeux d'un revers de main, renifla un coup.

– Pourquoi ils veulent que je sois né le jour où je suis pas né ?

Pourquoi ?

Il ne savait plus. Il ne voulait même plus penser aux raisons qu'ils avaient de le faire. Et puis il n'y avait peut-être même pas de raison. D'ailleurs, ces raisons, s'il y en avait, il n'était plus tellement sûr que ce soient de vraies raisons. Il n'aimait plus les secrets.

– Je suis né, dit-il, le 10 avril 1983, le jour où Manon est morte. Ils veulent que je dise le 1er juin pour pas que ça vous fait de la peine, mais c'est pas vrai.

XXXV

LORSQUE ISIDORE ARRIVA À PARIS, le soir tombait. Lui était à bout de courage et de fatigue. Son dernier voyage dans la grande ville datait d'il y a presque dix ans. Dix ans qui, tout à coup, comme si ce n'était déjà pas assez, se mettaient à peser le double de leur poids. Lâché sur ce quai de gare déversant son flot ininterrompu de voyageurs, il se sentait pris de panique. Durant le trajet, il avait mâché et remâché dans sa tête toutes les questions, et, péniblement, mettant ses réflexions bout à bout, trouvé quelques réponses si terribles qu'elles lui avaient coupé les jambes.

Maintenant, ce n'étaient même plus questions ni réponses qui le terrifiaient mais la ville elle-même. Il y a dix ans, déjà, avec Marie, ils avaient bien bataillé avec les métros, les tickets, les changements, les arrêts qu'on n'a pas le temps de voir arriver, et ces gens, l'instant d'avant endormis, tout à coup plus vifs qu'anguilles pour glisser devant vous, les portes se refermant sur votre nez plus pressées encore que les gens de vous repousser… Si vous avez le malheur de demander un renseignement à quelqu'un, il vous regarde comme une bête curieuse.

« Ici, en avait conclu Marie, effrayée, personne craint de faire connaissance avec personne : ni on se voit ni on se parle. »

Aujourd'hui, dix ans se rajoutaient à ce jour-là. Ce n'est pas rien dix ans.

Au milieu du quai, bousculé par la foule, poussé vers la sortie, seul, désespérément seul, Isidore se sentit perdu.

Dans le hall, il avisa un banc et s'y assit, les yeux rivés sur ses chaussures : si au moins le voyage pouvait s'arrêter là. Pour le chemin qui restait à parcourir, il n'avait plus la force.

De chez sa sœur, rue Conte-Grandchamp où il avait garé sa voiture, il avait téléphoné à Paris pour annoncer son arrivée tant il redoutait de trouver porte close et que, lancés à la recherche de Justin, ils lui fassent faire le voyage pour rien. Par trois fois, il avait trouvé le téléphone occupé. À la quatrième, Isabelle ne devait pas être loin car elle avait répondu dès la première sonnerie. Rien qu'à entendre la voix de son père, elle s'était mise à hurler dans le combiné :

– Où il est ? Je le savais : il est à Combe Nègre. Je le savais ! Et j'ai beau vous appeler, personne ne répond. Tout ça, c'est de votre faute, c'est à cause de vous ! Passe-le-moi !

– Il n'est pas à Combe Nègre.

– Comment tu saurais, sinon ?

– Il m'a téléphoné.

– Je ne te crois pas ! Il est où ? Réponds ! Dis-moi où est Justin !

– Calme-toi. Là où il est, il est en sécurité. Et maintenant, tu m'écoutes : je suis à Saint-Étienne, je prends le premier train pour Paris et j'arrive : il faut qu'on parle.

– Je n'ai rien à te dire, je veux mon fils. Vous le séquestrez, j'en étais sûre : non contents de lui monter la tête contre nous, vous le séquestrez ! Dis-moi immédiatement où est Justin ou j'appelle la police.

– Comme tu veux, mais à ta place, c'est bien la dernière chose que je ferais. J'arrive.

Et voilà, il était arrivé, mais le courage lui manquait d'aller plus loin. Dans sa poitrine, son cœur battait la chamade. Tout allait s'achever dans ce hall de gare où il se sentait plus seul qu'en rase campagne.

« Quand on est trop vieux, se dit-il, on est trop vieux. »

Il ne venait pas de le devenir, depuis longtemps il l'était, vieux.

Dans cet abattement qui lui courbait les épaules et n'allait pas tarder à l'endormir sur son banc, il sut soudain, et cela à l'instant de fermer les yeux, il sut, du savoir animal du bœuf écrasé sous l'attelage, qu'il se relèverait. Il vit le visage anxieux de Marie collé contre la vitre de sa voiture à l'instant du départ :

– Tu as pris assez de sous ?

Il porta la main à sa poche.

– Oui, j'ai ce qu'il faut.

Et parce qu'une femme le dévisageait, un sourire ironique sur les lèvres, il comprit qu'il avait parlé à haute voix.

Il se redressa.

Devant lui maintenant, il y avait le regard du petit, ce regard qu'il lui avait adressé à travers la vitre après qu'il l'eut mis dans le taxi, et ce regard lui faisait confiance.

À cause de l'enfant qui s'abandonnait à lui, Isidore secoua sa fatigue.

« J'ai des sous », se rassura-t-il, s'arrachant à son banc.

Dans le geste qu'il venait de faire, il s'était dit qu'il n'avait plus l'âge d'affronter le tohu-bohu du métro. Avisant un homme à cheveux blancs et lunettes, il se découvrit poliment et lui demanda où il pouvait trouver un taxi.

Isabelle hurla, trépigna, maudit son père, puis elle s'affala sur le canapé, plus blanche qu'une morte.

Philippe, tout avocat qu'il soit, ne valait guère mieux. Laissant à sa femme les cris, il se réfugiait dans le silence. Il n'avait pas bougé. Depuis qu'Isidore était entré, il se tenait raide et droit, à deux pas d'Isabelle. Parfois, son visage se crispait sous l'effet de sentiments contradictoires.

Et le silence peu à peu les recouvrait tous les trois plus lourd et obscur qu'une eau de mare, un silence si tendu, si raide que l'effleurement d'un souffle, un regard, aurait pu le faire exploser.

Les mains de Philippe ébauchèrent un geste, elles retombèrent comme si elles étaient de plomb.

Isidore, alors, avait parlé.

Sans même s'asseoir, sans même qu'on lui offrît un verre, il avait parlé : toutes ses questions, toutes les réponses qui avaient fini par tomber au bout des questions.

Et celle-là qui restait au bout de toutes les autres. Qu'il avait tant et plus ruminée :

– S'il est né le 10 avril et si tu as eu besoin de nous couillonner tous en nous faisant croire, le 14, jour de l'enterrement de Manon, que tu étais enceinte et puis cacher cet enfant comme vous l'avez fait, c'est qu'il n'est pas de toi, Isabelle.

Il espérait – quelqu'un en lui espérait – qu'ils allaient protester et crier, cette fois à juste titre, démentir, lui prouver que lui, le vieux, il était fou. Rien ne lui aurait fait plus plaisir en cet instant que de s'entendre dire qu'il était fou et qu'on le lui démontre. Toutes vannes lâchant, il en aurait pleuré de joie. L'étau l'étreignant depuis des jours aurait cédé.

Isabelle craquait. Son visage demeurait d'une pâleur lunaire, mais elle pleurait maintenant et ne pouvait que répéter à travers ses larmes :

– Je ne veux pas perdre Justin !

Et cette voix cassée était à elle seule un aveu.

– Tu l'avais perdu, ma pauvre petite, dès le départ.

– Tais-toi, hurla-t-elle, puisant dans sa rage un regain de force, c'est ta faute, ta faute à toi ! À toi seul !

Elle criait :

– Va-t'en, rends-moi mon fils et tout sera comme avant.

– Non, et tu le sais. Tôt ou tard, Justin vous aurait demandé des comptes. Mais vous, s'emporta-t-il, prenant à parti son gendre, comment avez-vous pu faire ça ?

Il le vit lentement baisser la tête, tous les muscles de son visage se contractèrent et des gouttes de sueur perlèrent sur son front, mais pas un mot ne franchit ses lèvres.

En automate, Isidore se dirigea vers une chaise. Il n'avait plus de force. Son sang en lui se glaçait.

Il devait être si mal en point que les deux autres, sortant un peu d'eux-mêmes, pour la première fois peut-être le voyaient. Voyaient sa fatigue de vieil homme tendu jusqu'à l'extrême pointe de sa résistance. Son cœur dans sa poitrine battait trop vite et sa respiration, qui avait du mal à sortir, sifflait un peu.

Il devait offrir un si pitoyable spectacle que Philippe alla lui chercher un verre d'eau. Mais le regard d'Isabelle sur lui n'exprimait rien d'autre qu'une sorte de haine glacée.

« J'ai fait ce que je me devais de faire, songea Isidore, que tout s'arrête là enfin et ils poursuivront leur vie comme ils l'entendent. Si je mourais, maintenant, tout de suite, ils seraient délivrés, contents. Et moi, je serais bien content aussi. »

Puis, à travers la lassitude qui le gagnait, il vit le visage du petit, ses yeux levés vers lui. Une fois de plus, il se redressa.

– Comment avez-vous pu faire ça ?

– Tout est allé si vite, dit son gendre. Ce n'est pas une excuse, bien sûr.

Un murmure prolongea la phrase, comme un gémissement retenu. Ses pupilles d'une fixité effrayante accrochèrent celles d'Isidore.

– Vous ne pouvez pas savoir comme tout est allé vite... L'accident, les ambulances, l'hôpital... Nous, rien !... Quelques bleus, des égratignures.

Et ce regard, toujours, remonté de l'enfer.

– Manon, elle... On ne peut pas imaginer, c'est allé si vite... On n'est plus soi... On a peur... On espère... Un cauchemar. On ne peut pas croire au pire... Puis l'horreur ! L'annonce de sa mort... Un abîme s'ouvre, et c'est sous vos pas qu'il s'ouvre.

Seuls vivants dans son visage glacé, les yeux s'élargirent démesurément comme à contempler le spectacle.

– Manon était vivante ! Et Manon est morte. Morte, vous entendez ! Morte ! Et c'est moi qui conduisais.

Il dit… il murmura :

– Et puis ça, tout à coup, auquel on ne s'attendait pas… l'enfant qu'elle portait, lui, est vivant. Manon est morte, l'enfant est vivant. Il n'existait pas. Il est vivant.

Il s'assit à son tour. Son corps perdit de sa raideur. Ses épaules retombèrent. Ses yeux cherchèrent une trace sur le sol.

– Pas une seconde dans ces deux heures d'attente, dit-il d'une voix douce qui ne semblait pas lui appartenir, je n'avais pensé que Manon attendait un enfant. J'avais devant les yeux son corps qu'on avait mis une demi-heure à extraire de l'habitacle. Si j'avais pensé à l'enfant, je n'aurais pas douté un seul instant qu'il fût mort.

Il poursuivit :

– Quand le chirurgien est sorti du bloc, quand il s'est avancé vers nous, j'avais totalement oublié que Manon était enceinte.

Il regardait ses mains l'une dans l'autre sur ses genoux. C'est à elles qu'il s'adressait. À ses mains. Il ne voyait plus Isidore.

– Elle l'était d'un peu plus de sept mois… « Pour elle, nous a-t-il annoncé, il n'y avait plus rien à faire. L'enfant, lui, est sauf : c'est un garçon. »

Levant des yeux délavés sur Isidore, il dit :

– Il m'a demandé si c'était moi le père.

– Et c'est moi qui ai répondu, trancha Isabelle. J'ai dit : « Oui, c'est lui. » Et j'ai dit que j'étais la sœur de Manon.

Son regard n'avait plus de larmes. Y brûlait, alors qu'elle défiait le vieil homme, une sorte de folie.

– Et c'était vrai. Manon était comme ma sœur. La preuve, cet enfant, j'étais seule à savoir, et dès le premier instant, qu'elle l'attendait. Qu'elle le voulait. Qu'il n'aurait pas de père.

Son visage était livide, mais, bizarrement, elle souriait.

– Elle avait accepté cette mission de quatre mois au Burkina pour prendre de la distance, « se recomposer », disait-elle. En réalité, pour n'avoir pas à annoncer encore la naissance, « le temps de m'approprier mon bébé, avant d'en rendre compte », s'amusait-elle.

Sa voix monta d'un cran, et cette voix défiait Isidore :

– À son retour, ce n'est pas à la Barollière qu'elle est allée d'abord, non, c'est chez moi. Chez moi, tu entends ? Elle n'avait pas souhaité, avant de partir, prévenir ses parents qu'elle était enceinte et que son bébé n'aurait pas de père. « Ce sera assez tôt à mon retour, affirmait-elle en riant. Aujourd'hui, ils le prendraient mal, mais je les connais, dans la joie du retour, ils ne pourront ouvrir leurs bras à leur fille et les fermer à son petit. » Cet enfant était notre secret à Manon et à moi. Je devais en être la marraine.

Son regard dans celui d'Isidore, dur :

– Elle était là depuis deux jours. Ensemble, ce matin-là, le matin de l'accident, nous avions choisi son prénom : Justin. Je l'aimais déjà. Moi, je suis stérile, tu entends ? De petit-fils, vous n'en auriez pas eu. Jamais. Et ça, toi pas plus que maman ne le saviez, rien que nous deux et Manon.

Et ce regard s'adoucit. La voix perdit cette espèce de rage fébrile.

– Quand on nous a informés que Manon était morte et que son enfant vivait, j'ai compris qu'elle me l'offrait. Elle me l'offrait, tu comprends ?

Elle répéta, et il n'y avait plus de haine dans son regard, rien qu'une supplique désespérée, enfantine presque :

– Tu comprends, papa ?

Depuis combien de temps ne lui avait-il entendu prononcer ce mot ?

Il la regardait et il ne pouvait lui dire qu'il comprenait.

Il la revit : elle avait deux, trois ans, elle était tombée dans l'abreuvoir et s'y débattait, la tête émergeant à peine de l'eau. À l'instant où il s'était penché, où il lui avait tendu les bras… les yeux de sa petite…

Les mêmes yeux, aujourd'hui.

Et aujourd'hui aussi, il se disait que la vie, comme elle l'avait fait pour Manon, aurait pu lui rendre le cadavre de sa fille. Elle la lui rendait vivante. Blessée, coupable, criminelle peut-être, mais vivante.

Ils se regardaient.

– Et le père ? parvint à articuler Isidore. Le vrai ?

– Il n'en a pas, je te dis ! C'est ce que m'a répondu Manon lorsque je lui ai posé la question. « Même moi, m'a-t-elle avoué, je suis en train d'oublier jusqu'à son nom. Lui a déjà oublié le mien. La rencontre était une erreur. Pas l'enfant. » Son déménagement, au moment où elle est partie au Burkina, a été entreposé à la Barollière. Ils ont bien dû, un à un, regarder tous ses papiers depuis sa mort. Si elle avait laissé quelque trace, et je l'ai redouté, il y a longtemps qu'on le saurait ! Si elle n'en a laissé aucune, c'est que sa volonté était claire. Cet enfant, papa, elle me l'a donné !

« Ai-je raison ? se demandait le vieil homme. Un arbre poussé de travers, est-ce le remettre droit que de l'abattre ? »

Ce fut Philippe qui, le premier, rompit le silence :

– Toi et moi, dit-il, prenant entre les siennes les mains de sa femme, nous savions que tôt ou tard ce jour arriverait.

– Il n'aurait jamais dû arriver ! Tu devais faire faire des papiers.

– Je ne l'aurais jamais fait, Isabelle. Je n'aurais jamais pu aller jusque-là.

– J'avais donc raison, cria-t-elle, il fallait que je l'emmène ailleurs, loin de tout, loin de vous ! Loin de toi. Ta vie, la mienne vont être brisées, mais encore plus, la sienne. Tu y penses à lui ? Vous y pensez ? Laissez-moi partir, laissez-moi Justin !

Comme quelqu'un qui se débat dans des sables mouvants, de seconde en seconde, elle s'enlisait.

– Il était heureux. C'était un enfant heureux avant que tu ne t'en mêles, reprocha-t-elle à son père.

Sa voix se cassait, il n'y avait plus en elle la force de mordre.

– Nous étions si heureux, papa.

Il courba les épaules. Les redressa.

– Oui, admit-il. Les petits Juifs volés par des SS en mal d'enfants ont peut-être aussi été heureux.

– On n'a quand même pas voulu tuer sa mère !

Longtemps, Isidore resta silencieux. Longtemps. Et le temps qui passait enfonçait un peu plus chacun en lui-même.

– Quand je l'ai vu, Justin, avec Sophie et Abel, dit-il d'une voix tellement lasse, tellement calme, au premier coup d'œil, j'aurais pu comprendre… Au lieu de ça, je suis bien coupable, je leur en ai voulu. Ça crevait les yeux. Même Justin, j'en suis sûr, même sans rien savoir, au fond de lui, les a tout de suite reconnus. Eux seuls ne mettent pas de mots sur ce qui crève leurs yeux.

– Cet enfant, tu crois qu'il leur aurait fait plaisir, sans père ! Alors, sans mère, en plus !…

De sa voix fatiguée, il répondit seulement :

– Je sais pas.

Et puis :

– Sophie t'attend, Isabelle, il y a dix ans qu'elle t'attend. Justin en ce moment dort, j'imagine, dans le lit de Manon.

– Il est chez eux ! Tu m'as fait ça, papa ! Tu l'as fait ! Ils me volent mon fils ! Ils n'ont pas le droit. Non, ils n'ont pas le droit !

– Ma petite…

– Vous n'avez pas le droit !

– Isabelle, je vais me reposer un peu et puis je vais repartir.

Il essaya de secouer sa fatigue un moment encore. Sa tête se vidait.

« Tout ça pour quoi ? se demandait-il… La vérité, oui, elle est là, devant toi, la vérité… et le malheur. »

N'est-il pas un moment où une nouvelle vérité s'installe sur les ruines de la première ?

Il ne savait pas. Il ne savait plus rien. Il n'était qu'un paysan sans instruction. Sa vie, il avait essayé de la conduire sans faire de tort ni de mal. « L'honneur, lui avait inculqué son père, ce n'est peut-être plus la richesse des riches, mais ce sera toujours celle des pauvres. »

– Une chose, Isabelle, avant de partir : Justin, ça nous a échappé à tous, a cherché Manon, et personne pourtant ne lui en a parlé, ni nous ni à la Barollière.

– Bien sûr que si, vous lui en avez parlé : il ne l'aurait pas inventée !

– Non. Sophie lui a seulement dit qu'elle était heureuse de le connaître, lui, le fils d'Isabelle qui était l'amie de sa fille, Manon, et que Manon est morte depuis longtemps. Rien de plus.

Il était calme. Il allait se reposer quelques minutes et il repartirait.

– À nous, il a posé la question, et ta mère, comprenant que vous ne lui aviez jamais parlé ni de Manon ni de l'accident, a vite répondu que c'était vieux tout ça. J'y étais, il n'a pas insisté.

Il redressa ses épaules pour se donner le courage d'aller jusqu'au bout, mais il n'avait plus hâte que de se taire.

– Rien de plus, mais comme il n'avait pas de réponse auprès des vivants, il est allé chercher la réponse chez les morts. Ce qu'il a trouvé – il connaissait, lui, contrairement à nous, sa date de naissance –, c'est qu'elle était la même que celle inscrite sur la tombe de Manon.

Une fatigue, de plus en plus, pesait sur lui qu'il n'arrivait pas à soulever.

– Tu penses bien, dit-il d'une voix lasse, que Marie, lorsqu'il lui en a parlé, a nié, sûre d'elle puisqu'on a même gardé le faire-part de sa naissance, le 1er juin : un mois et demi plus tard !

– Il est né prématuré. On vous a donné la date d'arrivée à la maison après un mois et demi en couveuse.

– Je vais partir, Isabelle… Tu peux continuer, ma fille : tu as bien su trouver un mensonge pour nous : « L'enfant fabule, tu m'as dit l'autre jour, et c'est de votre faute : vous l'impressionnez à trop lui parler de cette morte. » À lui, tu as donné une autre version à ce qu'il m'a raconté : il est né le jour de la mort de Manon – coïncidence, ça arrive ! –, un peu avant l'heure à cause de la peur au moment de l'accident, et vous avez modifié la date pour nous, rien de bien méchant… juste ne pas nous faire de peine à nous tous bien choqués par cette mort si jeune. À d'autres aussi que je sais pas vous avez dû mentir… Vous ne serez pas à court…

Cet enfant, lorsqu'on leur avait annoncé qu'il était vivant, Isabelle n'était pas dans le même état de choc que Philippe. Elle l'était différemment. L'esprit très clair, très froid. Comme si une autre était entrée dans sa peau et agissait à sa place. Et tout s'était enchaîné. Vite, vite. Tout allait si vite. Aussi vite que la voiture s'encastrant dans l'arbre. Aussi vite que le passage de la vie à la mort.

Elle avait dit : « Oui, c'est lui. »

Il n'y avait rien d'autre à dire et elle ne s'était pas demandé si on allait la croire, si on allait vérifier. Non. La vérité, en cet instant précis, tenait dans ce oui. Elle, Isabelle faisait ce qu'il lui était assigné de faire. Les mots comme arrachés d'elle. Plus forts qu'elle. « Ça s'est imposé, confirmera-t-elle plus tard à Philippe abasourdi, j'ai suivi. »

Derrière ce oui, tout s'était enchaîné, jusqu'à la réalité de l'enfant, cette vie bien vivante.

À leurs amis, ils ont confié le drame de la mort de Manon. Manon, l'amie d'Isabelle, sa presque sœur. La plupart savaient que le couple ne pouvait avoir d'enfant. « J'étais stérile, a avoué Isabelle. Manon a accepté de porter pour moi l'enfant de Philippe. » Partie à l'étranger, elle revenait accoucher auprès d'eux.

À son père, Isabelle pourrait objecter : « Et c'était si peu un mensonge : si je le lui avais demandé, Manon aurait accepté. »

– Il est à moi, Justin ! hurle-t-elle.

Manon en mourant l'avait tendu, levé vers sa vie à elle.

Leurs amis de l'époque ont accusé le choc : dans le drame de la mort, ce miracle de la vie. Troublés. Comment ne pas l'être ? Émerveillés, certains. Y voyant un signe. Si d'autres ont critiqué, ce n'est pas en face. La mort impose silence. Après... eh bien... l'arrivée d'un enfant change les habitudes, des distances se prennent. Train de vie modifié, le cocon se resserre. Il fallait préserver l'enfant du tragique de sa naissance, le plonger dans la simplicité lisse du quotidien. Nul ne s'est étonné qu'ils déménagent, se fassent de nouveaux amis.

– C'est notre fils, tu entends, papa, Justin est notre fils.

Isidore se disait :

« Maintenant, je vais rentrer chez nous. »

Il devait partir, le plus tôt serait le mieux, mais il n'arrivait même pas à soulever le poids de son corps.

Il fit du regard le tour de cette pièce étrangère en songeant : « C'est ici, chez ma fille. »

– Je ne sais plus, Isabelle...

Il poursuivit quand même parce que cela devait être dit, et après il pourrait se taire :

– Avant ça, à ceux qui s'étonnaient que vous nous délaissiez, ta mère avait même expliqué que vous étiez en Amérique. Pendant dix ans, nous nous sommes rongé les sangs à ne rien comprendre.

Il était exténué.

Il reprit :

– Alors, je me repose un peu, et je m'en vais, Isabelle, comme je suis venu. Justin pense que je plaide sa cause : lui, ce qu'il veut, c'est ne pas partir à l'étranger et c'est pour ça, rien d'autre, trouvant vos deux billets pour ce départ d'aujourd'hui, qu'il s'est enfui.

– Deux billets ! Deux billets pour où ? Tu allais faire ça ? demanda Philippe accablé. Dis-moi que c'est faux, Isabelle ! Dis-le ! Tu allais fuir, fuir sans m'en parler ! Ce n'est pas vrai, dis ?

– C'est vrai.

Les mains de Philippe tâtonnèrent en direction de son front avant d'enserrer ses tempes.

– Nous en sommes là ? Et de nous deux, Isabelle, de nous deux… il ne reste rien ?

Isidore le vit, la tête dans ses mains, incliner le buste, presque aussi vieux que lui.

– Je vais repartir, dit Isidore. Vous savez maintenant où est le petit, personne ne s'opposera à ce que vous le repreniez.

Il ne dit pas : « J'en mourrai de malheur, de honte. »

Il ne le dit pas. C'est si peu important de mourir quand la vie s'achève. Il pensait au petit. Il essayait de le voir à travers les yeux d'Isabelle, mais il en voyait un autre caché à l'intérieur de celui-là qui lui avait fait confiance, qu'il aimait et qu'il allait trahir. Un enfant qui, s'extrayant de l'autre, se révolterait un jour.

– Je ne vous demanderai plus de comptes, dit-il. Craignez seulement que ce soit lui qui vous les demande un jour.

– Souvent, dit Philippe, quand je regardais Justin et qu'à le regarder un bonheur m'envahissait, je pensais à eux, les parents de Manon, à ce qu'aurait été leur vie s'ils avaient su.

Parle-t-il aux deux autres ? Se parle-t-il à lui-même ?

– Chaque jour, pendant bientôt dix ans, poursuit-il, j'ai vécu avec ce bonheur, cette honte et ce remords. Et ce n'était rien à côté de la question : « Aujourd'hui ou demain, quand ? Peux-tu prétendre l'aimer et lui refuser la vérité ? » Sans cesse, vivre avec ça. Se dire : « Tu donnerais ta vie pour l'aider à se construire, mais, par ta faute, comment se construira-t-il ? »

Et c'est vers sa femme qu'il se tourne.

– J'ai été lâche, j'avais tellement peur de te briser, Isabelle, et je savais pourtant que le jour viendrait.

Isidore, sans même se déshabiller, a dormi sur le canapé, abruti de fatigue.

– Rien qu'une heure ou deux, a-t-il dit, et j'appelle un taxi.

Eux, dans leur chambre, ont dû parler toute la nuit.

Au petit matin, ils sont partis tous les trois.

XXXVI

Le soleil était resté caché toute la matinée derrière d'épais cumulus qu'il perçait par moments d'étranges lueurs. Vers midi, il troua le gris d'une lumière dure qu'un nouveau troupeau de nuages arrivés de l'ouest recouvrit. Le vent du sud se leva, menant grand vacarme. Quand il retomba, des trombes d'eau s'abattirent sur le pays.

Le déluge ponctué d'éclairs et de tonnerres dura deux bonnes heures au bout desquelles le ciel s'assagit. Une pluie fine prit le relais que la grisaille absorba.

La révélation de Justin avait cloué de stupeur Sophie et Abel.

– Je suis né le 10 avril 1983, le même jour que Manon est morte.

La foudre s'abattant sur eux n'aurait pas fait plus de bruit ni de dégâts.

Pour l'enfant, ils n'avaient pas le choix, ils durent se reprendre. Vite.

– Tu as raison, Justin, il fallait qu'on le sache, dit Abel.

« Le choc de l'accident aura fait accoucher Isabelle prématurément… se répétait Sophie. Ils n'ont rien osé nous dire, les pauvres… Ils n'ont pas pu… pour eux, l'enfant, la vie… pour nous la mort… Manon morte dans leur voiture. »

Elle pouvait comprendre :

« Comment regarder en face notre douleur avec leur bonheur dans les yeux ? »

Et puis elle se reprenait :

« Quand même, elle était bien grosse pour l'enterrement et, l'enterrement de Manon, c'était le 14 avril… C'est vrai qu'on ne retrouve pas tout de suite sa taille. »

Abel, lui, n'aurait su dire si Isabelle était grosse ou non. Ce 14 avril, il n'avait rien vu d'autre que son malheur. Et là, il se demandait : pourquoi fuir à l'étranger ? Parce qu'ils fuyaient, non ? Pour cacher quoi d'autre qu'une date ?

La matinée passa et une partie de l'après-midi dans le grand effort qu'il fallait faire pour donner le change à Justin qui semblait avoir retrouvé sa sérénité.

– C'est papy ! hurla-t-il tout à coup, né collé à la vitre.

Et puis, sur le chemin, loin derrière Isidore, il aperçut la silhouette de ses parents.

– Mes parents ! Ce sont eux !… Ils viennent me chercher ! Les laisse pas entrer, Abel ! Je t'en prie, les laisse pas m'emmener !

– Laisse-moi faire, dit Abel, ouvrant la porte à Isidore.

Et ce qu'il vit d'abord, c'est un homme ravagé, au visage d'une pâleur lunaire, vieux d'un coup. En quelques heures rétréci. Il vit le regard, le tassement du corps.

« En un jour, se dit-il, il a vieilli de dix ans. »

– Entre, dit Abel, et sa voix à lui-même parut étrangère.

Isidore ne bougea pas. Il ôta sa casquette et il se tint sur le seuil, appuyé d'une main au chambranle de la porte. Il ne dit ni bonjour ni rien, seul son regard, sans les voir, se cognait sur chacun d'eux comme un papillon de nuit. Puis il se fixa sur Abel.

À quelques pas l'un de l'autre, les deux hommes se regardèrent longuement. Dans le dos d'Abel, Justin et Sophie semblaient pétrifiés.

Les deux hommes restèrent ainsi, immobiles et raides, et cela dura longtemps. Longtemps. Jusqu'à ce qu'Abel affirme de sa voix encore plus grave que d'habitude :

– Tu es un brave homme, Isidore.

Les épaules d'Isidore et tout son corps parurent se redresser. Sans avancer d'un pas, tournant les yeux vers Sophie, il murmura :

– Pardon.

Dans le même temps, ils comprirent qu'il en appelait à tout son courage pour affronter l'enfant. Lorsque, enfin, il s'adressa à lui, son visage avait repris une expression presque normale :

– Viens Justin, on va marcher un peu tous les deux. Isabelle et Philippe ont à parler avec Sophie et Abel.

Ils marchèrent. Les minutes passaient et Isidore ne parlait pas. Justin observait du coin de l'œil le visage ridé qui peinait à se recomposer.

– C'est ça, finit-il par demander, ils ont rien voulu entendre ? On va partir, ils vont m'emmener à l'étranger ?

Isidore tardait à répondre et cela faisait peur. Même de plus en plus peur. Comme quand un cauchemar vous réveille dans le noir et qu'on ne trouve pas le bouton pour éclairer ni la voix pour crier. Et on sent le cauchemar serrer ses griffes sur la poitrine et vous enfermer dans le sommeil pour vous reprendre.

– Papy ?…

Isidore sursauta et son regard se posa sur l'enfant.

– Ils… ils ont pas voulu t'écouter, papy ? Ils vont m'emmener loin ?

– Non, Justin, tu n'iras pas à l'étranger. Ni nulle part, mon petit, où tu ne voudras pas aller.

Il le regardait de ses yeux tristes et bons qui en cet instant donnaient sans réserve tout ce qu'il possédait et, à cause de ça peut-être, faisaient un peu mal à l'enfant.

– L'amour, mon petit, peut faire faire des choses terribles.

– Toi, papy, il t'a fait aller à Paris, dit Justin. Tu l'as fait pour moi, parce que tu m'aimes.

Puis, le fixant dans les yeux :

– Paris, c'est pas pareil qu'ici… et tu connais pas. Quand même, tu l'as fait ! Tu t'en es sorti.

Il hésita :

– Dis, papy, t'as eu peur ?

– Un peu, avoua Isidore, songeant à son désarroi.

– Un jour, promit Justin, solennel, moi aussi je ferai une chose importante pour toi.

Isidore sortit son canif de sa poche et se tourna sur le côté, mobilisant toute son attention pour couper et ébrancher un bâton de frêne qu'il voyait mal à cause des larmes qui lui brouillaient la vue.

– Tu l'as déjà fait, dit-il lorsqu'il se redressa.

Et il ajouta :

– Quand tu penseras au vieil Isidore, bientôt ou dans longtemps, n'oublie pas que jamais il n'aurait rêvé un autre petit-fils que toi.

– Papy…

La main du vieil homme effleura les cheveux de l'enfant. En ce moment, oui, totalement, Justin était son petit-fils.

– Merci, murmura-t-il.

Et l'enfant ne comprit pas pourquoi.

Lorsqu'Isabelle et son mari entrèrent à la Barollière, contrairement à ce qu'elle avait pensé et attendu tout au long de ces dix ans, Sophie ne leur ouvrit pas les bras.

Au moment où ils avaient franchi sa porte, d'instinct, elle s'était rapprochée d'Abel. Devant le visage tellement défait de la jeune femme, elle avait senti son sang se glacer dans ses veines. Tout son corps s'était figé.

Ni elle ni Abel n'eurent l'idée de leur proposer de s'asseoir. C'est Isabelle qui, désignant une chaise, demanda, et chacun aurait pu comprendre qu'elle ne tiendrait pas longtemps debout :

– Est-ce que je peux ?

Sophie avait incliné la tête.

Le couple d'un côté de la table, Sophie de l'autre, ils s'étaient assis. Seul Abel demeura debout.

Sophie écoutait la confession d'Isabelle, mais, dans la confusion où ils la plongeaient, les mots n'arrivaient pas à avoir prise sur elle. Comme une langue étrangère que la distance aurait brouillée. Une seule phrase se répétait dans sa tête à l'infini, éloignant toute autre pensée. Elle finit par la prononcer :

– Je l'ai bien vu pour l'enterrement de Manon : tu étais enceinte, Isabelle, je l'ai vu.

Les mains d'Abel se posèrent sur ses épaules. Elle sentit leur pression, forte à faire mal. Ses doigts s'y agrippant comme du naufragé à la bouée, elle leva les yeux cherchant appui dans le seul regard qui ne lui ait jamais fait défaut. Et tout ce qu'elle se refusait d'entendre lui devint clair.

Cette vérité qu'Abel avait, la refusant au plus profond de lui, parfois soupçonnée, maintenant s'étalait sous ses yeux, et il ne parvenait pas à y croire. Ce fut la voix de Sophie qui l'enfonça en lui.

– Tu as pu faire ça, Isabelle !… disait cette voix.

Même pas un reproche. Le cri presque muet de l'horreur.

Isabelle avait baissé la tête.

Entendait-elle seulement ? Il est probable que les terres où elle s'enfonçait n'ouvrent aucun passage à la voix humaine.

– Justin est votre petit-fils, le fils de Manon, répéta Philippe comme s'il lui eût été nécessaire d'entendre les mots sortir de sa propre bouche pour s'en persuader lui-même.

– Dix ans… murmura Sophie.

Elle aurait pu mourir sous le choc. Elle était vivante, souffle à peine audible.

– Dix ans… ce petit, l'enfant de Manon… Sa vie nous aurait fait traverser la mort… Dix ans… vous nous avez volé ça.

Abel resserra encore son étreinte sur les épaules de sa femme. Il avait, lui aussi, besoin de cette amarre pour croire à la réalité de l'instant. Justin... le visage de Justin. Celui de Manon. Combien de fois ne s'étaient-ils, par surprise, superposés ?

Il ferma les yeux.

Si l'image de la fragilité de l'enfant n'avait été la plus forte, ces deux-là, il aurait pu les étrangler de ses propres mains. Mais Justin absent avait plus de présence qu'ils n'en auraient jamais.

Ses mains sur les épaules de Sophie, Abel ne voyait plus le couple assis en face de lui. C'est Justin qu'il voyait, l'enfant de Manon, ce gamin qui, dès le premier regard, avait révélé au vieil homme qu'il était la part insoupçonnée et neuve d'amour enfermée en lui.

Avant la nuit, cet enfant, sans qu'il puisse le protéger, allait devoir affronter une révélation qui le briserait. Le fils de Manon allait échouer là, dans cette cuisine. On allait le leur rendre, cassé. La vérité qui ferait de lui leur petit-fils l'arracherait à sa famille pour le lâcher dans une famille étrangère, lui donnant en place d'un père, l'absence, en place d'une mère vivante, une mère morte.

– Vous ! gronda-t-il, en réponse à la confession d'Isabelle. Vous ! Vous ! Et lui ? Avez-vous pensé à lui ? À lui, vous y avez pensé ? À lui !

Isabelle, renversant sa chaise, s'enfuit.

Philippe qui s'apprêtait à lui courir après s'arrêta sur le pas de la porte :

– Vous devez porter plainte, dit-il, ça ne réparera rien, mais vous devez. Ce que nous avons fait est un crime.

Et, sans autre idée que de la rattraper avant... avant quoi ?... il se mit à courir derrière sa femme.

Le soir n'allait pas tarder à tomber. Un autre soir.

Abel avait arrosé son jardin, et Sophie était venue l'y rejoindre. Ils avaient, côte à côte, puisé leur courage dans l'habitude.

Maintenant, assis sur le banc, ils attendaient, si troublés qu'ils ne pouvaient plus que s'appuyer l'un contre l'autre. Brisés, ils l'avaient été une première fois par l'annonce de la mort, fallait-il qu'ils le soient une nouvelle fois par l'annonce de la vie ? Terrifiés rien qu'à penser à l'enfant, à sa jeune existence en miettes.

Ils ne parlaient pas. Savaient-ils seulement encore qui ils étaient ?

À un moment donné... il y a une heure ?... deux ?... une éternité, Sophie avait dit :

– Pour lui, il aurait mieux valu que rien, jamais, ne se sache. Leurs faux papiers, au point où ça en est... Pour le petit...

Le visage d'Abel s'était crispé. Il avait tardé à répondre :

– Tôt ou tard, il aurait su. Une vie ne se bâtit pas sur le mensonge.

Le temps passait. Lourd. Et le soleil couchant, malgré l'orage qui un moment avait apporté un peu de fraîcheur, brûlait.

Sophie n'arrivait pas à se décider à se lever pour aller préparer le repas. Et puis il y avait le téléphone. Elle l'avait oublié celui-là. Et si le téléphone avait sonné... Le petit ? Où était-il en ce moment, ce petit ? Pour lui, pour Manon, il allait bien falloir, anéantis ou pas, retrouver ses jambes, se tenir debout.

– On va devoir parler aux enfants, dit-elle en se levant. Devant tout ce mouvement, ils commencent sûrement à se poser des questions.

Un peu perdu après son départ, Abel était resté assis sur son banc.

Dans un moment, Justin allait venir. À moins que ce soit Isidore. Ou les deux. Et si l'enfant allait fuir une fois encore... Résiste-t-on à pareille cassure ?

« Je devais vous parler, avait dit Isabelle. Après, c'est à Justin que nous le devrons. »

Quand, le regard attiré malgré lui, Abel leva les yeux, il le vit, perché sur le mur.

– Je reste perché ou je saute ?

– Saute puisque tu ne connais pas les portes, mais n'écrase pas mes salades.

Et Justin fut devant lui.

Ils se regardèrent, intimidés presque. Puis Justin se jeta contre la poitrine d'Abel.

– Je le savais, dit-il. Au fond de moi, je le savais.

Abel aurait pu hurler tant se disputaient en lui joie et colère. À part égale, joie et colère. Et la peur en plus pour cet enfant sur lequel s'est abattue la foudre et qui n'en sait encore que la violence. Pas la douleur. Hurler de rage. Pleurer de bonheur pour Manon qui, d'une certaine façon, lui est rendue.

Simplement, les bras du petit noués autour de sa taille, il serre dans ses bras le fils de sa fille, cette vie poussée par Manon vers le jour à l'instant d'enfoncer la sienne dans la nuit.

– Justin, mon petit…

Un mot qu'il a tellement de douceur, tellement de douleur à prononcer.

Fragile, cette vie entre ses bras. Blessée. Vivante.

Doucement, Abel caresse les cheveux de l'enfant qui, maintenant, secoué de sanglots, n'en finit plus de répéter :

– Je les déteste, je les déteste !

– Là, là, murmure Abel étouffant le cri, le même, qui hurle en lui.

Ce qu'il appelle en ce moment à son aide, en place de la haine qui s'il ne se bâillonnait lui-même le ferait hurler à la mort, c'est la force et la paix emmagasinées dans chacune des heures de sa vie. Rien d'autre. La force, la paix pour qu'à travers lui l'enfant s'en nourrisse.

XXXVII

LA LUMIÈRE, AU SORTIR DE L'OMBRE, FAIT MAL. Au sortir du mensonge, la vérité est plus cruelle encore. Le non-dit fait d'autant plus de ravages qu'il a été enterré plus bas.

Le soir de ce jour-là, Marie avait rassemblé son courage pour monter à la Barollière. Avant de tenter de recoller leurs vies en miettes, il lui semblait qu'elle devait demander un impossible pardon aux Jourdan. Le demander. Et elle acceptait d'avance que ce pardon lui soit refusé.

« Il est des croix, se disait-elle, qu'on mérite de porter. »

Tentant, depuis qu'elle savait, de lever le front au-dessus de ce gâchis, à la dérobée elle observait son homme : il était écrit que, de l'amertume, pas une goutte ne leur serait épargnée.

Dans la juste balance répartissant à chacun son lot, elle croyait pourtant qu'en dose de malheur le ciel leur avait déjà fait bon poids. Ils avaient eu, à eux deux, leur part. Mais elle découvrait que sa mère, une fois de plus, n'avait pas tort d'affirmer : « Qu'arrivent les vraies raisons de se plaindre, on comprend qu'on avait tort de le faire avant, parce que l'avant, à côté, c'était pain bénit et pipi de sansonnet. » Forte sans doute de ce constat, contrairement à d'autres mères, la sienne lui conseillait : « Mange ton pain blanc, ma douce, pour le noir, la vie t'en gardera en réserve, porte pas peine ! »

Sur ce chemin raide comme un chemin de croix, elle pensait à elle, pauvre femme, à travers sa descendance nourrie de pain noir jusque dans sa tombe.

Anéantie par une révélation dépassant son entendement, Marie n'avait plus qu'une seule idée, et cette idée était claire : si elle voulait trouver la force de soulever sa vie, elle devait se présenter chez les Jourdan. Après… après… Marie était mère. Si terrible soit la faute, sa fille aurait besoin d'elle.

Pour l'heure, Philippe à ses côtés, Isabelle était dans sa chambre, enfermée dans un mutisme dont rien ne semblait pouvoir la sortir. La vie qui lui restait, elle l'avait dépensée dans l'effort qu'elle avait dû faire, de tout son amour imposant silence au désespoir, pour parler à Justin. Lorsque l'enfant s'était enfui, c'est à peine si elle avait tendu une main, regard et geste figés qu'elle ne commandait plus, et le calme imposé avait fait place à un autre, de plomb celui-là, bien réel, glacé.

– Pitié ! implorait silencieusement Marie, pétrifiée elle aussi devant ce masque de cire.

Sans trop savoir vers qui montait son cri.

Jusqu'à ce jour, pensant à cette mort à laquelle elle n'échapperait pas plus que les autres, elle se rassurait :

« Pourquoi j'aurais peur de mourir ? Que pourrait-il bien m'arriver ? J'ai mené ma vie du mieux que j'ai pu sans faire de mal ni de tort à personne. »

À la Barollière, la porte fut ouverte à Marie comme à l'accoutumée.

Debout, les deux pas franchis qui l'introduisaient à l'intérieur, ce pardon lui parut encore plus démesurément inaccessible. Ses bras, dans le mouvement qu'elle ébaucha pour les tendre, retombèrent, raides, le long de son corps comme s'ils eussent été de plomb. Une sorte de gémissement passa entre ses dents serrées. Le souffle lui manqua pour poursuivre. Cela dura, dura… Les autres, en face d'elle, étaient immobiles aussi.

Et Marie murmura, oui un murmure. Il traversa avec peine le visage et les lèvres de cire :

– Tout ce mal que nous vous avons fait…

Elle rencontra plus de silence que de reproches. On ne balaie pas dix ans avec des mots.

– Réfléchis à ce qu'a fait ton Isidore et à ce qu'il lui a fallu de courage ! lui dit seulement Abel.

Il aurait voulu dire d'amour, et il le pensait, mais il y avait une pudeur à prononcer le terme.

Marie osa alors lever les yeux vers le visage de Sophie. Panique et appel au calme s'y affrontaient dans une tension telle que c'en était douloureux.

Le regard de Sophie s'arrêta dans celui de l'enfant avant de se poser sur Marie, si calme soudain, ce regard, que ce calme même lui fit mal.

– C'est beaucoup de souffrance pour toi aussi, parvint à articuler Sophie, et tu es sans doute plus à plaindre que nous.

Qu'aurait-elle pu dire d'autre ? Elle-même était comme un noyé qui cherche à retrouver sa respiration.

– Abel, il nous faut aller parler aux enfants, finit-elle par hasarder, tentant de reprendre appui sur le quotidien pour remettre le temps en marche.

Il lui semblait aussi qu'il serait bien de laisser Marie et Justin en tête à tête : ils avaient des choses à se dire que l'enfant avait besoin d'entendre.

Ils les trouvèrent, la traite achevée, attablés tous les trois pour le repas du soir.

À cette heure-ci, il était rare de voir arriver Sophie et Abel, et, qui plus est, ensemble. Ajouté à cela, le remue-ménage de la journée autour de la petite maison, dont la fuite d'Isabelle qui ne risquait pas de passer inaperçue aux yeux de Julienne. Le tout, au fil des heures, commenté.

Maintenant, face à une révélation dont les commentaires les plus osés demeuraient loin en deçà de la réalité, ils se taisaient, attentifs au récit que leur faisait Abel.

Et Abel dit tout. Sans rien omettre, sans rien délayer non plus. Nue, tel un drap battu au vent, la vérité tient sur un fil.

Quand Abel eut terminé, ils se turent encore comme si les mots, exigeant traduction, entraient en eux avec un décalage.

Le premier, Frédéric explosa :

– Chic alors ! Moi j'en rêvais d'un frangin ! Celui-là, c'est dingue ce qu'il me botte !

– Réfléchis avant de parler, lui conseilla sa mère, retrouvant sa pensée et sa langue après avoir dû déglutir à plusieurs reprises pour avaler la surprise. Tu ferais mieux de le plaindre, ce pauvre mioche !

Elle les dévisagea l'un après l'autre, prenant du recul pour mieux marteler :

– Moi, personne, non, personne m'enlèvera de l'idée que pour lui, je dis bien pour lui, il aurait mieux valu qu'il ne sache jamais rien de toute cette histoire. Vous réalisez ce qui lui arrive ? Est-ce que vous le réalisez ? C'était un mioche heureux, avec des parents qui l'aimaient, un avenir qu'on en rêverait, et il lui reste quoi, vous pouvez me le dire ? Un malheureux orphelin, il devient, d'un coup ! Un cyclone, c'est ça, un cyclone lui a tout emporté. Je le savais que tout ça n'apporterait rien de bon. Et pour personne ! L'intuition, quand je dis que c'est dans ma nature ! Pas une fois, pas une, mon intuition, elle m'a trompée.

Sans rien à répondre, droite et pâle, sans même que bouge un muscle de son visage, les yeux fixés sur sa belle-fille qu'elle ne voyait sans doute pas mais entendait sûrement, Sophie pleurait.

Et Jacques fit ce qu'il ne savait plus faire. Pâle, lui aussi, il se leva. Il prit ses parents entre ses bras. Ensemble tous les trois, serrés en un seul bloc humain comme ce soir d'il y a dix ans où ils avaient appris la mort de Manon.

Après le départ de Sophie et Abel, ils restèrent longtemps silencieux, chacun absorbé dans ses pensées.

– On y va ? finit par s'enquérir Frédéric.

– Laisse-leur ce soir, lui conseilla son père. Demain, il fera encore jour…

– Vous réalisez tous les deux, leur demanda Julienne, ce qui nous tombe dessus ? Vous le réalisez, concrètement, ce que ça va donner ? Eh bien, je vous le dis, moi : il est en droit, ce mioche, de demander la moitié qui revenait à sa mère. Le pire…

– Ce que donne la mort, coupa Jacques, si la vie le reprend, le gain est supérieur à la perte.

– Ils m'ont tout dit, tout ce qu'ils avaient menti… Tout.

Cette phrase, Justin l'avait posée devant eux, nue, à la fin du repas.

Ils se couchèrent tard, ce deuxième soir.

– Parlez-moi de ma maman, avait-il demandé.

Et cela fendait le cœur de le voir, si enfantin et si grave, assis dans le fauteuil de Manon, la poupée de Manon pressée entre ses bras.

« C'est trop tôt », pensèrent-ils.

Et pourtant, Sophie sortit l'album de photos. Ils s'attardèrent sur chacune d'elles. Ils parlèrent, doucement, longuement. Encore et encore.

Sophie et Abel s'efforcèrent de répondre à chacune des questions de l'enfant. Était-ce bien, était-ce mal ? Ils ne savaient pas, conscients de poser chaque parole sur une blessure ouverte. Ils lui parlaient, ils pensaient à lui, observant douloureusement le petit visage à la fois buté et attentif, aux yeux si possible plus sombres qu'ils ne les avaient jamais vus. En moins d'un jour, Justin avait perdu une famille et retrouvé une autre. Au fond de quel gouffre allait-il devoir se débattre ?

« On est tellement trop ignorant, tellement… » se répétait Abel.

Parfois, par-dessus la tête du petit, son regard rencontrait celui de Sophie, s'y attardait. Parfois aussi, devinant leur inquiétude, Justin leur souriait, et ce sourire leur était destiné, et il semblait… oui, heureux.

« Il avance, se disaient-ils, à demi anesthésié dans ce temps arrêté. Il faudra bien à un moment ou l'autre qu'il regarde le temps en marche, et alors il verra ce qu'il laisse en arrière. »

Il y avait, enfermé dans l'enfant qui leur souriait, cet autre enfant qu'Abel avait tenu sanglotant dans ses bras et qui hurlait : « Je les déteste ! », pour ne pas voir à quel point il avait aimé.

– Au fond de moi, redit Justin, je le savais. Je savais que, ma mère, c'était pas ma mère.

Abel sortit sa pipe de sa poche. Il l'alluma, tira deux ou trois bouffées sans parler.

Que répondre à ça ?

Il y avait en lui de la colère, de la souffrance, de l'incompréhension. Pourtant, sans encore en croire ses yeux, il s'emplissait de la présence de l'enfant. Il se répétait que ce gamin qu'il avait aimé dès le premier regard était l'enfant de sa fille. Incrédule encore, il voulait oublier tout ce qui entourait ce miracle : Justin était le fils de Manon. C'était brutal et merveilleux, mais ce qui aurait dû être merveilleux était – pire que tout ce qu'il avait eu à vivre – terrible.

« Dix ans… il n'a même pas encore dix ans, se répétait-il, qu'a-t-il fait pour que, déjà, on le brise ? »

Manon… Manon était enceinte et eux qui croyaient tant la connaître n'avaient rien vu, rien compris. Manon était allée cacher loin d'eux sa grossesse. Manon, tout à coup étrangère… Manon… Manon, leur fille, leur était, d'une certaine façon, redonnée. Mais fallait-il qu'un enfant innocent en paie le prix ?

Et Justin interrogeait, Justin exigeait des réponses.

Abel, un bref instant, oubliait ce qui n'était pas lui. Entre passé et avenir, ce bonheur fragile, bien à eux. La maison refermée sur eux trois.

Parce qu'il l'aimait, s'arrachant à ses pensées, tentant, abasourdi par le choc, de reprendre pied sur la réalité pour n'être plus que présence, regard livré à l'enfant, gravement, il écoutait, attendait, répondait, tentant de lui communiquer à travers regard et silence sa force. Et parce qu'il l'aimait, il souffrait pour l'enfant devenu en quelques heures orphelin. Sait-on seulement, sait-il lui-même ce que cela représente ? Orphelin, pire encore, orphelin et trahi par ceux qui, à ses yeux, détenaient toute vérité. Sait-on seulement ?

Répondant aux questions de Justin, Abel redoutait d'enfermer le petit dans le cocon du passé. Et il répondait pourtant, comprenant que l'enfant avait besoin de ces matériaux pour se reconstruire.

Yeux noirs démesurément ouverts, Justin était là, affamé, vorace. Vivant.

Alors, l'un après l'autre, ou tous les deux ensemble, lui donnaient cette autre nourriture qu'il réclamait, dont il avait faim, avec l'impression de poser sur la table plus qu'il ne pourrait manger. En même temps, et c'était terrible le sachant tellement blessé d'oser ressentir cela, pourtant, oui, c'était maintenant une certitude : l'amour, le travail, la douleur de leurs deux vies trouvaient en lui leur aboutissement.

Justin voulut dormir avec la photo de sa mère contre lui.

Lorsque Sophie le borda, à l'instant de plonger dans le sommeil, il rouvrit les yeux :

– Reste ! Reste encore un peu, supplia-t-il.

Ses yeux contenaient une telle détresse que la vieille femme s'assit au bord du lit. Son cœur tressaillit au moment où sa main caressa le front où perlaient deux gouttes de sueur. Manon… Justin. Justin qui n'était pas Manon. Qui était lui.

Il dit, d'une voix tellement calme qu'elle semblait dénuée d'expression :

– Je les déteste. J'aimerais mieux mourir que les revoir, même une fois.

La main de Sophie caressait la tempe de Justin, ses cheveux.

« Manon ! » implorait-elle, du fond d'elle-même.

Manon qui leur avait caché sa grossesse. Manon, qu'elle croyait connaître... Que n'avait-elle pas compris de sa fille ? L'aimant, que n'avait-elle su entendre ?

« Manon ! »

Qui était, d'elle ou de son enfant, en ce moment, la petite fille perdue ?

Aimer, aimer sans condition... Ce qu'elle n'avait peut-être pas fait avec sa petite, Sophie sut qu'elle le ferait avec l'enfant de celle-ci.

« Manon... »

Peu à peu, à travers le geste, dans les cheveux de Justin, sa main de vieille femme s'allégeait, une clarté montait dans ses yeux et, lorsque ses lèvres se posèrent sur le front de l'enfant, elle sut qu'à travers elle Manon embrassait son petit.

– Je les déteste ! répéta Justin.

Et, cette fois, sa voix se cassa dans un sanglot.

Doucement, Sophie lui parla. De Manon, d'Isabelle, si proches. D'Isabelle qui veillait sur Manon – Manon, l'aventurière, toujours en quête de sensations nouvelles, de nouveaux espaces – comme l'aurait fait une grande sœur. Isabelle qui s'effondrait quand Manon s'envolait tant il lui semblait impossible de vivre un moment de sa vie sans elle. De l'amitié si rare qui avait résisté au temps, à l'éloignement.

– C'est à elle, dit-elle au petit, pas à nous que Manon a confié son secret le plus précieux. À Isabelle, pas à nous, elle a dit qu'elle attendait un bébé. Qu'elle t'attendait.

– Pourquoi ?

– Parce que, j'imagine, elle savait qu'Isabelle l'aimait assez pour se réjouir de son bonheur sans rien lui reprocher.

– Et vous, vous l'aimiez pas assez ?

– On l'aimait. Parfois, quand on est parent, on croit aimer très fort et on aime mal.

– Vous lui auriez fait des reproches ?

– Peut-être.

– Vous auriez été fâchés, c'est ça, parce que j'avais pas de père ?

Il rit soudain, et c'était bon de l'entendre rire :

– Ç'aurait été idiot pour rien, parce que, même si j'ai toujours pas de père maintenant, vous m'aimez quand même !

– Oui, reconnut Sophie, ç'aurait été idiot. Dors, mon amour.

Sans doute fallait-il l'oreille d'un enfant pour entendre les trois derniers mots si bas murmurés.

Il les entendit, son corps, dans le lit, se déplia comme s'il entrait dans un bain tiède. Son visage se détendit. Il soupira. Et puis… il s'endormit.

Eux qui n'avaient pu veiller leur fille morte veillèrent tard dans la nuit son enfant vivant. Comment cela leur était-il arrivé ? Comme un rêve. On ne s'interroge pas sur le pourquoi du rêve. On est dedans.

Justin dormait, fragile, blessé, mais entier.

En Sophie et Abel, l'apaisement se faisait. À cause peut-être de la respiration du petit, si paisible, de leurs mains aussi qui, à cet instant, sur le bois du lit, s'étreignaient, balayant tout le reste, une sérénité venait à eux qui peu à peu les enveloppait.

Il avait valu la peine de vivre leur vie, le meilleur et le pire de leur vie, si, à cause de cet enfant justement, ils croyaient encore l'amour capable d'extirper le meilleur du pire.

XXXVIII

DEVANT ABEL, COMME TANT D'AUTRES MATINS, à perte de vue, le souffle de l'aube poussait les prés jusqu'à l'horizon. L'air, d'une acidité veloutée, était traversé de brefs remous. Des coups de battoir frappaient les herbes et la lumière rasante léchait par en dessous un vert ombreux humecté de rosée.

La pluie de la veille avait refait en quelques heures une immensité vierge. Elle avait aussi, définitivement sans doute, chassé la chaleur. C'étaient les derniers jours d'août, et il faudrait dire adieu à cet été-là, il y a bien des chances, jusqu'à l'été prochain. Le petit matin grelottait sous cette rosée que le soleil ne boirait guère avant 11 heures.

Un autre matin.

Celui-là, il semblait à Abel le voir avec des yeux neufs. Non qu'il ait rajeuni. Son âge d'ailleurs, il avait l'habitude de ne le retrouver qu'avec la fatigue du soir. Mais le jour, ce matin, malgré la courbe l'inclinant insidieusement vers les grandes solitudes hivernales, semblait sortir de sa nuit comme à la création du monde.

Longtemps, le vieil homme garda sa pipe dans sa main. Puis il se décida à l'allumer et en tira quelques bouffées dont, plaisir pourtant familier, les volutes de fumée le surprirent en lui chatouillant agréablement le nez.

Sophie et lui avaient peu dormi, sommeillant, s'éveillant, parlant beaucoup.

Peut-être l'absence de sommeil était-elle à l'origine de cette tenace impression de légèreté.

Ce que serait aujourd'hui, Abel n'en savait rien, si ce n'est qu'il était prêt à vivre ce jour. L'angoisse de la veille avait disparu. L'attente aussi. Une sérénité l'habitait.

Dans la chambre voisine de la leur, Justin dormait dans la position où Sophie et lui l'avaient laissé bien après minuit, son bras gauche rejeté sur l'oreiller, la main, paume ouverte, frôlant sa joue. Dans cette joue, cette main, l'arrondi encore, émouvant, de l'enfance. Ce matin, longuement, au sortir de leur chambre, ils l'avaient regardé dormir, puis ils avaient refermé la porte.

Abel entendit le pas de Jacques et, machinalement, observa que, ponctuel selon son habitude, son fils se rendait à l'étable. Inutile de regarder sa montre : il était 6 heures. Mais Jacques, cette fois, contrairement à son habitude, ne passa pas en regardant le plus loin possible devant lui. Il s'approcha de son père.

– Bonjour 'pa.

– Bonjour mon garçon. La pluie d'hier aura fait du bien.

– Oui, on respire… Et les prés aussi… Vous avez réussi à dormir ?

– Dormi et veillé.

L'odeur du café arrivait. C'était l'odeur du café, chaque jour pareille mais, par quelque subtil mélange avec le matin, chaque jour neuve. Les narines des deux hommes l'humèrent en même temps. La vie s'y coulait, souffle, murmures et couleurs, le reste donné par surcroît.

– Entre, proposa Abel.

– Au retour, dit Jacques à regret, j'aime mieux ne pas prendre du retard pour la traite.

Abel acquiesça de la tête. L'argument s'imposait. Il aurait dû y penser.

– Nous avons parlé avec Julienne et même Freddy, une partie de la nuit, lui dit Jacques à l'instant de s'éloigner.

Il hésita à faire un pas, chercha les yeux d'Abel.

– C'est clair dans nos têtes à tous les trois : cet enfant, c'est Manon qui nous l'envoie. C'est rien d'autre pour nous que du bonheur.

Abel posa la main sur l'épaule de son fils. Depuis combien de temps ne l'avait-il fait ?

– Je sais.

Cette fois, Jacques le fit, ce pas, et un deuxième derrière celui-là, et un troisième qui l'allégeait. Avant de filer, il se retourna :

– Il a dormi, Justin ?

– Comme un loir ! Et il dort encore.

Traite achevée, il vint, accompagné de Julienne.

C'était un couple qui entrait et, dès le seuil, Sophie et Abel comprirent qu'ils s'étaient concertés et qu'ils feraient front.

Sophie mit les tasses et sortit de son four les croissants dont, renouant avec l'enfance de ses petits, elle avait préparé la pâte au lever du jour.

– J'ai bien un peu perdu la main, dit-elle. Ma pâte, j'aurais dû la préparer hier soir.

– Je savais pas que vous saviez faire les croissants ! s'exclama Julienne.

– Y a bien des choses que je faisais autrefois et que je ne saurais plus faire. On dit que ça ne s'oublie pas, mais si. Moi, je sais que ça s'oublie.

Jacques ravala ce qui lui venait aux lèvres, n'ignorant pas, pour en avoir fait les frais, ce qu'il en coûte à un homme de vanter les qualités culinaires de sa mère.

Sophie servit le café qu'elle avait tenu au chaud, entrebâilla la porte de la chambre et la referma sans bruit. Ayant constaté que Justin dormait encore, elle vint s'asseoir à côté de sa belle-fille.

– Servez-vous. Pas sûr qu'ils soient réussis, j'ai perdu la main, mais pour ce qui est d'être chauds, ils sont chauds !

– Avec Manon, s'amusa Jacques, c'était à celui qui attraperait le premier sorti du four : ce qu'on a pu s'y brûler les doigts !

Et il poursuivit très vite :

– Nous avons parlé longuement, calmement : Justin, même si j'ai encore peine à y croire, est l'enfant de ma sœur, il est notre neveu. Côté acte de naissance, ça, du moins, c'est clair.

Sortant un papier de sa poche, il le posa, déplié, devant ses parents.

– Le mari d'Isabelle me l'a apporté, hier soir. À cause de Justin, il n'a pas voulu entrer chez vous.

Après un regard vers sa femme, il poursuivit :

– Vous et nous sommes sa seule famille, puisque, de père, il faudra bien faire enlever celui qui est écrit là et qu'il n'y en aura jamais de connu.

Il hésita.

Plus accoutumé à l'entendre parler qu'à parler lui-même, il jeta un nouveau bref coup d'œil en direction de sa femme.

– Nous ne savons pas comment vous envisagez les choses… Mais Julienne et moi avons pensé ceci, et pas à la légère : sans le couper le moins du monde de vous, nous vous proposons de l'élever. Avec vous, bien sûr, ses grands-parents : Frédéric nous a fait une sacrée morale là-dessus qu'on n'est pas près d'oublier !

– Nous n'avions qu'un fils, approuva Julienne, et nous avons sans doute manqué l'heure d'en faire un deuxième. Justin aura sa place et, croyez-moi, j'ai peut-être l'air comme ça un peu vache, mais si je dis que je le prends, c'est pas pour le lui faire payer : la note est déjà assez lourde pour lui.

– Je le sais, Julienne, dit Sophie.

Elle et Abel restèrent silencieux un moment.

– Vous… vous pensiez l'élever vous-mêmes ? demanda Jacques, prudemment.

– Tu veux dire qu'on est vieux. Trop vieux pour un petit si jeune, constata Abel.

Il s'approcha du fourneau pour, avec un brandon, rallumer sa pipe qu'il ne fumait d'ordinaire qu'à l'extérieur. Et Sophie ne protesta pas.

– Tu as raison, c'est la vérité : nous sommes vieux. En âge d'être des grands-parents, pas des parents.

– Alors ?

– Frédéric, s'empressa d'ajouter Julienne, est fou de joie. On n'imaginait pas à quel point ça lui coûtait à celui-là d'être fils unique !

Guettant la réaction de ses beaux-parents – elle les savait circonspects, mais quand même à ce point ! –, elle précisa :

– C'est un peu tôt, c'est sûr, pour parler d'avenir, mais il a besoin, ce petit Justin, de savoir ce que sera sa nouvelle vie. On peut pas, petit ou grand, s'asseoir longtemps le cul entre deux chaises. Qu'en dites-vous ?

Ils ne répondirent pas. Pas tout de suite.

Eux pensaient les soulager d'un grand poids !

– Vous n'avez pas confiance ? interrogea Julienne. Ou alors vous pensez que c'est trop tôt encore pour en parler…

– Il faut en parler, dit Jacques. Même si c'est tôt. Est-ce tôt au bout de dix ans ? Et Justin, lui, a besoin de savoir.

Il observa les mains de sa mère qu'elle avait jointes sur la table.

– Nous allons porter plainte, affirma-t-il, les yeux toujours rivés sur ces mains à la peau tellement fine, qu'il n'avait pas vues vieillir. Il le faut, 'man, insista-t-il, il le faut pour Manon, pour son fils.

Il chercha son regard qu'elle ne détourna pas.

– Nous allons porter plainte et la garde nous reviendra.

– Ce Philippe, le gendre d'Isidore, il est venu nous voir hier soir après que vous soyez partis, avança Julienne. Si pourri d'avocat qu'il soit, il sait bien qu'il a tort et lui-même nous le conseille de porter plainte.

Le naturel reprenant le dessus, elle ne put s'empêcher d'apprécier :

– Ah, il est beau, va, ce beau monde qui défend la loi ! La loi, tu parles, elle est pour les autres, eux, ils s'assoient dessus !

Comme à regret, elle ajouta :

– Je dis ça, qu'en réalité, si ç'avait pas été que ce sont des crapules… presque, il m'aurait fait pitié. On dirait qu'il a plus rien à perdre, cet homme. Maintenant qu'il est embourbé jusqu'au cou, il s'en fout, on croirait ! Son seul souci, c'est le gamin, et il a l'air sincère. Des deux, croyez-moi, le monstre, c'est cette Isabelle. Jamais je l'ai sentie, celle-là, et j'avais pas tort !

– Il faut se battre, affirma Jacques. Il a droit à son nom et à sa vie, ce gosse !

– Il y a droit, l'approuva Abel.

De son pouce, il éteignit sa pipe, la reposa dans le cendrier que lui tendait Sophie. Et c'est elle qu'il regardait lorsqu'il dit :

– Il a ce droit, et, justement, c'est sa vie. On l'a trop décidée, sa vie, à sa place. Personne n'a le droit de décider de la vie de quiconque.

Sa voix était grave et calme.

Les yeux de Sophie depuis un moment déjà s'embuaient de larmes et elle luttait pour qu'ils restent secs, que le sourire qu'elle appelait sur ses lèvres passe aussi à travers eux.

– Justin, dit-elle, tentant de traverser l'enrouement de sa voix, il va avoir dix ans. Que cet enfant, tel qu'il est aujourd'hui, soit mon petit-fils… j'étais bien loin de penser que la vie m'apporterait ce bonheur.

Longuement, à tour de rôle, elle les observa, son fils, sa belle-fille.

– Je sais une chose, mes petits, et vous le savez aussi, c'est qu'un enfant ne se fait pas en un jour.

Brièvement, ils s'étaient interrogés du regard.

Julienne, pour masquer son trouble peut-être, se leva et se servit une deuxième tasse de café.

– Quelle que soit ma colère, dit Sophie – et sa voix était paisible, sereine –, je sais que cet enfant est fait de la chair de ma fille, et je sais qu'il est fait aussi, bien qu'on me les ait volées ces années, de dix ans d'amour, sinon il ne serait pas ce qu'il est.

– Vous rendez-vous compte de ce que vous êtes en train d'insinuer ? parvint à articuler Julienne. Je vous en prie, taisez-vous, mamie !

– Je m'en rends compte, Julienne, et ne pense surtout pas que ça me soit facile de dire ce que je suis en train de vous dire ni que ça ne me coûte pas : je donnerais ma vie, tu peux le croire, pour pouvoir dire autre chose.

Elle prit appui dans les yeux d'Abel pour continuer :

– Hier, quand je le regardais, je pensais : il aurait besoin non pas de moi pour le consoler, mais de celle-là qui est cause de son mal. Oui, je me disais ça : en lui, quelque part, il ne le sait pas, une voix crie : « Maman ! », et c'est vers elle.

Elle retint un moment le regard de Julienne dans le sien avant d'ajouter :

– Isabelle, je lui en veux que personne ne peut avoir idée, et je sais aussi que c'est elle, pas moi, qui a eu depuis dix ans les mots et les gestes pour le consoler.

– Papa ! implora Jacques.

Abel ne l'entendit pas.

– Viens, Justin, dit-il.

En pyjama, pâle dans l'encadrement de la porte de sa chambre, Justin les observait.

XXXIX

LA CALOTTE DE PIERRE se rapprochait et Justin se demandait s'il allait s'asseoir ou repartir à toutes jambes.
Il avait voulu marcher et arriver là jusqu'à toucher le ciel, et puis s'asseoir. Maintenant, il avait un peu peur. Il faisait même attention à ne pas avancer trop vite. D'ailleurs, il avait l'impression de ne plus avancer du tout. C'était l'espace, tout l'espace trop immense pour le parcourir, qui avançait à sa rencontre. Et c'est ça aussi qui faisait peur. Le monde arrivait, vert et bleu, et vaste à vous couper la respiration quand il veut entrer en vous. Le monde était là. De son front à ses pieds, l'enfant s'engluait dedans. Il entrait dans ses yeux. Ni devant ni derrière ni nulle part, il n'y avait de barrière pour l'arrêter.

C'était la troisième fois que Justin venait ici et il estimait que, même si c'est beau ailleurs, c'est encore plus haut et plus beau qu'ailleurs, ici où on n'est qu'un point entre le ciel et la terre. Un petit point de rien du tout.

La première fois qu'il était venu, c'était avec Abel, et le petit garçon n'avait pas eu peur du tout. Il était bien trop content pour avoir peur, et Abel était assez fort pour tenir le ciel en l'air sans risque qu'il les écrabouille par terre. Surtout, il savait que c'était un cadeau qu'Abel lui faisait aussi grand que ce qu'il l'aimait : pas besoin d'explications pour entendre ces choses-là. Il savait aussi qu'il aurait pu, même s'il ne l'a pas fait, mettre sa main dans la main du vieil homme.

La deuxième fois, il était seul et c'était la nuit. Il ne l'aurait avoué à personne, pourtant, il faut bien le reconnaître, il avait eu peur un peu. Oh, rien qu'à peine un tout petit peu. Et seulement à cause des ombres qui remuent dans le noir ou des bruits pas méchants de la nuit qui surprennent quand même et font sursauter. Mais ce n'était pas la même peur qu'aujourd'hui parce que c'est fou ce qu'il était heureux, cette nuit-là, qu'il y ait plein de place en lui pour tout emporter. Et puis c'était comme si Abel, absent, lui tenait pour de bon la main.

Aujourd'hui, il avait peur d'une autre façon : c'était tout cassé en lui. Trop de choses en miettes remplissaient tellement son dedans que, forcément, il en débordait dehors. Le monde avait beau être immense, elles allaient finir par le recouvrir.

Pourtant, à l'instant précis où Justin s'assit sur la pierre, il n'eut plus peur du tout. Il y avait maintenant un grand silence. Partout. Un silence que le petit garçon n'avait jamais entendu, plus vaste encore que ce vert des prés couchés sous le ciel jusqu'à l'horizon. Et ce silence peu à peu avalait, avec l'ombre qu'elles faisaient dehors, le bruit des pensées remuantes qui se battaient dans sa tête.

Il pensa au papé Joachin qui était son papé à lui aussi, vieux, vieux, il ne savait pas de combien de milliers d'années.

À entendre la voix du vieillard dans la voix d'Abel, il ne savait pas non plus, en bout de compte, laquelle des deux lui parlait.

– Il disait quoi encore, ton papé ? avait-il demandé, ce jour d'avant son départ, à Abel.

– Il disait que, même enchaîné, tu es libre, que rien ne peut mettre au fer la liberté.

– Tu peux pas être libre, Abel, si t'es attaché.

– Oh que si ! C'était un homme simple le vieux Joachin, pourtant il croyait, figure-toi, cet homme, comme personne, en la puissance de l'esprit. Il me disait : « On peut mettre ton corps en cage, on peut l'attacher, on peut le tuer même, mais il n'y a pas de barreau ni de chaîne ni de mort pour l'esprit. Ton esprit est libre, mon gamin, et personne au monde, même s'il peut tout, ne peut rien contre ça. »

L'enfant ne comprenait pas très bien, alors il demandait :

– Quoi il disait encore ?

– Qu'on voyage loin en restant sur place. Mais il disait aussi qu'il y a des gens qui restent sur place, tête et cul sur leur chaise, sans voyager, et d'autres qui, pas plus avancés, ont parcouru tout le vaste monde sans avoir jamais rien vu que le bout de leur nez.

– Encore quoi, Abel ?

– Surtout, petit, il me disait, regarde : yeux, oreilles, cœur grands ouverts, le monde vient à toi et il t'en apprend plus qu'aucun livre… Regarde ! Regarde le minuscule, mon gamin, tu le trouveras immense, et regarde l'immense jusqu'à ce que tu le tiennes dans ta main. Et puis regarde en toi, écoute…

Justin, maintenant, restait assis sur le crâne de pierre et il n'avait plus envie de bouger. Même pas un talon. Il avait mal encore, mais pas beaucoup mal. Il n'avait plus peur.

Au-dessus de sa tête, il y avait des nuages et les nuages couraient dans le ciel.

Lui, Justin, ne bougeait pas. Il ne voulait surtout pas remuer, ne serait-ce qu'un doigt, de crainte que l'idée ne lui vienne avec le mouvement de penser à ses parents, enfin ceux qu'il croyait être ses parents et qui étaient en réalité des voleurs d'enfant et des menteurs et qui iraient en prison. D'ailleurs, il n'était plus tellement sûr d'avoir envie qu'ils aillent en prison.

Alors, seul au milieu de ce vaste plateau, il essaya de voir jusqu'où pouvait aller son esprit et s'il pouvait voyager aussi loin, aussi vite que prétendait le vieux Joachin. Il pensa à Paris, et il vit

Paris mieux que s'il y était, le Paris qu'il aimait et celui qu'il n'aimait pas, les gens qu'il connaissait et qui s'occupaient à des tas d'activités différentes tant qu'à les voir, à les entendre, il en eut le vertige. Puis il pensa à l'Inde et aux pyramides d'Égypte et c'était mieux que dans les livres parce que les mots se mettaient à avoir des formes, des couleurs, des odeurs et des bruits.

Et puis il ne pensa plus à rien. Yeux, oreilles, tous sens grands ouverts, il écouta le murmure chuchoté qui raconte le monde quand le cœur est assez grand pour qu'il rentre là où il est aussi chez lui. « Parce que, lui a assuré Abel, le monde et Dieu ont ça de commun : dehors, dépliés, ils sont immenses, pourtant ils tiennent, entiers, cachés en chaque homme. »

Abel, au fait, ou Joachin avait dit ça ? L'enfant ne se rappelait plus bien, il ne savait plus.

Assis sur la calotte de pierre, face à l'immensité des prés, il comprenait cependant ce qu'avaient voulu lui expliquer Abel et le vieux Joachin.

Lui, Justin, il était venu s'asseoir sur cette pierre d'où l'esprit est assez puissant pour voyager partout où il veut. Et partir, libre. Partir aussi jusqu'au fond de soi chercher la réponse qu'on trouve toujours quand on la cherche. La réponse qu'on est seul, même quand on n'a pas encore tout à fait dix ans, à pouvoir trouver.

Justin n'avait plus peur du tout. Au contraire. Et il n'avait presque plus mal.

Alors, doucement, avec son esprit qui pouvait voir l'Inde et Paris, il pensa à Manon.

Il la vit. Elle était encore plus belle que sur la photo et elle souriait plus tendrement d'un sourire rien que pour lui. Il lui dit : « Maman ».

Il répéta : « Maman », et c'était plus doux encore que ce qu'il y a de doux, une pluie de douceur qui pleut en vous, et on voudrait rester là, à baigner dedans toute la vie. Il lui dit qu'elle serait toujours sa vraie maman. Toujours, il voulait entendre sa voix et sentir la douceur de ses mains. Mais il savait ça, désormais : la mort avait eu beau prendre le corps de Manon, l'esprit de Manon était libre et personne, pas même lui, ne l'attacherait. Il lui dit merci pour Abel et Sophie, pour les prunes qui sont les meilleurs de tous les fruits qu'il aime et qui sont cause qu'il ait sauté le mur de la Barollière.

Il aurait bien voulu lui parler encore, mais il se tut. Même dans sa tête. Il ne savait pas pourquoi. C'était sans doute parce que Manon le regardait de cette façon-là. Ça faisait un grand silence. Partout. Et, dans ce silence, la main de Manon n'effleurait plus seulement son corps, doucement elle passait sur son cœur, à l'endroit où ça fait le plus mal.

Au moment où Justin allait penser à Isabelle et Philippe, il les vit, à trente mètres peut-être de lui.

Depuis combien de temps ?

Ils ne bougeaient pas.

Lui non plus.

Cela dura plus longtemps que l'éternité.

Ils étaient loin, plus que Manon l'instant d'avant, pourtant ils n'eurent pas besoin de bouger les lèvres pour que l'enfant comprenne qu'ils disaient : « Pardon », ni pour entendre : « Tout, oui, tout, pourvu que ce soit bien pour toi. » Sa mère ne pleurait pas. Ils étaient juste venus lui dire, et il n'était pas besoin de parler, qu'ils l'aimaient, que même en prison, même rejetés loin, même si lui les détestait, ils l'aimeraient. Mais peut-être était-ce la puissance de l'esprit dont parlait papé Joachin qui les avait amenés là.

Justin n'était sûr de rien. Il ne bougea pas et les regarda s'éloigner jusqu'à ce qu'il n'y ait plus que le ciel et la terre peau contre peau, sans rien entre. Mais il n'aurait pas voulu qu'ils les aient écrasés.

Il les avait regardés partir sans même bouger une jambe ou une main.

Depuis longtemps, il ne les voyait plus, et il regardait comme s'ils étaient encore sur le point de disparaître.

Il resta les yeux fixés dans cette direction longtemps, très longtemps. Et il ne savait toujours pas s'ils étaient pour de vrai venus ou pas.

Il n'avait pas entendu approcher Abel ni ne l'avait senti s'asseoir à côté de lui.

En même temps que l'enfant, mais de bien plus loin, le vieil homme avait regardé s'éloigner le couple.

« Eux aussi, s'était-il dit, savaient où le trouver. »

Justin tendit la main. Abel la prit dans la sienne et la serra.

Le temps passait. Abel ne lâchait pas la main de Justin.

Cette troisième fois sur le point le plus haut du haut plateau était mieux encore que la première. Et, parce que la main d'Abel tenait la sienne, le petit garçon savait qu'il n'avait aucun souci à se faire. Qu'il n'aurait jamais plus peur car rien de mauvais ne pourrait lui arriver.

Ni l'un ni l'autre ne parlaient. Ils regardaient le paysage.

« C'est pas nécessaire de parler, pensait l'enfant, quand les mains se tiennent. »

Au bout, il dit quand même, vu qu'il avait fait tout le chemin jusqu'à arriver au fond de lui, et qu'il y était :

– Je veux m'appeler Jourdan, moi aussi : Justin Jourdan. Pas rien que Dervieux.

– Bien sûr, dit Abel, c'est le nom de ta mère et c'est le tien.

Puis, se serrant contre le vieil homme pour sentir sa chaleur à laquelle il avait droit aussi – n'était-il pas son grand-père ? –, Justin demanda :

– Grand-père ?

– Oui, Justin.

– Dis, c'est vrai ou c'est pour pas que je sois triste quand Sophie dit que Manon et Isabelle étaient amies comme y a pas d'amies plus amies, inséparables et tout ?

– Sophie ne ment jamais. Si elle le dit, Justin, c'est vrai.

Longtemps encore, ils restèrent silencieux.

– Si ta maman avait vécu, dit Abel, Isabelle aurait été ta marraine.

Il ajouta, et sa voix était aussi calme que ce jour couché à leurs pieds :

– Une marraine, c'est celle qui s'engage devant Dieu et les hommes à remplacer la maman de l'enfant si celle-ci venait à disparaître.

– Ma maman, tu crois, aurait voulu qu'Isabelle la remplace ? Tu le crois, toi ?

– Oui, affirma Abel, j'en suis sûr.

Était-ce dû au paysage ? Une immense paix recouvrait en lui la colère. Pardonnerait-il un jour ? À cette question, il n'aurait pu répondre. À celles posées par l'enfant, oui, il pouvait.

Gravement, Justin scrutait le visage d'Abel.

– C'est vrai, tu sais, que je savais. Je crois bien. Mais rien qu'au fond de moi, pas… pas… autrement. Pas pour dire fort : c'est pas toi, ma vraie mère. Tu comprends ?

– Oui, Justin.

« On ne plante pas, songeait-il, un arbre à côté de ses racines. »

– Alors on sait des choses, même des choses qu'on sait pas ?

Question ou affirmation ? Quoi qu'il en soit, sans attendre de réponse, Justin assurait :

– C'est mieux, quand même, de savoir pour de vrai.

Il soupira. Un gros soupir d'enfant. La nature l'absorbe.

« … Ni on ne construit, Isidore le savait bien, une vie sur le mensonge », pensait Abel.

Le regard du petit sur lui : des mots y tâtonnent qui viennent de loin et engagent l'avenir.

– Je veux rattraper tout, tout… t'entends ? Tout le temps perdu avec toi et ma grand-mère. Je veux pas encore partir loin et vous reperdre, dit Justin.

Des yeux noirs, si graves, et ces yeux lui faisaient confiance.

– Il y a des choses pires que celles-là qui s'arrangent, affirma Abel.

Péniblement, c'est fou ce qu'à s'arrêter les vieilles mécaniques rouillent, s'appuyant d'une main au sol, il se releva.

– Allons, Loustic ! T'entends pas crier mon jardin ? Il crève de soif et, nous deux, on est là !

– Si ! hurlait Justin, déjà dévalant la pente, je l'entends !

Imprimé en U.E.
Dépôt légal : septembre 2013
ISBN : 978-2-8129-1025-8
ISSN : 1769-1788